QING·TONG·YU

青铜雨

高海涛◎著

春风文艺出版社
·沈阳·

图书在版编目（CIP）数据

青铜雨/高海涛著．—沈阳：春风文艺出版社，2024.9
ISBN 978-7-5313-6645-4

Ⅰ．①青… Ⅱ．①高… Ⅲ．①散文集—中国—当代 Ⅳ．①I267

中国国家版本馆CIP数据核字（2024）第023225号

春风文艺出版社出版发行
沈阳市和平区十一纬路25号　邮编：110003
辽宁新华印务有限公司印刷

责任编辑：姚宏越　周珊伊	责任校对：赵丹彤
封面设计：鼎籍设计　徐春迎	幅面尺寸：155mm×230mm
字　　数：320千字	印　　张：17.75
版　　次：2024年9月第1版	印　　次：2024年9月第1次
书　　号：ISBN 978-7-5313-6645-4	
定　　价：69.00元	

版权专有　侵权必究　举报电话：024-23284391
如有质量问题，请拨打电话：024-23284384

目 录

第一辑

- 003　羞涩的土地
- 007　早晚发辽西
- 014　六水三梅
- 018　遍地芜菁
- 023　诺恩吉雅
- 032　姐姐在俄罗斯名画中
- 036　清谷天
- 043　青铜雨

第二辑

- 059　西园草
- 068　苏联歌曲
- 097　记恋列维坦
- 106　少年与东山
- 118　长长的三月
- 123　精神家园的炊烟
- 131　寻找男孩克拉克
- 138　美是上帝的手书

第三辑

- 149　我的心在高原
- 153　桃花女子
- 156　三月末
- 159　塔山风琴引
- 165　秋天想起郭小川
- 173　听芭蕉，忆杭州
- 175　形而上下五女山
- 182　原点上的荷马哥

第四辑

- 197　八月之光
- 203　普罗米花
- 208　美国的桃花
- 213　美国的银杏
- 229　贝加尔湖与烟斗
- 245　托尔斯泰与勿忘我
- 256　胡塞尔坐在海边的摇椅上
- 258　红楼中人洛丽塔

第一辑

羞涩的土地

春节前整理书架，一本薄薄的书掉下来，放上去，又掉下来，拾起，是俄罗斯诗人曼德尔斯塔姆的《莫斯科笔记》英文版，翻开某页，看到一首诗的标题《老克里米亚》。春节之后，我试着把这首诗译成了汉语，虽然是从英译本转译过来的，但读起来仍觉得很震撼，开头是这样的：

> 一派春寒，克里米亚，
> 仿佛是因歉收而羞愧。
> 这是一片负罪的土地，
> 先为鞑靼人，后为白卫军，
> 就像打满补丁的破布，
> 克里米亚一直在羞愧……

你看，一片土地，自自然然的一片土地，却像个孩子似的知道羞愧——这个意象不能不让人震撼，是为了歉收而羞愧，还是为了羞愧而歉收？总之，这是一片羞愧的土地，千秋万古常在，人间天上难寻。

人有时会为家乡而羞愧，比如我，从小到大，每当有人提到我家乡的名字，我都会不自觉地脸红一下，就像父亲或母亲的名字被提起一样。但土地自己也会羞愧，这是我没想到的。不知道克里米亚是什么样的土地，或许和我们的辽西一样，也是一片红土地吧。

都说东北是一片黑土地，辽西的土地却是黑中泛红，或是浅绛色，有人称为红土地。黑土地是粗犷的，红土地是诚实的。这样诚实的土地，与其说她是十年九旱的，毋宁说她是经常脸红的。我记得中学毕业回生产队劳动的时候，那一年因为春旱，庄稼歉收，到年底每家只分到一麻袋谷子，而且是红谷子。可能在全中国，只有辽西能长出这种红谷子，碾成小米，也是带一丝红晕的，好像她作为一种粮食，也是知道羞涩的。而粮食的羞涩与土地的羞愧，无疑是一脉相承的。

这就是我们辽西的红土地，她从春天开始就满怀歉意，连野菜的叶子也镶着红边儿，而到了秋天，她更是羞愧难当，在她贫瘠歉收的田野上，除了高粱不红之外，几乎所有的庄稼都是低着头、红着脸的。德国哲学家马克斯·舍勒有一本书叫《价值的颠覆》，其中谈及羞涩问题，从女人的羞涩到男人的羞涩，从孩子的羞涩到老人的羞涩，从身体的羞涩到心灵的羞涩，都说得十分透彻，但他是否想过，这世界还有一种羞涩属于粮食，还有一种羞愧属于土地呢？

我从来没去过克里米亚，但我知道，那片土地曾被古希腊人称为陶里斯，还有个著名神话，是关于阿伽门农的女儿伊菲革涅亚，如何到了陶里斯，又如何离开陶里斯的故事。这故事是听我的英语老师讲的，老师说："陶里斯者，逃离于斯也。"也许那片土地的羞愧，最早就源于伊菲革涅亚的逃离。一个被逃离的地方，一个被遗弃的地方，能不深深地感到羞愧吗？我想起小时候，那些城里的男女知青，在当年的辽西乡村，他们那戴着眼镜、提着背包、能诗能文、意气风发的样子曾照亮我整个懵懂的中学时代。可谁知道他们是不快乐的呢？作为一个在乡村长大的孩子，我想我并不真正理解他们。而正是这个神话，才振聋发聩地让我知道，知青们在我的家乡并不快乐。我的家乡只是我的家乡，对他们而言却是陌生的蛮荒之地。所以后来他们都走了，一个个不辞而别，义无反顾，许多人离开之后，甚至再也没回望过那片土地。

而他们其实都是无可谴责的。因为人家毕竟有自己的城市，自己的故园，自己的乡愁。乡愁让他们变成了当代中国版的伊菲革涅亚，以神话的方式美丽并忧伤着，并使他们的不辞而别显得天经地义。也许，真正应该谴责的是我们自己，是我们这些命中注定生在乡村、长在乡村，而今又逃离了乡村的人。

几年前回老家，看到许多房子都空着，同村的大姐告诉我，年轻人基本都走了，老年人也没剩下几个，或是子女在外地上学留在了某个城市，或是子女到外地打工在某个城市买了房子。总之，城市，城市，城市，仿佛所有人都去了城市。在这样的情况下，我们的乡村，我们的土地，又该羞愧成什么样子呢？

也许，说羞愧有些严重了，回望辽西，那个因"红山女神"的发现而被誉为中华文明曙光升起的地方，其实也有绿水青山的底蕴，蓬勃发展的生机，近年来更是文化建设崛起，美丽乡村绽放，就连生态和气候，也有了很大改观。这样的辽西，其实早已不必羞愧，而只有羞涩了。羞涩是这片土地的本色，也是她的高贵。

秋天了，老家的亲戚又一如既往给我寄来了小米。妻子欣喜地打开，然后惊喜地喊道，呀，还是红小米呢！我一看，果然是红小米，而且看上去比以前的更红了，微雕般的小米，一粒粒都像掩面的少女，连优雅的鼻梁都是羞涩的，还仿佛披着茜红的纱巾。亲戚打电话说，红小米产量很低，但这几年种的反而多了起来，因为知道城里人喜欢吃。亲戚的话让我的眼睛湿润了，曾几何时，我也被家乡看作城里人了，而记忆中象征干旱与贫穷的红小米，如今却成了礼品，仿佛是一种记忆，独属于那片羞涩的土地。

美国诗人兰斯顿·休斯也是我喜欢的诗人之一，他出生于佐治亚州乡村，我曾经译过他的诗，包括那首《红土地之恋》。诗人就像个执拗的孩子，不断诉说他对红土地的思念，也反复强调他有红土地的忧伤，仿佛这是一切的理由。

我也有红土地的忧伤，即使不比曼德尔斯塔姆多，也不会比兰斯顿·休斯少。我经常梦想回到辽西那片红土地，当我在家乡的田野中漫步跋涉，会在鞋子里感觉到那浅绛色的土质，那亲亲的土质在我的脚趾间环绕，并吸吮我的脚趾，这会让我乐不可支，虽然我的脚趾本身，可能会因此羞涩得不知所措，恨不得在天竺葵、土豆藤和胡姬花之间躲藏起来。

早晚发辽西

朝 霞 曲

辽西朝阳,离北京不远,这地方其实很有历史。朝阳古称龙城,后来也叫营州。唐代诗人高适曾到过这里,写下了《营州歌》,是边塞诗中的名篇经典——

> 营州少年厌原野,狐裘蒙茸猎城下。
> 虏酒千钟不醉人,胡儿十岁能骑马。

这首诗写得简括传神,千古传诵,尤其让辽西人引以为傲。一是证明古代辽西水草丰茂,生态超绝,非今可比;二是证明辽西民风自古尚勇,那种洒脱自在、豪气干云的生活,有人说足可与古希腊人媲美。

高适到营州是在唐天宝年间,公元七五〇年前后。而迄至清康熙年间,遥距九百多年,又一首诗出现了,题为《咏燕女》——

> 燕姬生小习原野,春草茸茸猎城下。
> 身轻不许健儿扶,捉鞭自上桃花马。

很明显,这是一首致敬之作,仿高适的《营州歌》。而其作者也非泛泛之辈,就是曾以《长生殿》名动大江南北的戏曲家洪昇。多好哇,当你在袁枚的《随园诗话》中偶尔翻到这首诗,先是惊喜,后是感叹,仿佛一下子触到了这片神奇土地的心跳。

朝阳亦称三燕故都，北方十六国时期的前燕、后燕、北燕均曾定都于此，不仅自古即属燕地，而且是燕地的中心区域。"男儿事长征，少小幽燕客""功成应自恨，早晚发辽西"，多少征战，牵着唐风宋韵、闺怨秋思，锻造了这片土地，而每到春天，燕草碧如丝，桃花色似马，就连这里的女孩也不逊于当年的营州少年，个个都那么自强自立、策马如飞。

总之这两首诗，《营州歌》和《咏燕女》，一个写辽西少年，一个写辽西女孩，堪称古人咏辽西的双璧，虽遥隔近千年，却彼此辉映，写出了一方土地的灵性和神韵，见证着辽西儿女自强不息的英风豪气。

忽又想到古希腊，想起尼采说的："古希腊人是先发现了男孩的美，然后才通过男孩，发现了女孩的美，故此希腊女神雕塑，都有某种男孩的神韵。"想想这两首和辽西有关的诗也是如此，可以说唐代人发现了营州少年的美，清代人发现了燕地女孩的美，而燕地女孩的美，又有营州少年的影子。不是吗？

尼采不愧是伟大的思想者，这段话出自《朝霞——尼采注疏集》。这本书扉页上的题词也美——

还有无数朝霞，尚未点亮我们的天空。

是呀，辽西的朝霞，中国的朝霞，还有多少奇美，多少绚丽，有待被精神和思想点燃呢？

石　头　记

辽西出石头，大山沟里有许多小村子，其房屋街巷，乃至庭院、菜园、猪圈、鸡舍之属，无一不是石头的建构，连村路也是石头来石头去的。所以辽西的传统村落，看起来都像版画，素净而坚实，别具格调和韵致。

有人说整个辽西，山水田园，其实就是一部石头记，想想并非全无道理。和石头一样，辽西的爱情故事也比较多，虽然没有刻在石头上，但至少有一个，是用石头垒起来的。

这故事发生在二十世纪七十年代初，说有个叫谭凤祥的当地青年，没念几天书，却爱上了村里的大连女知青林娟。表白了几次，人家根本不搭理，心里憋着劲，就每天到山上转悠。那年秋天风很大，冬天又下了几场雪，所以基本没人上山。可等过了年开春，惊蛰的时候，人们蓦然发现，半山腰上那用石头砌成的"农业学大寨"五个字原地不动，却被改成了"林娟我爱你"，老远就能看见。

谭凤祥这下出名了。公社派人抓了谭凤祥，送到县里，要判刑。这时候，正好林娟从大连探亲回来，听说此事，没哭也没闹，直接去了县里，说谭凤祥和她确实有恋爱关系，不算耍流氓，要求县里放人。县里说他的罪名大了，不仅是耍流氓的问题，还有破坏农业学大寨呢，这更严重。林娟说，那破坏知识青年上山下乡，是不是也很严重呢？县里说是呀，也很严重。林娟说，你们如果不放人，就是破坏我上山下乡，我要去省里告你们。

后来，县里把人放了。再后来，林娟就和谭凤祥结了婚，并被县里树立为知识青年扎根农村的典型。再后来，包产到户了，那块山地就分给了谭凤祥。总之故事情节很简单，一点都不缠绵悱恻，辽西的爱情就这样，像石头一样坦荡直白，你有啥办法？

而且，当地老百姓喜欢这个故事，谭凤祥是石匠的儿子，却搞了个城里的对象，也不犯法，觉得挺来劲。几十年过去了，林娟和谭凤祥过得怎么样，还在不在当地，已经没人能说清了，垒过那五个大字的石头也早已荡然无存。不过那座山还在，只是改了名字，叫林娟山，听起来很美的。

酸菜篓

小时候每次放寒假,你都要去五姨家,在另一个乡镇,过了河还要走十几里山路。五姨家很穷,姨夫是复员军人,上过朝鲜,却甘愿回家种地,加上孩子多,所以日子过得挺紧。

但五姨要强,又能干,家里收拾得很利落,就连表姐表妹表弟们的衣服也比别家的孩子齐整。看你去了,五姨笑着说,想吃五姨腌的酸菜了吧?好,今晚咱们就包酸菜篓。

酸菜篓,为什么叫酸菜篓呢?

包酸菜篓其实就是包蒸饺,酸菜馅儿,荞面皮,馅儿很大,皮很薄,不知道五姨用了什么方法,蒸出来的饺子都是鼓溜溜的,时而露出点绿菜星,真像是装满菜蔬的小背篓。吃这样的饺子,其实就是吃菜,但这菜特别好吃,有荞面的绵厚,也有油渣的醇香,那味道,总让你在五姨家流连忘返。

"独出前门望野田,月明荞麦花如雪",荞麦花如雪,荞麦面呢?也许如竹篾,在五姨手里捏捏揉揉,就编出了一个个装酸菜的小背篓。

后来你上了大学,二十世纪八十年代,又去那个小村子看五姨。五姨老了,把表姐叫过来做饭。还是包饺子,还是酸菜馅儿,表姐却坚持包白面皮的,而且都是很小的煮饺。不过你仍然吃了很多,因为表姐和五姨还是把这叫酸菜篓。

是的,有一首歌写过小背篓,你至今记得那旋律,并很想唱起来——啊,酸菜篓,辽西特有的小背篓,晃悠悠,圆鼓鼓,里面装满了我的乡愁。虽然过去了许多年,难忘五姨的酸菜篓,多少亲情和关爱,多少期待和嘱咐,你那挥手送别的笑脸,至今酸在我心头。

追 风 节

你回老家,见到同村的大哥,问你是回来过追风节吗?看你恍然,大哥笑了,说那都是小时候的事了。

小时候,每到农历五六月份,老家人都盼着有亲戚来。亲戚来了,就皆大欢喜,递烟、沏茶、说话。一家人平时并不说话,亲戚来了,却大人孩子都说话,一起说话,然后忙着烧火做饭,连房顶上的炊烟也兴冲冲的。

一般地方走亲戚是在正月,或等夏末秋初挂锄之后,而春末夏初却很少有工夫,"田家少闲月,五月人倍忙",这时节怎么会盼亲戚来呢?大哥说,那是因为盼雨,仿佛亲戚来了,雨就有了盼头。如果亲戚来后赶上下雨,那就更喜庆了,一定要让亲戚多住几天,而且一定要喝酒。

老家人留客,是诚心诚意的,亲戚住两天说要走,下地却发现鞋不见了,显然是被藏起来了,大人指使小孩,把鞋藏在耗子洞或什么地方,绝难找见。有时候因为贪玩,小孩竟忘了藏处,亲戚急得嘴上都起了泡,这才全家动员起来,大人喊道,燕子,快把你舅的鞋找出来,看我不打你!

老家的女孩,叫燕子的很多,记忆中似乎每家都有个燕子。看有几只燕子低飞,知道雨要来了,男孩们就站在街上喊,燕子燕子,快来看哪!这时候就会有个女孩跑出来,说喊啥喊哪,人家的名字,不许你乱叫!

这就是所谓的追风节了,日子不确定,看燕子低飞,风起云涌,这时候谁家要来了亲戚,全村都跟着欣喜,有的送菜,有的送酒,关系较近的邻居,还要把亲戚请过去吃饭,真像过节似的。亲戚也会因此而略显骄矜,坐在炕头上喝酒看雨,似乎他真的是追着风来的,赶着雨来的。

今年亲戚来你家串门了,明年也要去亲戚家串门,好在都不太远,方圆一二十里,最多三五十里吧。据说在国外,一些有钱人为了看雨赏雨,往往会开着车走很远,到有雨的地方度假,已经渐成时尚,而在你和乡亲们的记忆中,早在二十世纪七十年代,辽西老家就有这样的风俗。

有时也会赶上小驴车,大人孩子都去。那时候也没有电视和电话,就是听广播里的天气预报,说西部多云,就往西去,邻乡正好有三姑家;说有东南风,就往北去,过河就是内蒙古地界了,也不管,反正那里有二姨家。有时候走到半路,起风了,看看雨要上来,孩子们就在驴车上扯起塑料布,红红绿绿的,某个叫燕子的女孩就会拍着手喊:"燕子,燕子,燕子——"开始声音很高,逐渐变低,还有点羞怯,因为这也是在叫她自己的名字。

追风节——辽西人生命的赞歌。

杏　花　笺

你喜欢写点书法,写在小笺上,自我欣赏,称之为杏花笺。其实那笺上并没有杏花,杏花只是你的联想。写好十来张,为了拍照,先放在几本厚书下面压平,这需要一夜时间,第二天早上才正好。于是就有了联想,有了期盼,觉得这颇似农人的种菜畦苗,或恰如陆游《临安春雨初霁》中的诗句:"小楼一夜听春雨,深巷明朝卖杏花。"

或许这也是一种乡愁吧。老家在辽西,辽西多杏花。每到春天,到处是白白的杏花,略带红晕,给乡野山沟带来了初恋的气息。等到杏熟了,整个辽西都是杏黄色,有几枝红杏出墙,也无伤大雅,恰到好处。许多年来,这种图景一直保存在你的记忆中,仿佛杏花是辽西唯一的花。

但前年清明回老家，你心中的图景却被颠覆了，没等看到杏花，朋友们就直接陪你去了辽梅园。眼前的辽梅园有几十亩，深红的花蕾，浅红的花瓣，连成一片绯红。朋友指点着说，好看吧？这可是中科院命名的，其实是辽西山杏的变种，也可以说是你小时候那些杏花的华丽转身、凤凰涅槃。

嗯，你喜欢这样的用词，一切都在转身，一切都在改变。去年回老家，朋友们陪你去看了丁香园，而今年春天的安排，则是去看文冠果。生态好了，辽西也美了，天鹅渡凌水，花草芳步齐。其实不仅辽西，放眼辽东、辽南、辽北，整个这片环海的黑土地，都是面向大海、春暖花开的景象，不仅形成了花卉市场，也出现了一批花卉名园。

尽管这样，你最喜欢的还是辽西的杏花，最爱写的还是杏花笺。对于一个在辽西出生和长大的人，没有杏花的故乡和没有杏花的春天都是难以想象的。杏花是质朴的，盛开时也不像桃花那样满面羞红，而只是略带羞涩，其实这恰到好处，动人春色何须多。杏林春暖，杏花春雨，有时看哪一株开得太动人了，还乡的游子会想采一束野花，比如蒲公英，直接献给杏花，就像献给一个名叫杏花的女孩。

事实上，辽西女孩叫燕子的多，叫杏花的也不少，至少比叫别的花的多。如果还乡的游子走进一个热气腾腾的小店，往往会听到有人喊"杏花，上菜""杏花，上酒"，这样一喊，仿佛菜和酒就都有了杏花的味道。其实，你最想吃的还是家乡的腌杏白，你最爱喝的还是家乡的杏仁乳，这些都是一个地道的辽西小店所必备的。一盘腌杏白，往往是白送的，甚至还有一块美玉配珍珠般的杏仁豆腐，也是白送的。而随着那个可能叫杏花的女孩清脆甜润的一声"来了哎——"所有关于辽西的记忆就都因她的召唤而纷至沓来。

六水三梅

我曾经的家在辽西北的一个有矿山的村子里。那是个大家庭。许多年后我翻译英国诗人菲利普·拉金的诗，有一首他坐在火车上回忆童年的诗特别打动我，我喜欢那种语气，诗名叫《我记得，我记得》。是的，我也记得我曾经的家。那时候父母亲才五六十岁，就像我现在的年龄，却已拉扯起了一个大家庭，正如拉金所说的："这里，有我们非凡的家世。"

我们一共姊妹八个，但母亲一直坚持，说我们其实还有个哥哥，只不过幼年夭折，留在了科尔沁，风吹草低见坟头。所以，"你们应该是九个。"母亲反复说。父亲对此应该也是认同的，他说年轻时有人给他算过："六水三梅，儿女牵衣。"

这句话不太好懂，记得我曾请教过凌老师。凌老师是女的，据说从前念过国高，在我们那个乡村小学，应该是最有文化的了。老师，六水三梅是什么意思呢？我这样问。凌老师有点迟疑，后来说可能是水仙花和梅花的意思吧，它们都很好看，尤其快过年的时候。凌老师会弹风琴，有一次她教我们学唱一首歌，伴着风琴，简直美妙极了——

> 梅花含笑，对着水仙，
> 不同的香气，一样的清鲜，
> 我们闻到了就知道，
> 现在是快乐的新年
> ……

好吧，说过年。我家人口多，因为我和两个哥哥年龄差距较大，在我出生前后，他们就相继结婚了，这样人口就越来越多，侄子侄女，加起来二十多口，也没分家，都在一起过。其实人越多越有家的感觉，大年三十包饺子，别人家早都把饺子端上桌，放起了鞭炮，我家的饺子却一锅盖一锅盖地，还在耐心排队等候下锅。

读过《红楼梦》的人都知道，但凡大家庭，规矩总是比较多的，这用评点过此书的脂砚斋先生的话说，就是"好层次，好礼法，谁家故事！"我们家规矩也比较多。比如饺子煮好了，嫂子们总要先用小碗盛出三两个，端上去让父亲尝尝熟没熟，这就是礼法，熟没熟不过是个说辞。许多年后读列维-斯特劳斯的学术名著《生与熟》，说食物从生的变成熟的，涉及人类文明的起源，我觉得可能首先，是涉及家庭礼仪的起源。家中大人孩子，上上下下，辈分是不能乱的。家里是这样，家外也是这样，不论见到任何人，都必须按辈分有个称呼，然后才能说话。总之在辽西北的那个村子，我们家的规矩应该是最多的，或者是最多的之一吧，现在回想起来，真不知是谁家故事了。

几年前在网上建了一个家族博客，并打上两句话："悠悠家事，郁郁家风。"但这家风具体是什么，却觉得很难说清。比如我们家的人都爱面子，小时候上学，老师都一致评价，说这家的孩子知道害羞，不论男孩女孩，总是动不动就脸红。秋天队里收庄稼，拉庄稼，别人家大人孩子藏几穗玉米，掖几个萝卜，是很正常的，民俗而已，但我们家不行，大人孩子都不敢藏掖粮食，因为我们要考虑二哥和三姐的面子，二哥是公社干部，三姐是大队书记。还有捡煤渣，我们村子的北山就是煤矿，所以大人孩子捡煤渣就成了一道风景，运煤渣的车一来，就蜂拥而上，你争我抢。但我和侄子侄女们从来不争抢，我们总是很文静地站在旁边，宁可捡点破煤回家。因为我们还要顾及大哥的面子，他就是那个煤矿的矿长。我至今记得自己挎一筐破煤回家的样子，雪地上的脚印乌黑闪亮，我的呼吸如烟，到处飞扬。

这种容易害羞和脸红的习惯，算不算是一种家风呢？中学毕业回生产队劳动，因为干不了重活，队里就安排我去放牛。这本来是好事，放牛比较轻松，还可以一边放牛一边看书。全家人却为此深感耻辱。你见过一家大人孩子一起脸红吗？我家就是。所以在给生产队放牛的那段日子，我都是披星走，戴月归，绕道而行，生怕让村里人和矿上的人看见。

实际上，我们全家都比较喜欢看书，这与父亲的影响显然是分不开的。父亲小时候念过两年私塾，认识不少字，再加上从年轻时就喜欢说书和听书，所以在他那代农民中，父亲算是很有文化的了。这对我的影响可能更大一些，我从小就被人称为书呆子，每天都离不开书本，特别是从中学毕业到参军，再到二十世纪七十年代中后期，无论什么时候，我都在努力看书。我把所有当时能借到、找到的书都看得书页翻卷、韦编三绝。有时候在父亲的鼓励下，我也会把书念给家里人听。忘不了那些秋天和冬天的夜晚，一家人围坐在辽西的大炕上，听我念小说的情景。从《红楼梦》到巴金的《家》《春》《秋》，从《水浒传》到《苦菜花》和《创业史》，往往一念就念到深更半夜。有时我念得不好，或书本身没意思，父亲就会打断我，或者以省电的名义把灯关掉。为了不关灯，全家人包括侄子侄女们，都期盼着我能经常借来好书，并希望我念得声情并茂。

一九七八年我考上了大学，全家人都很高兴，特别是父亲，他好像一下子年轻了二十岁。在整个大学期间，为了供我读书，哥哥姐姐鼎力资助，父亲也不辞辛劳，七十多岁高龄还要做豆腐卖。他每天起早推磨，然后把做成的豆腐挑在肩上，比两桶水还沉，到矿山或集市去卖。那些年我每次放假回家，临行时从母亲手里接过的钱都是零零碎碎的，且浸润着父亲的汗渍和豆浆的水印。有时父亲走在路上，连过路人都有些不忍，就问你儿子干啥呢。父亲大概很喜欢被这样问，总是慢慢撂下挑子,等直起腰才正式回答:"能干啥?就会念书呗!"我知道在父亲心中,他是深深为我骄傲的,他是想对全村人、全乡人这样宣告:"都说书呆子没出息,其实赶上好时代,书呆子也会有点出息的。"

父亲的好心情可能一直持续到他去世前。我在大学读的是英语专业,毕业后留校任教,也是教英语。因此每次放假回家,我带的都是英文书。父亲问我,英文书讲了些什么呢?我理解他的意思,就给他念英文书,一边译着一边念着。记得念过海明威的《战地春梦》,还有狄更斯的《远大前程》。我知道这种念法不会很有意思,但父亲吸着旱烟,总是保持着听得趣味盎然、津津有味的样子。

现在我真的很留恋那些时光,我趴在父亲身边,我念书,父亲听我念书,不管听到多晚,父亲也不厌倦。我有时甚至恍惚觉得,其实不仅父亲在听,祖父、曾祖父、高祖父、高曾祖父们也都在听,这种情形俨然让一个辽西乡野之家,变成了书香门第,变成了书香世家,变成了《红楼梦》中所说的"诗礼簪缨之族"。

尽管如此,我还是不敢说"诗书传家"这四个字。我只能说,我曾经的家和现在的家,除了讲良心、有担当、爱名誉、知进退之外,也还有那么一点喜欢读书的传统而已。我经常想起父亲说的"六水三梅,儿女牵衣",也经常想起凌老师教我们唱过的"梅花含笑,对着水仙"。那梅花嫣然含笑的姿色,不就像我们小时候脸红的样子吗?而那水仙的香气,清幽淡雅,在我看来,也多少沾一点书香的意思吧。

遍地芫菁

哲学家萨特说过：人生只有童年，如果说人生是宏大的钢琴曲，那它的所有琴键都是在童年时按下的，有些甚至按得过重。这个说法是否有点夸张，不知道，但回想自己小时候，有些事情确实是难以忘怀的，它们甚至带着固定的旋律，比如：3 | 2 · 1 | 23 5 | ……

红 领 巾

小时候每次出去玩，我身后都跟着几个侄子。这在外人眼里，可能就显得阵容很强大。不过男孩子多，吃饭是个大问题。那时候粮食不够吃，生产队办食堂不够吃，食堂散了也不够吃。而我们全家人，除了大哥、二哥是国家干部，每月能领到一份供应粮之外，其他人都是农村户口，包括嫂子和侄子们。所以不可避免地，饥饿是我家记忆的重大主题。二十世纪六十年代是最艰难的岁月，记得有一段时间，家里每天晚上都是吃甜菜粥。所谓粥，其实主要是甜菜，零星有几个玉米面疙瘩而已。当时我八九岁，上小学了，而侄子们则六七、四五岁不等。看到他们面黄肌瘦、低头喝粥的样子，作为叔叔的我突然有一种心疼和悲悯的感觉，于是很仗义地把碗递给嫂子说："给我盛甜菜吧，我爱吃甜菜，不爱吃粮食。"全家愕然，我看到母亲的眼睛一亮，有点潮湿的样子。

家境的困难不仅表现在吃饭上，还有穿衣问题。小学四年级的时候，我是少先队的大队长，过六一儿童节，学校要举行大合唱，但要求所有参加的男生都穿长袖白衬衣、工装式的蓝裤子，女生的白上衣要翻领的，配工装式的蓝裙子，同时还要求男女生一律穿白球鞋。这样的要求我达不到，所有农民的孩子都达不到。我当时只有一件小褂，一件黑裤子，都是家织布的，至于球鞋，回家跟大人连提都不敢提。所以"六一"那天，我只能躲在学校东边的小树林里，眼巴巴地看着同学们整齐列队，衣着鲜艳，开始领唱、合唱、混声合唱。想到他们大都是矿山职工的子女，而矿长的弟弟却只能破衣烂衫地躲在小树林里偷看，我的心情一瞬间变得怪异和复杂。我一动不动，一只麻雀也在树枝上攀比似的唱歌，它不怕把自己的耳朵震聋吗？当远处传来"鲜艳的红领巾，飘扬在前胸"时，我才情不自禁地碰了下自己的红领巾。

我起身回家，翻过大西沟，泪眼婆娑，回头一看，我的三个侄子不知什么时候也跟在后面，他们也都穿得很破乱，憨头憨脑，傻呵呵地笑着。

北 青 萝

"若教为女嫁东风，除却黄莺难匹配"，这句唐诗是说木兰花的，却一直让我心潮难平，虽然没见过木兰，但我想不出那花有什么高贵，你要嫁给黄莺没人管，可难道麻雀就不配吗？我从小喜欢看书，尤其喜欢看古诗。有个同学的爷爷曾教过私塾，家里藏书甚多，唐诗宋词皆有。记得看过李商隐的一首五言律诗，题目叫《北青萝》，不知为什么，我很喜欢这三个字，但旁边有注解说，这三个字可能指地名，也可能指别的，具体意思说不清。怎么会说不清呢？有一次，我像发现了什么真理似的，对那位老先生说："北青萝，这不是指我们北方的青萝卜吗？"

北青萝——北方的青萝卜，这是我当年想象力的巅峰。

而我们的日子，似乎就从这三个字开始，变得好起来了。那一年生产队种了许多青萝卜，东山和西山都是。为什么是青萝卜而不是红萝卜呢？队长谭国相解释，是因为青萝卜耐长、压秤，更禁饿。果然到了秋天，生产队的萝卜堆积如山，院里都放不下了，大马车还在一车一车往回送。人们喜上眉梢，都盼望着早点分萝卜，吃秋膘。有的人家甚至连包饺子的荞面都用碾子轧好了。性急的孩子们，在家长的暗示和怂恿下，开始到生产队的院子绕来绕去，趁人不备拿两个萝卜就跑，兔子似的，撵都撵不上。

我的侄子们也出动了。大侄子、二侄子、三侄子，他们蹑手蹑脚，互相鼓励着，样子明显比别人家的孩子更拘谨。他们毕竟是干部子弟，多少总要想到家族的声望。母亲和两个嫂子也担心，就都跑到我家的后园子，趴在墙头上看。后来听她们笑着学说，是这样的，说我的三个侄子每人拿了两个萝卜，本来应该藏在胸前，他们却都拿在身后，也就是背着手，手里攥着萝卜缨子，颠颠地往回跑，而不管身后有多少双眼睛。许多年后，我读到白居易的一首小诗，才知道这种情景古已有之："小娃撑小艇，偷采白莲回。不解藏踪迹，浮萍一道开。"想一想真的童趣盎然，简直是很傻很天真，很笨很透明。莫言有篇小说叫《透明的红萝卜》，而在我三个侄子背着的手上，六个硕大的青萝卜却晶莹璀璨，散发着赤子般笨拙而高贵的光芒。

这时候谭国相出现了，嫂子们看到，生产队长的嘴巴大大地张了好几下，却终于没有喊出声，他发了一会儿呆，转身走了。快走到河套了，一群笑意才追上他，雨点似的降落在他风吹日晒的脸上。

芜菁考

二〇一五年十月，我应邀到青岛，参加与著名作家王蒙先生的交流对话。活动是由中国海洋大学主办的，我们三五个人就住在海洋大学的作家楼里。王蒙先生不仅智慧幽默，谈笑风生，而且很有生活情趣，每天早晨他都会亲自动手，现磨一壶咖啡，拿到餐桌上和我们分享。有一次，看到餐桌上有一道名为翡翠萝卜的小菜，就问是青萝卜吗？回答说是青萝卜。王蒙先生用筷子夹起一片细细品尝，连说好脆，很久没吃到了，然后问："在你们老家那边，青萝卜还有别的叫法吗？"有人抢先说："叫'绊倒驴'吧。"王蒙先生不置可否，或许觉得"绊倒驴"有点俗，他说："其实青萝卜有一个很美的雅号，叫'芫菁'。"

我突然有点感动。好像"芫菁"这名字我上辈子就知道，现在只是重新回忆起来。世间万物，包括蔬菜和庄稼，原来都是有其不可轻慢的身份和名号的，而"芫菁"更像是大地的诗人，凝聚了青萝卜前生后世的所有精神与贡献。

我仍记得那个遥远的秋天的傍晚，全村好像家家都提前烧火做饭了，炊烟打着口哨，心满意足地走过各家的房顶，而且那炊烟是翠呱呱的，散发着青萝卜的青青香味。

那天晚上我家也是包饺子，六个青萝卜，满满一盆馅，掺上芝麻盐和豆瓣酱，全家人就开始里里外外，动手包饺子。我姐姐数过，说那薄皮大馅的饺子，我家一共包了一千零一个。少了不够吃呀。

而且整个那年冬天，我们天天都可以这样饱餐青萝卜了，因为各家都从生产队分到很多，连菜窖都需要挖两三个。所以就换着样吃，除了包饺子、蒸包子，还有炖萝卜片、炒萝卜丝等。粮食少，没关系，有青萝卜就行。侄子们都仿效我，动不动就说"我不爱吃粮食"，而母亲和嫂子们都知道，这是孩子们发自内心说的。

那个冬天的富足极大地鼓舞了全村人，队长谭国相更是深感骄傲。从那以后，队里每年都种青萝卜，年复一年，遍地芫菁，直到生产队解体，我们开始了新的生活。

青萝卜，字北青萝，号芫菁，在蔬菜王国中，它们是大地最质朴无华的歌者，并勇于承担起粮食的职责。的确是呀，一棵棵芫菁就像装满粮食的小麻袋，其硕大和沉实也许真会把一头驴绊倒，却能让饥肠辘辘的人们站起来。好像民间有这样的传说,在荒年或艰苦的岁月,每个村庄都会有某种拯救性的蔬菜或庄稼,让村民得以渡过难关,而在二十世纪六十年代,在辽西北的那个小山村,正是遍地芜菁,让我们全村的大人孩子免于饥馑,并从此常怀感恩之心。

诺恩吉雅

去年秋天，有个年轻人去内蒙古的奈曼旗，经过我辽西北的老家，回来后写了一首诗《我唱着诺恩吉雅，从你的故乡走过》，发给我，让我一下子愣住了——

> 初秋，我从你的故乡走过，凉风有信
> 从玉米地里吹过来，有人说那是边塞风
> 再往前行走几里地，就是辽蒙边地
> 你的乡邻与奈曼旗的乡民，地挨地
> 垄挨垄，我走过的路，都是你少年时
> 走过的路，我看到的风景也是你眺望的
> ……

多好的诗呀，行吟式的，而且只写给一个人！在这个时代，像这样写诗的人已经越来越少了。诗中的每一句话都很实在，连起来又很有味道，就仿佛老家的边塞风也向我吹来，唤醒了许多记忆。

是呀，我眺望过奈曼旗那片土地，在我老家的北面，隔一条小河，真是地挨地垄挨垄啊。这边的毛驴跑过去吃草，顺口掠了那边的庄稼，那边过来说理的，却又带了几斤荞面送礼。往往还听说谁家，有那边的姑娘嫁过来，而过了不久，却又把这边的姑娘说动了心，迎娶到那边，两人成了亲上加亲的姑嫂。总之，诸如此类的事情时有发生。辽蒙边地，对呀，边地自有边地的风景，边地自有边地的风情。

但我从没听说过诺恩吉雅，这是一首歌的名字吧？上网查了一下，果然有这首歌,而且简直就像我老家的歌,听起来特别亲切,恍如梦幻——

老哈河水长又长,岸边的骏马拖着缰,美丽的姑娘诺恩吉雅,出嫁到遥远的地方……

就是这首歌吧?——我问写诗的年轻人。他也是辽西人,说是呀,这是奈曼旗的民歌,一到你老家那边的辽蒙边界,她的旋律仿佛就飘在风中。

好个飘在风中!诺恩吉雅,一首歌的名字,一个女孩的名字,也是一种风的名字。

怪不得这样熟悉和亲切,这是蒙东的歌,也是辽西的歌,它独属于老哈河与西拉木伦河交汇的那片土地,而这两条河又分别是西辽河的南源和北源。特别是这首歌的节奏:老——哈——河——水,如此缓慢,如此深情,让我梦幻般找到了老家的感觉。

记忆中辽西老家的生活,就是这样缓慢而深情的。十八岁当兵之前,我一直没离开过那片土地,却几乎没上过县城。那时候去一趟县城不容易,先要步行到镇上去赶班车,而且要有钱买票,到了县城,还要有钱吃饭住宿。班车是一天一趟,如果你有急事,没赶上班车,那就只能步行去县城了,近百华里,看你的脚力。有时也看运气,如果路上能碰上拉煤的马车,人家肯捎你一程,就最好了。即使碰上个牛车,也想坐几步。真慢哪,牛车很慢,望断天涯似的,就连马车也很慢,拉煤的马车,总是不堪重负的样子。

拉煤的马车,是我少年时最难忘的记忆之一。我出生的村子有一座煤矿,国营的,我家在村南的沟里,煤矿在村北的山上。那些年不知是怎么回事,方圆上百里,都要到我们的矿山来拉煤,北边奈曼旗的也来,南边县城的也来。特别是冬天,拉煤的马车每天都要排队,很长很长的,沿着村路,从矿山一直排到我家门口。

当然,如果你有辆自行车,走路就轻快多了。不过那时候自行车很少,我们村除了北山的矿工,整个村子就我本家的振生哥有自行车。振生哥人长得很帅,但因为身份是农民,都快三十岁了,也没说上媳妇儿。后来他就经常外出跑"盲流",去过很多地方。有一年秋天他回来了,穿着白衬衫,衣锦还乡的样子,而且还骑回了一辆自行车,八成新,一路响铃。这件事迅速成了奇闻,从村头到地头,年轻人都围着他,听他讲外面的新鲜事。如果有像我这么大的孩子按一下响铃,马上就会有人过来呵斥,而振生哥却笑笑说:"没事,男孩子就是好奇。"为此,我对振生哥很羡慕,有事没事,总愿意跟在他后面乱跑,上山打鸟,下河摸鱼,还连滚带爬地跟他学会了骑自行车。

振生哥甚至处上了对象,人们看到村西头的满桌姐让他骑车带着,有时去割地,有时去赶集,如果谁开句玩笑,满桌姐就满脸通红,或者跳下来捡个土块追打,很张扬也很浪漫的样子。

抛土块是我老家的特殊习俗,我也被抛过。那是上中学的时候,有一次放农忙假,父亲每天一大早就催我去生产队干活,让嫂子带着我,上山和一群妇女去拔地。几天之后,我开始拒绝,坚持躲在家里看一本书,忘了是《苦菜花》还是《迎春花》,没想到父亲进来,忍无可忍的样子,两手颤抖着,我赶紧抱书逃出院子,已经很远了,还听见父亲在叫骂,并随手捡起土块向我抛来。

让土块飞一会儿吧。在辽西,即使是一个父亲在怒不可遏中抛出的土块,也会飞得很慢很慢,并不足以砸到他的儿子。

其实父亲之所以震怒,主要并不是因为我逃避劳动,事实上他也从来没反对过我看书,而那次之所以是个例外,可能还是因为振生哥,是我和振生哥的接近引起了父亲的不满,他最不希望看到的就是我跟振生哥学会游手好闲。

老——哈——河——水,这样的节奏,此刻让我想起了米兰·昆德拉，他在一本叫《慢》的书中写道："慢的乐趣怎么失传了呢？从前闲荡的人到哪里去了？民歌小调中游手好闲的英雄，那些漫游各地，在露天过夜的流浪汉都到哪里去了？他们随着乡间小道、草原、林间空地和大自然一起消失了吗？"

"游手好闲的英雄"，少年时我真的很崇拜，但这样的英雄在老家是不被承认的。记得振生哥还被大队的民兵抓了起来，说是有人揭发，他的自行车是偷来的。后来经过外调，证明自行车是他在县上赢来的，才得到了宽宥，大队把他放了。而人放了，就走了，尽管身上带伤，却据说他连夜登程，哼着小调，骑上自行车就去了县城或更远的地方，从此再没回来过。

其实在辽西老家，除了振生哥的游手好闲和我的爱看书，还有许多慢的乐趣。比如妇女们拔地是慢的，因为老家是洼地，地垄很长，往往从清晨到中午，一条垄还没拔到头。下午再来拔，想找原来那条垄都要费很长时间。那时候也没人戴得起手表，就是看日影，日影偏西，就准备收工了。有人说第二天是什么节令，还得回家剁馅包饺子呢。

包饺子也是个慢功夫，特别是人口多的人家。先剁馅儿，几把菜刀上下翻飞，需要半个晚上，才能把馅儿剁好。然后开始放葱姜蒜等各种作料，叫喂馅儿，供养的意思。接着是和面，一般是杂合面，荞面掺点白面，如果只有高粱面或玉米面，那就得加榆树皮面，增加黏合力，这样才能把饺子包住。面和好了，也得放在旁边醒着，醒一夜。就仿佛人睡了，面还在彻夜不眠地睁大着眼睛。等第二天清早起来，大人孩子才一起动手，擀皮儿的，包馅儿的，烧火的，拉风匣的。我基本上是拉风匣，坐在灶前的蒲垫上，一边拉风匣一边看书，火苗映着我少不更事的面孔。

还有赶集，老家镇上的集市历史悠久，好像从辽代就有了，一直延续到大清，到民国，到新中国的公社化时代。去赶集，都说是有钱的赶集,没钱的着急,其实没钱的也不着急,慢悠悠地赶着牛车来,再慢悠悠地赶着牛车回去。赶集不用马车,用牛车或驴车,好像是一种风俗。车上什么都有,几筐鸡蛋,一窝猪崽,放在一起也不怕碰。还有各种粮食,奈曼旗的荞麦,科尔沁的花生,还有小米出辽西,黄豆生北国,土豆是刚从地里掘出的,用麻袋装着。从槐花岭来的,总要带几罐槐花蜜,从烧锅营来的,则要带上些自酿的老酒,用木桶盛着,也不怕洒。但有人能认出来,那木桶外面的铁箍,是出自东街的铁匠铺。那个铁匠铺什么都能打,镰刀、锄头、镐头,铁匠们都会唱《国际歌》中的两句:"快把那炉火烧得通红,趁热打铁才能成功。"他们甚至还能浇注犁铧,所以铁匠铺又叫铧炉。总之,因为是辽蒙边地,三县交界,我们那里是个自古有名的集市,十里八乡乃至外县旗的都来,男男女女,老老少少,大姑娘小媳妇。

或许对于乡民们来说,赶集也是一种过节,不仅是互通有无,买卖东西,还有许多别的事体。碰见亲友或熟人,有钱就喝两盅,没钱就聊几句。小伙子看上了谁家姑娘,就会围着姑娘打转,故意在人家面前炫耀见识。也真有赶集看对象的,或者无意中碰上合适的,男方回去就会托媒人上女方的村子提亲。等过一段再逢集,准备结婚了,就开始捎信,七大姑八大姨都要捎到,而且提前量很大,比方八月节捎的信,说定下是腊月办事,甚至来年正月办事,也不怕人家忘了。

老家人干什么都是大时段的,像法国年鉴学派那样。小孩过满月,孩子姨夫连襟的姑丈母娘有事没来,捎信说等孩子的爷爷过六十六准来,而孩子的爷爷当时可能还不到六十岁。当然也有捎信就要赶紧办的事情,小伙子三十多了,好容易处上个对象,女方托人捎信到集上,说想要一瓶雪花膏,一块涤纶的衣服料子,或者一只手表,一辆自行车。小东西好说,大件就有难度了,怎么办呢?小伙子没钱,只好央求同来赶集的父亲,万般无奈的样子。父亲有时一跺脚,干脆,为了成全儿子,把赶来的牛车和牛也卖了吧。

是呀，老——哈——河——水，从前的老家就这样，正如木心先生写的《从前慢》：记得早先少年时，大家都诚诚恳恳，说一句是一句，而且，一生只够爱一个人。

除了西辽河的南源老哈河，我们辽西还有一条大凌河，古称白狼河。纳兰性德诗云"白狼河北秋偏早"，但秋天来得早，庄稼却是熟得慢，熟得晚。一到秋天，老家的山坡洼地，到处都是晚庄稼，凉风有信，边塞风吹拂着老气横秋的晚玉米、茋高粱、黄谷子，正如在地里收割劳作的，也都是一些晚熟的庄稼人，就连他们的聊天，也都是晚清晚帝的传说、晚了三春的故事。夜了黑谁家媳妇如何如何了，他们这样说话，夜了黑就是昨天晚上的意思。

但在我们辽蒙边地，要说最慢的事情，可能还要数一个姑娘的出嫁。我曾见过同村几个姐姐的婚礼，但印象最深的还是满桌姐那次。满桌姐的婆家据说就是北边奈曼旗的，之所以要嫁到北边，是因为她的堂嫂就是从北边嫁过来的，那边的小伙子是堂嫂的远房表弟，总之，是亲上加亲的。又说满桌姐本来是想等振生哥的，为此和人家要这要那，极尽刁难之能事，最后是她爹发火了，她妈要跳井，这才同意定日子嫁过去。

满桌姐出嫁那天，在院子里摆了几桌酒席，招待老亲少友。北边来了接亲的马车，马车上还放着辆自行车，说这都是满桌姐的要求。满桌姐穿着翻领毛衣，挨桌敬酒，然后让人把自行车从马车搬下来，只努了下嘴，新姑爷就骑车带着她，出去转村子。从南沟到北山，从煤矿到学校，亲友们也不着急，反正有好酒好菜，慢慢喝着。等转完一圈回来，满桌姐进屋补妆，出来时抹把眼泪，梨花带雨，就不失文雅地大哭起来，抱着她姑姑哭一回，抱着她妹子哭一回，最后抱住了她妈，连哭带说，一遍又一遍。我看见新姑爷在大门外等着，红头涨脸，连那马车上套的蒙古马，本来很老实，也几次想昂首嘶鸣，却又低头隐忍着，横竖不说一句话。直到下午太阳偏西，满桌姐再次补妆之后,才走出院子,和她的堂嫂及送亲的坐上马车,挥挥手,作别西天的云彩。

村里有个原来教过私塾的刘子臣先生,那天是满桌姐家的座上宾,我听见他感慨系之,慢悠悠地念出两句古词:"东家娶妇,西家归女,灯火门前笑语。"当时似懂非懂,直到长大后,我才知道这是辛弃疾的一首《鹊桥仙》,后面还有两句更美:"酿成千顷稻花香,夜夜费,一天风露。"

是呀,在成长的意义上,谁家的姑娘都是千顷稻花,养大不容易,出嫁更不容易。

总之,满桌姐的出嫁不容易,但是要和那首民歌中的诺恩吉雅比起来,恐怕还是有点逊色。满桌姐是出嫁到奈曼旗去,诺恩吉雅是从奈曼旗嫁出来,但她要嫁到什么地方去,却众说纷纭,有说是翁牛特旗的,也有说是巴林左旗、扎鲁特旗、科左中旗的,还有说的更远,远到锡林浩特和呼伦贝尔的。不管怎么说,诺恩吉雅是要嫁到很远的地方去的,"帷茀三千里,辞亲远结婚",这是感觉,即使上百里也像上千里。因此在告别家乡、离别亲人的时候,她才会那样依依不舍。"老哈河水长又长,岸边的骏马拖着缰",这个草原的女儿要出嫁了,她的故乡有一条河,她的远方也有一条河,正如她的彩礼是一匹马,她的嫁妆也是一匹马。她就那样站在河岸上,连哭带说,连说带唱,说了又说,唱了又唱。我查了一下资料,说这首民歌仅经过整理的就长达三十段,而其中诺恩吉雅和她父母三人的唱词有二十一段,这简直是史诗般的诉说,史诗般的歌唱啊,而歌唱的基本主题,就是草原女儿的乡愁,那种源远流长的、史诗般的乡愁。

一个朋友曾对我说,时间在有的地方是迅疾的,而在有的地方却变得缓慢,甚至很慢很慢。他强调这话是爱因斯坦说的,相对论哪,一瞬间表情非常神秘,几乎有点吓人。

老——哈——河——水,我是个比较喜欢收集民歌的人,我知道,这样的民歌其实是特别少见的。比如同样是东蒙民歌,《诺恩吉雅》与《云良》《达古拉》《森吉德玛》就明显不同,后三首基本上都是以爱情传奇为主线,《诺恩吉雅》虽然也有一点爱情的影子,但主要不是这个,而主要是对古老草原历史生活的缓慢而深情的展示,对辽蒙边地民俗风情的单纯而静穆的讴歌。在这片大音希声的土地上,没有什么比歌中那种高贵的单纯、悠远的静穆更贴近人心。

> 你年少时的悲悯,应该还在那些
> 云朵里积聚,大朵大朵的云,多么美
> 随时随地变幻着世间种种,我应该
> 站在你走过的山间小路,美丽胡枝子
> 正在妖娆,还有紫菀马兰头,这些
> 紫罗兰色的花朵,它们像爱情
> ……

我对年轻的诗人说,我年少时确实有过某些悲悯,但更多的,可能还是内心的渴望。而渴望什么,又说不清。也许我渴望长大后当一名骑兵,在草原纵马奔驰,无边无际的。或者我渴望做一个车老板,长鞭一甩,威风凛凛。还有,说实话吧,我渴望过一个女孩,她来自草原,骑马而至,又随手勒住缰绳,让马蹄悬空,一声长嘶,在我面前骤然停住,然后羞答答地下马,满脸通红地说,哎呀,你就是那个谁谁吧。

真有这样一个女孩吗?似曾有过,那是姐姐给我介绍的对象,不是满桌姐,是从小把我带大的堂姐介绍的,女孩家是科尔沁那边的,比奈曼旗还要远,不过那已经是在我当兵复员之后了。在等待人家过来相亲的日子里,我曾好几次蹚过老家的那条小河(与老哈河无关,只是大凌河的二级支流),站在奈曼旗的土地上,以一个复员兵的姿态，向草原的方向眺望。印象中奈曼旗和我的老家差不多，安静的村落，祥和的炊烟，唯有黄昏时分，牧人们归来，都匕斜着身子骑马，并随口哼着久远的歌谣。

他们哼的就是《诺恩吉雅》吗？一首歌的名字，一个女孩的名字，一种风的名字？

直到许多年后，当我终于知道了这首歌，听懂了老哈河的旋律和诺恩吉雅的故事，我才理解当年那个女孩的身影为什么始终没有出现在我的视野。她也许和诺恩吉雅一样，这么多年一直在和草原告别，而这是多么不容易的事呀。

你唱着《诺恩吉雅》，从我的故乡走过，我唱着《诺恩吉雅》，在从前的回忆中走过。

姐姐在俄罗斯名画中

海华姐是我五叔家的二姐，也就是我的堂姐。我家的姊妹虽多，但我和海华姐还是更亲。因为她从小带过我。

海华姐是我们村最出挑的姑娘，杨柳细腰，聪明能干，初中毕业后，因为正赶上"文化大革命"，就没上高中，回村当了赤脚医生。赤脚就是光脚的意思，可在我的记忆中，海华姐从来没光过脚，她的鞋是全村最好看的。那种传统的、民间的、平底的、圆口的、系带儿的布鞋，穿在海华姐的脚上，怎么看怎么周正，怎么雅致，怎么俏丽。姐当然也给我做鞋，千层底的，她一双双地做，我一双双地穿。好像从小到大，我的鞋都是姐做的。

海华姐不仅会做鞋，还会梳头，记忆中她几乎天天都在洗头和梳头。那头发又长又密，有时梳成两条辫子，有时梳成一条辫子，也是怎么看都顺溜，都带劲。母亲笑话她，说她上辈子肯定是个丫鬟，而不是小姐，因为小姐是不会自己梳头的。海华姐赌气，就经常支使我，她梳头，让我给她举着镜子。我很喜欢这个工作，哪怕两手酸酸的，也坚持举着。

许多年后，我看到一幅俄罗斯名画，题目叫《巧梳妆》，是一个女画家的自画像，这幅画让我特别怀念海华姐，除了头发不是那么黑，脸色不是那么白，女画家的那份清爽，那份顾盼，那份自赏，都像极了海华姐当年。英文版的《俄罗斯白银时代的艺术与生活》一书中，有一段对这幅画的评价，我翻译过来，意思是这样的："《巧梳妆》表现了白银时代那种自我中心的倾向。镜中人通过镜子凝视本人，这既肯定了本人的存在，同时作为一种副本的、对立的映象，又对本人的存在构成了威胁。"

是呀，对于海华姐来说，没有什么能对她构成威胁，除了镜子中她自己的映象。

我尤其忘不了姐骑自行车的样子。那是一辆白山牌车子，有点笨重，不过让海华姐一骑，那就不一样了，显得特别轻盈。姐骑车的样子好看，下车的样子也好看，就连她按响的车铃声也和别人不同，像是给谁做针灸，柔声细语的，玲珑剔透的，晶莹璀璨的。姐每天梳洗完毕，往往头发还没干透，就带着一种风华正茂、朝气蓬勃的清爽，骑车出发了。然后整整一天，从村里到公社，从学校到矿山，到处都能看到姐那杨柳细腰的身影。

后来我才知道，海华姐已经有对象了，自行车就是人家给的。海华姐那年二十一岁，以前听说有人给她介绍过几次对象，但海华姐连看都没看，就一口回绝了。母亲说，你姐咋那么有主意呢？说这个对象是河东村的民办老师，家有二斗粮，不当孩子王，何况还是个民办的。本来五叔和五婶都不太满意，海华姐却点了头。据母亲分析，这可能是因为那人是个高中生，在县城里念过书，有点文化吧。

恋爱中的海华姐，就像所有恋爱中的乡村女孩，脸色红红的，眼神傻傻的，而且比以前更忙了，白天忙，晚上回家也忙。五婶对母亲说，人家晚上不是绣花，就是做鞋。海华姐几乎是个鞋匠了。用母亲的说法，说那鞋做的，里是里，面是面的，鞋底不仅结实，而且还用针脚纳出了花儿，有梅花，有枣花，有打碗花。总之不论单鞋、夹鞋还是棉鞋，一双双都越来越像艺术品。

但谁也没想到，秋天，海华姐失恋了。那天高中生来串门，一开始都以为来串门，因为临近中秋，他还带来两包月饼。五叔和父亲及我大哥陪高中生在屋里说话，五婶和母亲及海华姐在外面准备饭菜。可正要放桌子准备开饭的时候，高中生却下了地，说他这次来，就是为了要把那辆自行车推回去，还说他爹说了，定亲时送的几块布就不要了,留给海华做衣服吧。

那是个人淡如菊的中午,所有人都愣在了五叔家。只有海华姐,每临大事有静气,她好像早就知道这个结局似的,很默契地打开柜子,拿出那几块布,连包袱皮都是原样的,到院里放在已被她前一天擦得干干净净的自行车上,连同高中生带来的两包月饼,然后对高中生说:"你走吧,看别赶上雨。"

关于高中生退亲的缘由,河东村都知道,很快就传到了我们村,说是因为他看上了一个女知青,那个女知青也在学校代课教书,家是县城的。高中生穿着海华姐亲手做的鞋,有时放学后和那个女知青一起走过树林。因为他在县城读过高中,就和人家谈些县城里的事,见多识广的样子。开始时他还很骄傲,故意把脚抬得高高的,那个女知青就问:"这是你对象给你做的鞋呀?"高中生脸红了,他看到女知青像所有县城女孩那样轻佻地撇了撇嘴,然后说,很结实吧,但你到了县上可别穿,县上没有穿这种鞋的。一星期后,高中生就换上了一双解放鞋,一个月后又换上了一双球鞋。

我再次见到海华姐,是在一两个月之后了。其间我几次要去五叔家,母亲都拦着不让去,说你姐病了,谁都不能见。直到初冬,天上飘起了雪花,母亲说去吧,你姐想见你。

海华姐明显有些见瘦了。事实上,我一见海华姐就鼻涕一把眼泪一把地哭了起来,我脚上的鞋脏兮兮的,露着脚趾。而海华姐却笑了,并且笑得那么嫣然、灿烂,一点也不勉强。她说好弟弟,你说姐做的鞋好看吗?我说好看。比解放鞋好看吗?比解放鞋好看。比球鞋好看吗?比球鞋好看。你敢穿着姐做的鞋去县城吗?我说,敢哪,那有啥不敢!海华姐就下地,从柜里拿出一个布包,打开,里边是一双里面三新的棉布鞋,说这是给你做的,冬天穿的。姐这大半年没顾上管你,看你这鞋穿的,都张嘴了,快换上吧。

我换上了新棉鞋,在地上连蹦带跳,走来走去,一副云开雾散、没心没肺的样子,就像我年幼时摔倒在地,姐把我扶起来,我哭喊两声,就继续到一边玩耍的样子。海华姐扭过头去,仿佛对着墙角说话:"别美了!你去给姐拿镜子来,姐想梳梳头。"

那是我最后一次看海华姐梳头,连洗头带梳头,足足有大半天时间。我两手举着镜子,看姐把辫子打开又编上,编上又打开,而镜子中她的头发越来越黑,脸色却越来越白,那种奇异的神态让我惊讶得差点喊五婶过来。

是呀,对于海华姐来说,没有什么能对她构成威胁,除了镜子中她自己的映象。我听到那个越来越白的映象在对我说话,它说一句,我应一句:长大了可一定要有文化呀——嗯。一定要超过高中生啊——嗯。也要超过城里的知青——嗯。你要自己挣钱买自行车——嗯。你要一辈子有自行车骑——嗯。你要骑自行车带姐上县城,上省城,上北京……

事情已经过去许多年了,但昨晚我梦见了《巧梳妆》那幅画,甚至梦见了画中的镜子和海华姐在镜子里的映象。我知道海华姐还在乡村老家,活得挺好,但是,我几乎实现了她所有的愿望,却唯独没有骑自行车带她去过县城、省城和北京。想到这可能是今生难以完成的任务,一种陌生的痛苦像银瓶炸裂一样让我从梦中醒来。

清 谷 天

假如树也能分出有钱的和没钱的，那最有钱的就该是榆树了。榆树有榆钱。

榆树不仅有钱，而且很慷慨，"春雨惊春清谷天"，每年一到这个季节，其貌不扬、俭朴成性的榆树就会像巴尔扎克笔下的少女欧也妮·葛朗台，为了爱情可以动用全部积蓄，捧出层层叠叠的榆钱儿，一掷千金，惠泽万家。

满树都是榆钱，满地都是榆钱。

榆钱很小，比世界上最小的硬币还小，小于我们的一分钱，也小于一美分或一便士。美国童书作家谢尔写过一首诗，叫《聪慧少年》，说有个男孩分不清钱币大小，他父亲给了他崭新的一美元，他出去先和别人换成了两枚两角五分的硬币，觉得自己很聪明，二比一多呀。接着又换成三枚十美分的，四枚五美分的，最后，他换到了整整五个便士，于是喜出望外，颠颠地拿着，跑去向父亲炫耀。不知道这个聪明的美国男孩现在多大了，如果他能来中国，能到辽西，那他还可以继续换，五个便士，应该能换到一筐榆钱呢。

但在我们小时候，换不换，我们说不定还会很犹豫，因为一筐榆钱很重要，那往往就是全家人的一顿饭。

01

辽西多榆树。千里丘陵，阡陌村野，别处都说桑梓，此地却说榆桑。尤其春天，虽也一样桃红柳绿，但堪称地标的树，还是榆树。几乎每个村子，都有一两棵葳蕤的老榆，倚仗村头，迎来送往的样子。借用一个日本作家的名字，可以说，榆树就是我们辽西的"村上春树"。

不过当地人不讲村上，讲家，是以榆树，特别是老榆树或大榆树，在我们那里又称"家树"。我听父亲讲过，民国乡贤刘子臣先生有诗："荒年仰家树，榆钱饭辽西。"都说这个"饭"字用得好，既是名词又是动词，作为动词，饭是接济的意思，让人活下去的意思。

我们村上的"家树"不算太老，上百年吧，却仍有很大的树冠，很顽健的样子。春天如果爬上树，环顾枝枝榆钱，那真是花团锦簇，硕果累累，只不过花是绿的，果也是绿的，满眼都是绿的。我从小是不太敢爬树的，但这棵树上去过，是被一群小伙伴怂恿着上去的。

等我骑到树杈上，才发现更高的树杈上还有个叫小凤的女孩。因为树冠纷披，条枝浓密，在下面是看不见树上有人的。小凤在学校比我小一年级，像个野小子，最喜欢登房子上树，特别是采榆钱，她腰里缠着绳子，干净利落，绳子拉上垂下，不一会儿，就是满满一筐榆钱。

小凤光着脚，悠悠荡荡的，很轻蔑地说，有能耐你再上啊！我不敢抬头，她就在上面摇晃起来，吓得我赶紧抱住树杈，榆钱也顾不上吃了。突然又垂下一只筐，小凤在上面喊，别吃了，快点撂，撂满筐，你家还等着做榆钱饭呢！筐很大，我正愁啥时候才能撂满，接过一看，原来小凤早就替我撂大半筐了。

小凤把采榆钱叫撂榆钱，这让我觉得不可思议。直到许多年后读《诗经》，看到"参差荇菜，左右流之"的注解，说"左右流之"就是左右撂之的意思，才明白撂榆钱不是辽西土话，而是很古远很文气的用法。

参差榆钱，左右流之，邻家女孩，不敢看之。

02

榆钱饭辽西,辽西榆钱饭。在我们小时候,榆钱饭是离不开的,它就像是春天的歌谣,一到三四月份,青黄不接,家中粮米仅可支撑数日,菜已竭,又饥又馋的时候,吃过杨树叶和柳树芽,榆钱饭就会随着每家的炊烟,被引荐到餐桌上,支撑起大人孩子春寒料峭的胃口。

榆钱饭的传统做法很简单,锅里水烧半开,先撒榆钱于蒸屉上,再撒玉米面于榆钱上,整个过程颇有模拟下雪的意味,纷纷扬扬,飘飘洒洒。等锅开了,饭也熟了,用青花碗盛,再佐以葱酱,就成了春天农家的美味,女孩一碗可足,男孩两碗或意犹未尽。有时候饭做少了,不够吃,孩子们还会争起来,让大人在旁边伤心落泪。

榆钱饭的这种做法,有点像腊月间的蒸年糕,因而也就有了几分喜庆感和仪式感,但如果说蒸年糕是写小说,做榆钱饭则是写散文,关键要散,撒玉米面要不时地用筷子"布拉"着(疑为满语,点划开的意思),如同闲笔,使之形散意不散。所以正宗的、经典的榆钱饭,在我们那里又叫布拉、榆钱布拉。郑板桥诗"正好清明连谷雨,一杯香茗坐其间",这是指江南,我们辽西在这个季节只有几碗布拉,青花碗的,也像模像样地坐在清明和谷雨之间,食之微甘,亦菜亦饭,自有一种春和景明、白云滚滚、散淡脱略、高古难言的味道。

03

其实榆钱饭也有多种做法。除了布拉,我们那里还喜欢吃"饹豆子",一种特殊的玉米面条。也是水半开时,放进榆钱半锅,杂以油盐葱花,再把揉好的面用"饹豆板"擦到锅里,水开即连汤带面一起盛进碗里,吃起来咸甜可口且微酸,有米线风味。这种食品,古语称

"粲"，本意是露齿而笑。确实，每当家里做榆钱饹豆子，我就忍不住这样笑起来，露着两颗门牙，毫无table manner（餐桌礼仪）的架势。

不管是布拉还是饹豆子，都属于榆钱饭，不仅解饿，也省柴火，看房上的炊烟，谁家如果是淡淡的几缕，那就一定是榆钱饭。

最好吃的榆钱饭，当然是榆钱窝头。只是粮食少，一般人家做不起。小凤她爹是矿上的工人，所以小凤家能做。我现在还记得，有时小凤她妈到我家来，是会送几个窝头的。但这时候我总能把持住自己，不笑。母亲说，看我儿子，当着外人，还是挺讲究的。

小凤她妈来送窝头，是用青花布包着的。青花布很好看，让我想起表姑。表姑家是河东屯的，据说那个屯出过进士，榆钱也最好吃。至于出进士和榆钱有什么关系，不知道。表姑来串门，总是挎个筐来，筐里有鸡蛋，也有榆钱。表姑的筐上总覆一块布，那布也是青花布。这就给我一个很美的印象，老家人送礼，特别是送吃的，青花布是必要的装饰，有块青花布，礼就显得很淡雅，很高级，就仿佛辽西也是江南，老家也是乌镇似的。

表姑进院，母亲说，送礼来了？表姑说，送礼咋的？榆钱也是钱哪，余钱余钱嘛。表姑送来的榆钱，果然颗颗肥绿鲜嫩，母亲就用来炒鸡蛋，以礼还礼。鸡蛋被吃光了，我看到盘子里还剩下几颗榆钱，大小就像是清朝的"乾隆通宝"，颜色也像，青黄泛紫。

04

榆钱饭家家能做，滋味却因人而异。我家里人口多，有时大嫂做饭，有时二嫂做饭，有时几个姐姐也做饭。其中的差别不明显，但有之。现在回想，嫂子们做的是早春，微咸，稍带攀比的寒意；姐姐们做的是仲春，略甜，可能融进了她们各自心里的初恋；最好吃的榆钱饭，还是母亲做的，那是暮春时节的滋味，春风十里，荞麦青青，而且也接近初夏了，榆树上的小凤也开始"熟练试单衣"了。

我对小凤有好感。这不仅因为她帮我撸过榆钱，也因为有几次，她也学着她妈的样子，用青花布包着窝头塞给我。当然我一般都谢绝了。大人送礼是大人的事，收女孩子送的食品，我觉得有涉尊严问题。不过我真的喜欢青花布，在那个年代，老家怎么会流行青花布呢？尤其拿在小凤手上，简直是一种风景。

小凤一天天长大了，第二年我上中学，她也快小学毕业了，看上去已颇有女孩样，尤其辫子发育得很好，走路一甩一甩的。不过她依然喜欢上树，有时在路上碰见，小凤说，我有事想和你说呢。我说，说吧。小凤说，到树上去说。这让我为难，我说过，我是不太敢上树的，那次都差点摔了。再说一个中学生上树，感觉上也是有失身份的。所以每次我都果断地说，不行。

还没到立夏，小凤就穿上了单衣裳，青花布的。

正是清谷天，那棵老榆树仍然翁绿着，尽管榆钱已经过时。有天早晨我上学，走到树下的时候，小凤从树的另一边跑出来，伸开双臂说，求求你上树行吗？真有事和你说呢。那天她就穿着那件青花布小褂，在晨风中显得英姿飒爽。

我说不行，还要上学呢！但不管我怎么迈步，小凤就是不肯让路，我终于气愤，就一把推开她的手臂，没想到，小凤一下子坐到地上，哭了起来，她的青花布小褂一耸一耸的。一切都很突然，我正不知所措，就听从树上呀的一声，侠客般跳下三个惹不起的男孩，其中有一个叫黄毛，说好哇你，敢欺负女生！他们手里都拿着树条子。我拔腿就跑，觉得树条子几乎抽到了我背上，脚下榆钱纷落。

我逃回了家，并从此记恨起小凤。我想这肯定是她设计好的，黄毛就是小凤大爷家的孩子，另外两个也是她家族的兄弟。小凤之狠，堪比《红楼梦》里的王熙凤。直到许多年后，和一个美国人交流，我才对小凤有了新的理解。

05

那是二十世纪八十年代初,我大学毕业留校,和美国外教奥巴赫一起给研究生班上英语课。有一次周末,学生们请我们聚餐,有一盘翡翠般鲜亮的拌榆钱引起了奥巴赫女士的兴趣:噢,elm flowers(榆树花)!她喊道。

就因为这道菜,我们谈起了榆树。奥巴赫说美国也有很多榆树,但没有这种吃法。关于厨艺,她知道得不少,还顺便谈起了美国剧作家奥尼尔的《榆树下的欲望》。

榆树下的欲望,为什么是榆树下呢?我忍不住,就讲起了小凤的故事。我说从前在榆树下,有个很好的女孩,但后来,每当我从榆树下走过,唯一的欲望就是把这个女孩痛打一顿。我说一直不理解,这个女孩为什么总喜欢上树?难道就因为她叫 Little Phoenix(小凤)吗?

学生们笑了,奥巴赫也笑了,说你讲的简直是 fairy tale(童话),但你知道吗?Little Phoenix 可能是喜欢你了。我愕然。奥巴赫解释说,这是 puppy love(早恋),oral stage(口腔期的)。我问什么叫口腔期,她说,比如你总想吃榆树花。

要是奥巴赫女士如今还健在,应该有八十多岁了。她可能不会想到,从那次到现在,三十多年了,我一次也没再吃过榆钱饭,或她所说的榆树花。沈阳有家老边饺子馆,很有历史。不久前有朋友约我,说那里的饺子什么馅儿的都有,比如猪肉榆钱馅儿的,问我有没有兴趣。我不想吃榆钱馅儿饺子,我只想吃榆钱饭,那青花碗里的布拉或饹豆子,或那青花布包着的窝头。参差榆钱,左右流之,邻家女孩,却敢推之,推而哭之,记而恨之,这样的日子真的一去不复返了吗?

木心说:"如果少年的我,来找现在的我,会得到很好的款待。"是呀,如果那样,我一定会倾尽所有,来款待这个穿越而来的我,可以请他吃沈阳的老边饺子、李连贵大饼，也可以请他吃姑苏酱鸭、太湖白鱼、东坡肘子、彰化肉圆，我想让他尝遍"舌尖上的中国"。可是，如果他坚持要一碗榆钱布拉或饹豆子呢？考虑到少年之我的倔强，这是完全可能的。那样，我就希望一切都能重来，还是那样的清谷天，树上还有个小凤，悠荡着双脚，垂下大半筐上好的榆钱。

我想在款待少年之我的时候，也款待一下那个曾被他推倒在地的、青花布小褂一耸一耸的小凤。

青 铜 雨

01

雨也有父亲吗？——这是《圣经》里的一句话。

我在南伊利诺伊大学的听课笔记，有几页记的全是和雨有关的话，这很奇特。比如说夏威夷的雨是什么样的，新英格兰的雨是什么样的，还有福克纳笔下南方的雨和北方的雨、中部的雨、西部的雨有什么区别等等。我现在能想起来，那次是詹姆斯教授在讲课，记忆中他的英语有点老派，听起来就像我在折旧书店买的书，语调也是那样："我们伊利诺伊州冬天很冷，夏天很热，大部分雨水来自墨西哥湾，是贸易风把它们从密西西比河谷吹过来的。南伊利诺伊每年的降水量是一百一十七英寸，北伊利诺伊是九十一英寸。"

2010年夏天，当许多地方都因大雨而引发了洪水，我却在家中反复地阅读这几页笔记。你好吗？教授，二十多年了，你就像大洋彼岸的一株老荷花，就像我们中国人说的"留得残荷听雨声"那样，仍在我的记忆中飒飒地讲述着雨的故事。

詹姆斯教授个子不高，当年有五十多岁，一头鼠灰色头发。那天早晨外面正在下雨，他的灰发被淋湿了，看上去就像有一只被淋湿的灰鼠在他头上惊慌失措地观望，我们都不禁笑了。教授说："你们知道吗？《圣经》里写着呢，上帝降下的雨水，既会落在小人头上，也会落在君子头上。"这样说很巧妙。詹姆斯就这样开始了讲课。我记得很清楚，那是在南伊大学的南山教学区，外面正下着白亮亮的雨。

在南伊大学，詹姆斯教授以博学著称，外号"大英博物馆"。就在那个雨天，这位博物馆教授有感而发，竟给我们讲了一上午的雨，不仅有很准确的资料数据，还旁征博引，从《圣经》到荷马，从莎士比亚到弥尔顿，其侃侃而谈的风范令人瞠目。他说《圣经》里那段话后来成了一种法律思想，因为有位十九世纪的美国议员说了，落在君子头上的雨水其实总会多一些，因为君子的雨伞可能会被小人偷走。说还有个著名的律师讲过，如果某党派曾经从雨中受过益，那么当反对派以干旱为由攻击它，它就不必惊讶等等。说实话，当时我对这些例子并不很感兴趣，我感兴趣的是和雨有关的诗，也就是说，我们该如何想象雨。詹姆斯教授也提到了不少诗人，比如英国的艾略特、爱尔兰的叶芝、美国的史蒂文斯等。特别是史蒂文斯，当教授引用他诗句的时候，我的眼里忽然充满了泪水，并差点从座位上站起来——

　　雨的土著就是雨人

　　这真是奇异的诗句，詹姆斯教授不会想到，这诗句会让我空前怀念自己远在中国的家乡。还有一个更奇异的词，也是引自史蒂文斯的诗，"青铜雨"——我想，这是多么壮丽、多么恢宏的雨呀，它是雨的雕像吗？如果是，那么，可能世界上再没有任何地方比我的家乡更适合建这个雕像了——

　　一场来自落日的青铜雨标出
　　夏天的死亡，那时间忍耐它

　　总之，从多年前美国中部的一个雨天，到多年后中国大部的一个雨季，我其实一直都在回忆和塑造着家乡的雨。而此刻我已分不清，哪些是当年的回忆,哪些是现在的回忆。但不管当年还是现在,教授的旁征博引都像是一些湿漉漉的雏菊,灿然在我回忆的征途上。

02

父亲说:"天要下雨了。"

父亲宣告天要下雨的时候,母亲的目光中就会出现一双小手。E.E.卡明斯的诗中说:"任何人,甚至是雨,都不会有一双那样小的小手。"(见《我没到过的地方》)母亲就用那样的小手切菜、和面,开始包饺子。母亲包饺子的目光是异样的,极温柔,也极认真,就仿佛她在用目光包饺子。小时候无论我在什么地方,放学的路上,打草的山上,只要看到天阴上来了,就撒腿往家里跑,因为知道家里必有饺子端上桌了。

我的家乡在辽西。谁都知道,那片寂寞而幽远的丘陵地带,实际上是中国乃至全世界最缺雨水的地方之一,而唯其如此,雨在父亲和母亲的心中才那么重。或许,辽西的雨也的确是重的,与心境没什么关系,至少那雨点比别处的大,大的像青杏,小的像黄豆,沉实饱满。所以我们那里的雨点不是落下来的,而是砸下来的,砸到地上会绽出菊花样的小雨坑。我们的雨气味也别样,闻起来极新鲜,很像海豚,连声音也像,啪啪的,从波涛汹涌的天空摔到地上。父亲说那叫"雨脚"。雨的手很小,雨脚却很大,特别是我们那里的雨,都有一双美丽的大脚。

父亲看天阴得河似的,知道雨要来了,就忙着挑水,帮母亲抱柴火,然后站在院子里,一遍遍伸出手去,试着接雨。父亲最喜欢海豚雨,但我们那里不这么叫,叫马莲筒子雨。有一次五叔过来跟父亲讲毛主席诗词,讲到"大雨落幽燕,白浪滔天",父亲说,那肯定是马莲筒子雨,再不济也得是鞭杆子雨。五叔说,还真对,你看后面这两句,不正是"往事越千年,魏武挥鞭"嘛。说着,两个人就准备喝酒去了。

父亲平时并不嗜酒,但每逢下雨,就想喝酒。这用史蒂文斯的话说,还不就是个"雨人"吗?我们村里有很多这样的人,他们都喜欢在雨天喝酒。后来我才理解,雨天喝酒不仅是一种情趣,也是颇具古风的一种习俗。两三个人坐在炕桌前,一边听雨一边喝酒,也许喝着喝着,窗外的雨点就会飞进来,斜斜地落入酒里,就像古诗中写的"数点雨入酒,满襟香在风",这样的喝酒,在某种意义上也像是喝雨。雨人就是渴望喝雨的人,因为在他们心中,可能酒和雨同样珍贵,而雨和酒也同样浓烈。

父亲作为雨人的另一个标志,是他特别喜欢雨具。我家的雨具在村里是最完备的,只是没有雨伞。那时候一般人家都没有雨伞,但有"苘勒斗",这属于方言,也就是古人说的斗笠。家里有好几个苘勒斗,都一水儿挂在墙上。还有橡胶雨靴,平时放在柜子下面。还有蓑衣,归父亲专用。别人是不穿蓑衣的,因为觉得不时兴,不好看。但在父亲眼里,一个农民在雨天穿上蓑衣,再戴上苘勒斗,那可是天地间最美的风景了。只是父亲的蓑衣太旧了,年深日久地挂在墙上,像只古铜色的大鸟。

还有雨帘,辽西家家都挂雨帘,那雨帘其实很简陋,是用高粱秸勒成的,也叫秫秸帘。勒秫秸帘不是什么重要活儿,但勒好也不容易。父亲是这方面的高手。每年秋天收完庄稼,父亲的第一件事就是选出上好的高粱秸,要粗细匀称的,叶子支棱的,然后用细麻绳编好,再勒上两道粗麻绳,两边剪齐,就可以挂在窗户上了。雨帘是晴天卷上去,雨天才撂下来,这样在屋檐下挂一年,往往也变得乌黑,像一捆青铜色的庄稼,是对庄稼的纪念,也像辽西人家的一个摆设。不过要是在春天,就会有点"清明时节家家雨"的味道,而在夏天,那就是"月朦胧,鸟朦胧,帘卷海棠红"了,只是怕那鸟儿,对着青铜色的雨帘睡不着。

03

每逢下雨，父亲总是喊我们去撂雨帘，喊归喊，每次他总是自己出去完成这项工作。撂雨帘在父亲心中是一种仪式，也是他隐秘的乐趣。有一次我想有所表现，就跑到外面替父亲撂雨帘，结果白挨了浇不说，还让父亲显得怏怏不快。我那次头发让雨浇得一绺一绺的，照镜子看还觉得挺帅气，于是也不梳好，就那样一绺一绺地走来走去。这个习惯保持到我谈恋爱的年纪，故意选个雨天到那个村子去，在人家门口站半天，然后一甩头发，走来走去。后来我知道这很像海明威《战地春梦》中所写的情景，年轻的美国上尉就是以这种湿漉漉的英俊与真诚，让英国女护士的心变得充满泥泞。

其实对父亲和乡邻们而言，被雨浇应该是一件很幸福的事情。柏拉图曾举过一个聪明人的例子，英国的摩尔后来加以引证，以说明什么是"共同体"（见《乌托邦》），说如果一个聪明人看到外面下雨，而众人都在外面浇着，那他可以说服众人回家避雨。要是说服不了，众人宁愿在外面浇着，那他可以自己回家避雨，而不去干涉共同体的幸福。这个例子对我的家乡是很适用的，乡邻们就是这样的幸福共同体，下雨天都宁愿在外面浇着。而且，我的家乡没有聪明人，就算有，也是反其道而行之，下雨天总想方设法说服你、引逗你出来。我父亲就是这样的人。每逢下雨，他都要穿上那件破蓑衣，戴上那顶苘勒斗，出去到处转悠，院子里通通壕沟，园子里架架茄秧，实在没事就薅薅草。有时候还扒着园子的墙头，和南院的三大爷、西院的五叔唠几句嗑，都是关于雨的嗑，这雨长了那雨短了的。母亲是看不惯这种唠嗑方式的，她一边包着饺子一边说，这几个人，怎么像妇女呢。我顺着母亲的目光看，也确实像。他们就这样顶着雨闲唠，而不管妇女们看他们的目光是多么鄙夷。更让妇女们觉得无法容忍的是，他们唠着唠着，往往就说好了到谁家喝酒。这时候谁要是在路上看到他们，就是看到三个紫铜色的大鸟，顶着三个黑蘑菇。

辽西的农民就是这样，他们除了辛勤耕作，还是反抗干旱的革命者，全部的理想就是雨。一下雨，他们似乎就变成了高尔基的"海燕"，以紫铜色大鸟的方式，一会儿翅膀贴着园子，一会儿像妇女似的唠着雨嗑，一会儿又像真正的男人那样去喝酒。但父亲他们唠嗑也好，喝酒也好，始终保持了一个优良传统，那就是不嚷不闹。辽西农民对雨是敬重的，在雨天，他们从来不大声说话，因为那样说不定就会把云给惊散了，把雨给吓跑了。这就是大名鼎鼎的辽西雨人，他们的爱雨惜雨有时会到这样的程度，那就是宁可让雨成灾，也胜过没有雨。碰上哪一年雨真多了，庄稼涝得不成样子，他们愁归愁，心里还是比较平衡，因为老天毕竟是公平的，一个地方有旱有涝，那才是体面的地方。于是他们相视一笑，抽着烟说："这回可算涝了。"

04

我有时突发奇想，要是父亲他们也和我一起到了大洋彼岸，并见到詹姆斯教授，他们会喜欢这个在雨天高谈阔论的人吗？可能不会，但有一点，他们会喜欢那里的雨天。美国中部的雨显然是带有中国风韵的，这是我当时的感受，所以那天詹姆斯讲课的时候，一些中国古诗里的雨也落在我心上，像"沾衣欲湿杏花雨""燕子桃花三月雨""黄叶空山僧舍雨"等，这些诗句被我随手记到了听课笔记里，此刻读来，别具况味。还有"一帆暝色鸥边雨"，出自唐代诗人殷尧藩的《潭州独步》。我想，要是我当时能把这句诗译成英语，讲给詹姆斯教授就好了。那"鸥边雨"是个什么景象，不知道，但既然可以说"鸥边雨"，是否也可以说"鼠边雨"呢？这么多年，我一直忘不了那个雨天的上午，詹姆斯像只灰鼠似的站在讲坛上，旁征博引，左顾右盼，以至外面的雨都显得灰茸茸的,说不清雨是他的背景,还是他是雨的背景。

如果碰巧有机会,詹姆斯能读到我的回忆,他会说什么呢?他也许会耸耸肩说,我不介意自己变成灰鼠,但我想知道你究竟怎样评价你的父亲,我觉得他也很像一只灰鼠,中国辽西的雨王(Rain king)。

确实,父亲即使算不上雨王,但他对雨的深厚情感让后来长大的我毕生感佩不已,只是父亲是沉默的,他不会旁征博引,和詹姆斯相比,他可能是另一类灰鼠,而正是他的沉默,照亮了辽西人对雨的无边无际的渴望。

没有雨的日子,父亲是最沉默的。那种日子他往往会坐在园子里,盯着那些半死不活的茄子秧,蔫头蔫脑的丝瓜条,很久没有动静,也不说一句话。大热天的,母亲问他老在园子里干什么,父亲半天才回话,那话虽然气冲冲的,声音却很低:"你没看我在薅草嘛!"这听起来未免怪诞,母亲就派我过去看。我发现,园子里其实并没什么草,有那么几棵,也是白了草尖的,像几个老气横秋的孩子。对这样的草,父亲是不忍心薅的,我听见父亲在心里说:"天都旱成这样了,草不也是一条命吗?"大晌午的,父亲就那样坐在园子里,直到后来听詹姆斯教授那次讲课,我才知道父亲当时的心境,与叶芝笔下的"老人"(见《老人统治》)何其相似乃尔——

> 我在这里,一个坐在旱季的老人
> 被一个孩子观望,在等待一场雨

在旱季,父亲的行为总是不乏怪诞,他有时在骄阳似火的日子,也会穿上蓑衣,戴上苘勒斗,到东山或西山的地里转悠,在地头一坐就是一天,像个稻草人,呆呆地望着傲慢的天空,守着那片被无辜的风吹来拂去的天真的谷地。为此我曾彻夜不眠,生怕父亲的行径被邻人看到，然后当成笑话传到学校去。但后来发现，父亲是有很多同党的，三大爷、五叔，还有我同学胜利他爹，我姐同学许芹她爹，也都是这样差不多的打扮，家里地里地转来转去。我问母亲这是为什么，母亲说，他们那是在求雨。以这种貌似怕雨、防雨、未雨绸缪的方式求雨，不知是哪辈子传下来的，但我相信那是辽西所独有的习俗。借用许多年前那位美国律师的话说，他们是这样一伙同党，就好像他们曾经从雨中受过多少益，所以当干旱发生时，他们就要主动承担责任。

但这种分散的、地下式的求雨后来被证明无济于事，眼看就要到农历五月二十三了，旱情还是有增无减。那是二十世纪七十年代初，好像是我到南方当兵的前一年，辽西大旱，遍地飞蝗，刚进初夏，旱象就从天而降，而后愈演愈烈，摧枯拉朽。我们辽西丘陵人，是见过大旱象的，但对此也不免心存忌惮，人在路上走，都慌慌张张的。地里的庄稼都冒烟了，划根火柴就能点着。狗热得像干了多累的活儿似的，呼哧气喘，看见来人勉强吠两声，却如同猫叫。就连马的声音也像猫叫，在井边喵喵的，而猫本身，倒像是学会了马的嘶鸣。这时候人们的心里再也坚持不住了，有人提出了全村求雨的动议，大旱当前，他们甚至有点群情激愤，一致商定在五月二十三那天上山求雨。

"大旱不过五月二十三"，这句农谚我从小知道，也从小不解，这五月二十三咋那么牛呢，难道它是传说中的宝葫芦，里面装着雨，一到日子葫芦嘴就笑呵呵地咧开，雨就下起来？可既然那天指定有雨，为什么还要求雨呢？我问父亲，父亲也不搭理，他正在炕桌上写求雨表，也就是求雨的文书。父亲小时候念过几天私塾，土改时还当过村主任，显而易见，领导那次求雨的重任，已经历史地落在了父亲的肩上。

05

然而在我的记忆中，父亲那次并没去参与求雨，为了这事，五叔还过来同父亲吵架,吵得很凶。父亲没去求雨的原因其实并不复杂,是他碰巧在村口遇见了公社的邮递员,邮递员说当前除了辽西等局部地区,全国基本上都在抗洪,而不是抗旱,特别是南方,很多地方大雨成灾。说着他还从邮件里翻出报纸,指着醒目的标题给父亲看。那时的邮递员是很有权威性的,听他这样说,父亲就动摇了,他想这时候大张旗鼓去求雨,还真有点不太合适。但五叔是看不起邮递员的,他表现出极大的不屑,说你别听送信的瞎白话,那南方离咱们远了去了,少说也有八千里呢。父亲说,就算八万里,不也没跑出中国去吗?说着说着,老哥俩就散了,颇有些分道扬镳的架势,我记得,五叔的衣角在阳光下一撅一撅的。那天的空气也很特别,好像泥土一样浑浆浆的,让人出不来也进不去,连父亲的叹气也是浑浆浆的。父亲知道,在这种情况下,无论是去求雨还是不去求雨,他都无法做到心境坦然了。

许多年后,詹姆斯教授讲雨,说求雨是普世性的民俗事象,包括起草过《独立宣言》的美国第三任总统杰弗逊,也亲自参与过求雨活动。不过,杰弗逊参与求雨的时候还不是总统,而是弗吉尼亚州的州长,他当了总统后就改变了态度,最明显的例证就是拒绝设立"联邦祈雨日"。据詹姆斯分析,这原因很简单,总统是要对全国负责的,而全国的雨水不可能是均衡的,有地方缺雨,也会有地方多雨,因此以整个国家的名义求雨是有问题的,如果造成普遍下雨,那毫无疑问,对本来多雨的地方是不公正的。

但父亲只当过村长,而不是总统,只当过村长的父亲却能像总统一样考虑问题,这样的例子是否少见,詹姆斯教授没讲,但他所引证的英国诗人拉金的话,却让我对父亲多了一份心心相印的理解。拉金说:"如果我被召唤,去创造一种宗教,我将用水去创造。"确实,水和人心离得太近了,这正如我们辽西,虽然土地是干旱的,但人心却比别处更湿润。因此,在我记忆中那个万里无云的五月二十三,当父亲终于决定他不去求雨的时候,我相信他的心中一定早已是风生水起,雨意盎然。

乡邻们求雨的地方在东山。求雨的方式并不复杂,那就是不管男女老少,有蓑衣的穿上蓑衣,没蓑衣的拿根柳枝,然后上香,然后跪下,然后共同求雨。乡邻们在三大爷的率领下,叨叨咕咕,如泣如诉,并在心里不断搅拌着家乡的土地和想象中的雨滴。而在三百米的高空之上,矿山井架上的风向标,连羽毛般的颤动都未发生。

父亲站在我家的院子里,样子有些惭愧,也有些悲壮。求雨表已经派我送去给了五叔,父亲知道他会念好,五叔向来是声情并茂的。父亲眼望东山,心情湿润,从傍中午一直站到下午时分。母亲坐在屋里,不时往外瞅两眼。这时候天空还是像儿童画一样朴素,偶尔飘过的几片云花,就像我多年后学会的英文字母。然而父亲是坚信的,他坚信雨在日落前一定会到来。关键是风,如果等会儿起风了,那会是南风吗?父亲平时喜欢北风,那天却对南风充满了期盼,他觉得要是南风,就会把南方连日的大雨匀过来一些,那不就正好吗?也能让不待见南方的五叔消消气。父亲在期盼中总共抽了九袋烟,就在他准备抽第十袋烟的时候,他听到矿山井架上的风向标咔嗒转了一下,果然起风了,而且果然是南风,东南风。而随着那风,一只生机勃勃的燕子降落在我家的雨帘上,在父亲脚下,被风吹落的几片杨树叶奔跑如鼠。

父亲听到的是风,母亲看到的是云。那片乌云大概是下午三点的时候从东山升起来的,初看像一个秃头秃脑的怪孩子,但脑门的中心却透着漆黑,这秃云迅速上升蔓延,像是无底深渊的儿子。在母亲出去抱柴火准备做晚饭的时候,她听到咔嚓一声炸雷,骤然而起的风差点让母亲和柴火一起撞到父亲身上。母亲嘴唇哆嗦着说:我去包饺子。没等母亲进屋,铿锵有力的雨脚就迈进了院子。母亲刷锅点火,父亲还在院子里,他不可一世地激动着,并开始用手抛出眼泪。父亲想,男人流泪时应该就着点雨，因为雨和泪彼此都是水，可以混淆，抹一把脸，别人就看不出来。这时候他听见有人在喊，扭头一看，三大爷、胜利他爹、许芹他爹，总之除了五叔之外他的所有同党，都堆在我家的大门口，他们也都和父亲一样，就着雨，在狼藏狈掖地流泪，所不同的是他们都穿着蓑衣，而父亲只穿了件小褂。

那是我记忆中最伟大的一场雨，它的神奇和浩大远远超过了辽西传统的马莲筒子雨或鞭杆子雨，它是从南方来的，也是从远古来的，不仅那雨丝仿佛是青铜万缕，从青铜似的天空倾泻而下，而且掺进了辽西农民们那难以掩饰的泪水。还有窗户上的雨帘，那青铜色的庄稼——那天父亲、母亲和我，谁都没想到去撂雨帘。而且，我站在井沿上看到，整个村子家家都没有撂雨帘，就任那一捆捆青铜色的庄稼在房檐下悬着，像是一幅古老的壁画，阐述着风云激荡的主题。

06

那天晚上或许家家都在包饺子，因为我们怎么说也没把三大爷他们留住。母亲说，儿子，你就陪你爹喝两盅吧。那是我这辈子第一次喝酒，雨点沙沙地落入我和父亲的酒里，我想这是为了陪父亲，以填补五叔等人的空缺。吃过饭天已骤然黑了下来，我很快就睡着了，梦中飘散着浓烈的苹果香味，海豚们成群游过，闪现着它们狮子般的美丽。后来我醒了，我看见一道道很亮的闪电，照着外面那密密实实的雨，而且仿佛是倒过来了，是从地上往天上下雨，就如同闪闪发亮的树林，拔地而起向天上生长。

青铜雨下了整整一夜。

那一夜，整个村子家家都没有人声，也没有狗声、鸡声，狗们可能在含泪轻吟着"铁马冰河入梦来"的诗句，鸡们会更欣赏"雨打梨花深闭门"的意境，用雨声润嗓，准备着清晨雨后的第一声啼叫。

但狗和鸡都没有想到，雨停后挂在人们嘴边的竟然是猪。谁家的猪圈被雨浇塌了，谁家的猪跑出去了，闹喧喧的，不仅如此，早晨起来大人孩子们都跑出去看河套发水，大河套，小河套，西河套，北河套，然后说那水发的，就跟猪似的。鸡和狗觉得这很不合情理，人也是，你咋不说和马似的，和牛似的呢，偏说猪。就也跟着出去看，可不是，青枝绿叶的天空下，那水发得肥头大耳，呜呜的，拖泥带水，探着鼻子走。于是叹了口气，吟起杜甫的《喜晴》诗"皇天久不雨，既雨晴亦佳"啊。

07

> 都说南加州不下雨，
> 南加州从来不下雨，
> 噢姑娘，你可知道？
> 从来不下雨，
> 却下倾盆雨。
> …………

当年我很喜欢这首歌——《南加州从来不下雨》，因为它几乎是有史以来第一次，让干旱地区成了某种人生的象征和楷模。歌中的小伙子可能在异乡混得不怎么好，他失去了工作，但他坚持说服心爱的姑娘，表示自己会像干旱的南加州那样，旱到一定时候，必会下一场大雨，正所谓"不雨则已，一雨倾盆"。作为美国乡村音乐的经典，这首歌的基本精神就是激励年轻人自强不息，在外面混出个人样来。显然这也是那个年代的主题，那个年代，好像连风都自强不息，连雨都想混出个人样来。因此它的流行是可以想见的，当年在南伊校园就有许多人传唱，记得有人唱着唱着，还改了歌词，把"南加州从来不下雨"

唱成了"南伊州从来不下雨"。

如果不下雨也值得讴歌，那我们的辽西可是最当之无愧了。那里每年的降水量仅有四百五十至五百八十毫米，大部分雨水来自渤海湾，是季候风把它们从大凌河谷吹过来的。大凌河，在清代以前被称为白狼河，在我眼中，那是世界上最有灵性的河之一。也许就是因为那河的缘故，为十年九旱的辽西，保留了一条神奇的雨脉，所以有时下起雨来，才能下得美丽如花，倾国倾盆。那是一种自强不息的雨，大器晚成的雨。詹姆斯讲了，自强不息的雨，就如同自强不息的人，总有一种让人感动的高贵。教授，你说得多好啊，我们的辽西就是这样的地方，它干旱，却也湿润，因为那里到处是雨的土著，父亲的山村住满了雨人。

都说辽西不下雨，辽西从来不下雨，但是你可知道，有时候，那里却下青铜雨。青铜雨是辽西人的神话，也是辽西人的心灵史诗。

不管怎么说，我真的很怀念詹姆斯教授，或许仅次于怀念我的父亲。如果詹姆斯如今还活在世上，那他大概有八十岁了。感谢这位"大英博物馆"，可爱的老灰鼠，因为正是他，教会了我许多关于雨的思想，从而使我对辽西，对在那片土地上生活过的我的父亲母亲，我的父老乡亲，开始有了全新的认知。或者这样说吧，从二十多年前美国中部的那个雨天开始，家乡在我心中就一直是湿润的，而那场古朴绚丽、倾国倾盆的大雨，在我心中也从未停息过。

耶稣曾用雨来教导人们要有耐心，他说："看哪，农夫们在忍耐地等待着大地上的收获，直到他们得了或早或迟的雨。"詹姆斯提示，这句话可以这样理解，雨有时意味着公平和正义，但等待它，却需要耐心。

关于雨，詹姆斯教授还提到了美国电影 *Taxi Driver*（《出租车司机》），说人们即使在雨中，也会期盼雨。后来我看了那部电影，很老的片子了，福克斯公司1976年出品。主人公是位参加过越战的老兵，战后当了出租车司机,他找不到自己的归宿,幻灭而迷茫,直到最后挺身而出,独自与黑社会进行枪战。面对生活中的种种丑陋和冷酷,老兵期盼着能有一场真正的雨,来荡涤大地与城市的所有污泥浊水。影片中不断闪现灰蒙蒙的雨天和街道,而当出租车在雨中漫无目标地行驶,那开车的老兵用一种奇特的、预言般的语调说:"Someday a real rain will come."(总有一天,真正的雨将会到来。)

是呀,人们即使在雨中,有时也会期盼雨,而那"真正的雨",real rain,又会是什么颜色的呢?

第二辑

西 园 草

01

"八月蝴蝶黄,双飞西园草。"

去年八月在北京西山,这两句诗总在我心中挥之不去,不断地、反复地想起,就像想起两句民谣。其实这是李白的诗,谁都知道,出自那首著名的《长干行》:"苔深不能扫,落叶秋风早。八月蝴蝶黄,双飞西园草。……"也许因为正是八月吧,也许因为住在西山吧,西山和西园,毕竟是很接近的。

当然我知道,真正的原因还是那个电话。那是一个很久没联系过的女同学打来的,手机显示是老家的区号,声音听起来却有点陌生,甚至有点怪异:"哎,你是那谁吗?"我说是呀,你是谁?她犹豫着说出了名字,然后就迫在眉睫似的,提起了另一个也是很久没联系过的女同学的名字,问我是否还记得这名字,还问我知不知道这个女同学已经到了沈阳,而她到沈阳是为了看病,很特殊的病。

这另一个女同学,她的名字叫徐小西。

我和徐小西及打电话的这位都是中学同学,那是二十世纪七十年代初,在辽西老家的时候。但我们只是同届同学,不是同班的,她们是一班,我是二班,而且毕业四十多年也没联系过,就连她们的名字都有些恍惚了。印象中打电话的这位比较瘦,而徐小西腼腆,一说话就脸红,上学放学她俩总在一起,别的就想不起来了。因此,我接电话的语气就有点淡漠,解释说我恰好不在沈阳,而正在北京,要半个多月才能回沈阳，并且也不认识医院里的人。总之对于徐小西的看病，我表示爱莫能助，而因为爱莫能助，心里还多少有点如释重负的感觉。但这种感觉被打电话的女同学捕捉到了，她的语气忽然变得激动起来，并隐含着一种指控："你没良心，你忘了人家对你的那些好了吗?!"说完，电话挂断，再挂，忙音袅袅。

那些好?——这三个字让我茫然。一连几天，我都无法摆脱困惑，那些好，究竟是哪些好呢？难道我和徐小西之间还有什么故事吗？

慢慢想，拷问记忆，好像还真有一点，比如在操场上。那时候的中学不怎么上课，却经常开大会，全校师生到操场集合，往往就席地而坐，听报告听讲用听批判发言。这样，我和徐小西就有机会坐在一起，因为二班总是挨着一班的，男生一排，女生一排，像大田里的间作那样交错坐下，徐小西就正好坐在我的西侧。

还有什么呢？嗯，我们还一起写过字。我读中学时喜欢写字，坐在操场上，有时也忍不住拿树枝或小石子在地上写，多是写毛主席诗词，如"北国风光千里冰封万里雪飘"，自以为写得飘飘洒洒，就难免得意，斜眼偷看坐在我旁边的徐小西。我知道她家是西山大队的，她父亲是大队书记。徐小西不但人长得好，而且很文静，坐在那里如同雕像，爱害羞，别人一注意看她，就立刻脸色绯红。我喜欢看徐小西羞怯的样子，每次坐在操场上，总要抽空瞄她几眼，如果她脸红了，就非常开心，仿佛是自己亲手打开了什么开关似的。不过更多的时候，徐小西并不看我，记忆中她就那样双手抱膝坐在操场上，目不斜视，偶尔以手拄腮，或把头放在膝盖上，露出天真的脖颈和单纯的发辫。

对了，徐小西不是红卫兵，我也不是，这一点很重要。我不是红卫兵是因为爱看闲书，徐小西呢，是因为开会从不发言，一让她发言，她就急得要掉眼泪。因为不是红卫兵，也就不能戴红袖标，但徐小西有一条红纱巾，是不同于红袖标的那种红，介于桃红与金红之间，还有几分俄罗斯小说式的伤感，系在她脖子上很柔和，很浪漫，又很舒展。当时是"文革"期间，一个乡村女孩，竟有那么别致的红纱巾，让人觉得不可思议。

后来有一天，我发现徐小西也开始在地上写字了。她写得很慢，一笔一画的，而且字很小，像是故意小到我无法辨认的程度。就这样一次又一次，我写字，她也写字，俨然成了一种默契。不过我觉得，她与其说是写字，不如说是在画字。

02

在那个大信笺一样的操场上，徐小西究竟写画了什么字呢？记得《红楼梦》中有"龄官画蔷"一节，在第三十回，说龄官是个学戏的女孩子，她偷偷地爱上了贾蔷，那次正巧被宝玉看见，她一个人蹲在花下，一面流泪，一面在地上画字，翻来覆去，画的都是"蔷"字，已经画了几千个，还在痴痴地画，而这时"忽一阵风过，唰唰地落下一阵雨来"，若不是宝玉提醒，可能还要画下去。

但这和我们当年的身份、处境也没关系呀。据说钱锺书先生也喜欢"龄官画蔷"的描写，他说这段描写总让他想起欧洲十六七世纪的抒情诗，其中多有这样的情形，一男或一女在海滩上写意中人的名字，但倏忽之间，风吹浪卷，沙上没有那个字，心上也没有那个人了。

我们那次在西山，主要任务就是读书，然后是讨论和投票。而读书是最关键的，几十到上百部，没读过的要读，原来读过的也要重读，总之并不轻松。更何况正当八月，气温很高，窗外的知了声如潮似水。但恰好是雨季，有雨陪伴，我们夜以继日的读书生活就多少有了清凉和慰藉。特别是北京西山的雨，缠缠绵绵，往往从中午就开始下，一直飘进我们的梦里。于是我梦见了家乡的雨。

家乡的雨不懂缠绵，却很任性，说来就来，说走就走，而在我的记忆中，更多的雨来自黄昏，那正是我们放学的时候。有一次放学，正走到城墙的东北角，雨就风起云涌地上来了，我没带任何雨具，只好顶着雨往家跑。没跑几步，碰见几个女生，其中有徐小西，也有打电话的那位，她们也是急匆匆地走着，但都扯着雨布，像花花绿绿的旗帜——雨布就是塑料布，在七十年代那可是最简便也最时尚的雨具了。我经过时，女生们喊喊喳喳，并大声喊我过去。我过去了，飘飘阵雨中，我看见徐小西正拽下她的雨布，坚持要我披上，而旁边的女生们也七嘴八舌地说："披上吧披上吧，别屈了人家的心。"

这可能就是徐小西对我的好吧，很重要的好。但实际上，在那之前我和她几乎都没说过话。两个男女同学，还不是一个班的，有什么机会和理由说话呢？甚至直到现在，我也想不起哪一年哪一月在什么场合和她说过话，毕业后我参军，然后教书，然后又上学，然后又教书，连回老家的次数都越来越少了，即使回去，也很少能见到往日的同学。

中午是一天的腰际，从早晨开始的时光，到中午已出落得长发垂腰、亭亭玉立了。然后是下午，我开始读书。但读不下去。在家乡那个遥远的雨天，我到底还是屈了徐小西的心，我没有接受她的好意。那片雨布是什么颜色记不清了，但我忘不了徐小西举着它的样子，像是一面尴尬的旗帜。我记得徐小西的刘海儿被浇得一绺一绺的，滴着水珠。

03

徐小西的那片雨布，那条纱巾，还有她羞涩的笑容，都应该是茜红色的。是的，茜红色——因为徐小西也叫徐小茜。

徐小西小名叫小西，大名叫徐小西，这是她父亲给起的，但上了中学之后，有一次教语文的冯老师说："徐小西，你的名字很好听，要是在西字上加个草字头，写成茜，那就不但好听，也好看哪。"冯老师还说："茜是多音字，念qiàn，也念xī。"从此，至少在写法上，徐小西就变成徐小茜了。而过了不久,又换了李老师教语文课,李老师古文好,学问严谨,第一天上课,他就把徐小茜(xī)正本清源地念成了徐小茜(qiàn)。记得李老师是又瘦又高的,躬着腰说:"茜的本义是一种草,即茜草,茜草还有个别名,叫'西园草',出自李白的诗句:'八月蝴蝶黄,双飞西园草'……"

无论冯老师还是李老师,他们都是在不经意间,由徐小西的名字借题发挥,让我们领略了中国语言之美。但问题在于,他们可能没想过,这对于生性羞怯的徐小西来说,是否会造成伤害呢?那时候的男生都比较顽劣,听李老师讲了,也就跟着叫徐小茜(qiàn),可能觉得这样叫很有文化;而女生们却还是坚持叫徐小茜(xī),大概是不希望谁很有文化。这就造成了一种分裂的局面,徐小西有了两个名字,让人产生着奇特的联想。

到网上查,茜字可谓是源远流长。据《说文》:茅蒐也,从艸西声。据《本草纲目》:一名风车草,一名过山龙,今染绛茜草也。据《史记》:若千亩卮茜。据《述异记》:洛阳有支茜园。而《现代汉语大字典》的解释超绝,说茜是一种根的颜色像落日之色,可以作为红色染料的草本植物。"落日之色",这样的描述真美,可这样的描述是怎么来的呢?却无从深解。再查"搜韵",与茜字有关的诗词也不胜枚举,如李商隐的"茜袖捧琼姿,皎日丹霞起",孙光宪的"客帆风正急,茜袖偎樯立",杜牧的"秀眉老父对樽酒,茜袖女儿簪野花",总之是多指女孩的衣饰,仿佛女孩的生命中只要有一点茜红,或是茜红的裙子,或是茜红的衣袖,或是茜红的纱巾,或是茜红的雨布,就会美得不成样子,如梦如幻。

04

毕竟这么多年了,风起雨落,风吹浪卷,地上早已没有了那些字,雨中也早已没有那片茜红了。如果不是当年见证者的电话，我可能连徐小西这名字也想不起来了，更不用说徐小茜了。但是我应该忘记和淡漠吗？前尘往事，微不足道，可这是淡漠的理由吗？我开始陷入了困惑和不安。还是读书吧，读《生命册》，读《活着之上》，读《江南三部曲》。在北京西山，我一连几夜难以入眠，我在思考着淡漠的出处。人的淡漠，生命的淡漠，究竟来自怎样的历史和现实？读格非的《春尽江南》，我觉得那个凌晨从正发高烧的女友身边逃走，并拿走女友口袋里仅有的几块钱的男人，差不多就是我。我和徐小西之间，虽然只是少年心曲，无由表达，并相隔这么多年，但逃走的性质是一样的。因为徐小西现在也是病着，不是感冒发烧，而是很特殊的病。

我想我必须给那位女同学回个电话，先表示歉意，然后告诉她，我一定会通过沈阳的朋友，看能否找到医院里的人，并保证再过几天，我从北京回到沈阳就去看望徐小西。并且我已经想好，如果她接电话，我就直接把徐小西改称徐小茜（qiàn），以掩饰自己曾经的淡漠，让她觉得我是把名字记混了，没弄清徐小西就是徐小茜，才造成了几天前的推脱。

可是每次打过去，对方或是不接，或是挂断。从北京回到沈阳打也是一样，人家表现得异常决绝，不给任何机会。有很长一段时间，不论做什么，我都静不下心来，百无聊赖，只好译英文诗。正好有一首诗叫《大雨飘过》，作者是很有名的西方小说家，这首诗中也似乎有个故事"大雨飘过，一路流火，脚下的小径也是红的"——色彩鲜明，节奏明快，很可以描述在我记忆中贮藏了多年的那场雨："一枚叶子朝下斜拧着叶尖，一颗珍珠正从叶尖上滴落。"

05

快过春节时，我又接到了老家一个男同学打来的电话，他是我们那个乡镇总校的校长,和我一直保持着联系。校长和我聊了没几句,就聊到了徐小西,他说徐小西的儿子过几天要结婚了,你是否能回来参加下呀?同学们也好见个面。我很纳闷儿,说没接到通知呀。而他似乎更纳闷儿,说怎么可能?她说了已经通知你,八月份她去沈阳看病,不是还找过你吗?说你帮了很大的忙……

我想这其中一定有什么误会,却又觉得不该立即解释,就顺便问了下徐小西的情况。校长说,徐小西中学毕业后和他一样,曾回村当过一段民办教师,还被评上过全乡的优秀教师,但结婚后情况就变了,家里很拖累。因为头胎生的是女孩,婆家打仗升天,非要她再生个男孩。后来就真生了个男孩,属于超生,民办教师被除名,徐小西回家了。

我接不上话,也不知说什么才好。校长看我沉默,也感叹,说徐小西什么都好,就是命不太好。不过现在也行了,女儿结了婚,嫁到内蒙古。现在要结婚的是那个超生的儿子,在外面打工找了个对象。说徐小西对儿子结婚非常重视,她人缘好,这么多年谁家有个大事小情,都从不缺礼。所以她儿子这个婚礼,一定场面很大。校长最后说,知道你忙,要是你能回来到场,那徐小西可太有面子了。

我能到场吗?听完校长的电话,我真的很想回去,我对校长说会尽量回去参加徐小西儿子的婚礼,虽然我还需要足够的理由和勇气。

06

徐小西儿子婚礼那天,我在沈阳不断地注视自己的手机。我没回老家,只是打电话托校长捎去了礼钱。但不知为什么,我那天特别希望能和同学们通个电话,或是校长,或是不论谁。我在想象徐小西参加婚礼的样子,她已经很老了吗?她会穿什么样的衣服?还会系那条茜红的纱巾吗?这肯定不会了,但她身上总该有一点颜色,茜红的什么吧。

"茜红"的英文是deep red,即暗红或深红,这也是在网上查到的,但我觉得很荒谬,茜红怎么会是暗红或深红呢?茜红不会那么暗,也不会那么深,真正的茜红在我心中,应该是有一丝明丽的,那种古雅的明丽,独属于中国乡村的那些女孩,她们默默长大匆匆嫁人,众望所归生儿育女,栽树种地剪枝锄草,洗衣做饭缝鞋补被,这样的女孩天生就是茜红的,落日之色,西园之草,就是她们毕生的期盼与命运,柔弱与坚强。

是呀,徐小西身上总会有一点茜红,那就是她的名字。当人们招呼她,喊她的名字,不管是喊徐小茜(qiàn)还是徐小茜(xī),她的本色,那种美丽的茜红色会不会从她的衣服里流出,如皎日丹霞,如微雨莲花,如我的记忆呢?如果在场的谁给我打来电话,徐小西会不会在旁边惊呼:"啊,是他吗?!"或者那个曾经打过电话的女同学,如恰好也在旁边,会不会一脸不屑地说:"谁认识他是老几呀!"当然,实际上没有电话打来,一直到下午也没有。也许我应该主动打过去,在电话里请校长代我问在场的所有同学们好。这看上去也是个不错的主意,但我一次又一次忍住了,不仅是因为自己在北京那一时不慎的淡漠,也因为别的考虑,总之最终还是放弃了。在这个时代,你必须学会放弃,不论你内心深处是想祝福,是想道歉,是想同情,是想安慰,还是想证明你的存在。

07

据说美国诗人庞德曾把李白的《长干行》译成过英文,而其中与"西园草"有关的那几句,则是他最出色的译笔,俨然是庞德自己的名句,在英文诗歌界颇有流传。春节过后,我特意跑到一个大学图书馆,查阅了一下午,终于在精装本《企鹅版二十世纪美国诗选》中,找到了这首英文译诗。原题"长干行",被庞德译成了"河商妻子的信",很直白,可能是为了通俗易懂吧,而有关"西园草"的那段,他的译文同样朴实无华,如果让我根据英文字面的意思,再把这段诗重新译回汉语,我想尽最大努力,也只能是这样的——

  叶子今秋落得早,在风中
  蝴蝶也变得枯黄,八月里
  双双在西边花园的草叶上,颤抖着

  不过公正地说,庞德也并非一无是处,这段英文译诗至少在情感上,我认为还是贴近李白及其笔下那个唐代女孩的,或者也贴近了我和我记忆中的徐小西。庞德毕竟是大诗人,他译出了一种别样的美丽与哀愁,那种乡野的寂寥,那种命运的无奈,那种田园的守望,那种心里没着没落的感觉,我觉得不仅中国人懂,外国人一定也能领会。

苏联歌曲

去年春节过后,朋友从美国寄来几本英文新书,其中一本是美籍俄裔诗人米切尔·杜曼尼斯的诗集《我的苏联》。这多少令我感到意外,杜曼尼斯出生在苏联,是跟随父母政治避难到美国的,目前是维斯里安大学的副教授。以他这样的身世,对苏联何以会怀念如斯呢?后来我猜测,这可能和他的姐姐们有关,因为这本诗集的题词是这样写的:"献给我的姐姐,莫莉娅和索恩娅。"

莫莉娅和索恩娅的童年是在苏联度过的,甚至不仅童年,也包括一段青春时光。而且她们从小喜欢唱歌,不管上学还是放学,整天哼着那些我们所熟知的歌曲,《灯光》淡淡,《小路》弯弯,《红莓花儿开》在《莫斯科郊外的晚上》——在她们看来,这些既革命又浪漫的歌曲,就像风中白桦的叶子,最让她们憧憬初恋和未来的生活;或者这些歌曲也像某种套娃,用音乐制成的套娃,一首套着一首,有的样子羞怯,有的勇敢表白,有的深情宁静,简直可爱极了。这两位俄罗斯姑娘,就这样乘着歌声的翅膀长大了,并出落得美丽而忧伤。许多年后,她们可能再也不想唱或不屑于唱这些歌曲了,而有一天,当她们的弟弟开始写诗的时候,这些歌曲的旋律还是不可遏止地弥漫在字里行间,如同俄罗斯田野上的淡淡春雾。

关于杜曼尼斯的这本诗集,美国批评家波维尔的评价可谓独具慧眼,他说:"《我的苏联》确实体现了一种苏维埃式的联盟,那就是非同寻常的音乐性和低能儿英语的融汇。"是呀,正像低能儿汉语并没妨碍一些人写出比较好的汉语诗歌一样,杜曼尼斯的低能儿英语也没阻止他成为比较好的英语诗人,关键是你不能也无法忽略那种内在的音乐性，那种由歌声的记忆所赋予的节奏感，那种对故乡和田野，以及对革命和苏维埃精神的既明亮又忧伤的依恋——

那非同寻常的音乐，让昔日的欢笑变成了春雾。

我对这句诗凝视了很久，我的眼前，仿佛也正有一场春雾弥漫开来，在故乡的田野上，伴随着四月野菜的清香，并幻化成许多熟悉的笑脸。

01

在故乡，那里有我的歌谣。

——西伯利亚古歌

青青的野菜，青青的歌曲。

我对苏联歌曲的记忆是和野菜连在一起的。那大概是一九七〇年的春天，我们公社中学新调来一位老师，是女老师，叫马西萍。印象中是马老师到了，四月也就到了，而四月到了，野菜也开始大面积地生长出来，让乡间的日子充满了别样的幽香。

野菜的成熟期是在四月，清明前后，麦浪滚滚的野菜不仅染绿了山洼，也支撑了人们春光烂漫的胃口。能卷饼的是苣荬菜，好做馅儿的是马齿苋；荠荠菜又叫清明草，风花菜别名油菜荠；香椿有点淡紫，灰菜镶着银边儿；此外还有西天谷、婆婆丁、豆瓣菜、小叶芹，以及许多叫不上名来的。似乎野菜都很懂事，知道这时节青黄不接，于是就见义勇为地长出来，并前赴后继地被放在我们的餐桌上，为春天捉襟见肘的日子增添了几分富足和喜气。那落英缤纷的野菜，英气勃勃的野菜，每当回想起来，我总能感到一种道德的力量，仿佛故乡那片丘陵起伏的边地，不仅慈悲宽厚，而且也是很有责任感的存在。

当马老师调来给我们上音乐课的时候，我们的生活就是这样的状况。

马老师本来是学外语的，但那时正值"文化大革命"，学校不开外语课，她就当了音乐老师。马老师的音乐课很有特点，她说话、唱歌都是小口型，有点像喇叭花，也像是鸟儿在张嘴呢喃。这样的口型在美声唱法中常见，也许是经过训练的。因为有趣，大家就都喜欢上她的课，不仅看鸟儿呢喃是有趣的，听她讲关于音乐的知识更是有趣的。比如她说听贝多芬音乐，能使伤心的人快乐起来，胆小的人勇敢起来，轻薄的人庄重起来。还有，她说音乐的力量即使在战场上也不能低估，知道法国的马赛曲吗？那首歌曾击毙德军五万。

马老师教我们唱歌的时候，习惯用手打着拍子，就像鸟儿一边歌喉婉转，一边要展翅高飞的样子。

马老师这样飞着飞着，有一天我们发现，有两首妙不可言的旋律开始在校内外流传，一首是《喀秋莎》，一首是《红莓花儿开》，它们混在《毛主席走遍祖国大地》这样的"战地新歌"里，混在《穿林海跨雪原气冲霄汉》这样的"样板戏"片段中。给人的感觉，就像是装扮成革命歌曲的黄色歌曲，摇首弄姿，风情万种。

但事隔多年，这两首歌是不是马老师教的，我又难以肯定，因为也有可能是下乡知青们传唱出来的，只不过正赶上马老师教我们音乐课而已。那时候的农村很热闹，除了当地的贫下中农、父老乡亲，还有大连来的知青，沈阳来的"五七战士"，总之是人才济济、文化昌盛、热闹非凡。说起来叫人难以置信，我的同学殷玉田家里，竟赫然摆放着一架钢琴。

更叫人难以置信的还有当时的形势，不仅正处在"文化大革命"期间，由于一九六九年的珍宝岛事件，中苏关系也空前紧张。那时正在吉林某部担任连长的我姐夫，也随部队被调往了黑龙江前线。出发前他还写了封血书寄给姐姐，说是和战友们都做好了为保卫祖国神圣领土而牺牲的准备。我记得姐姐那些日子整天以泪洗面，既惊恐万状又骄傲万分。真想不明白，在那样的背景下，我们怎么会去唱苏联歌曲呢？但实际上不仅我们唱了，连姐姐也跟着唱了。姐姐唱过《喀秋莎》之后很兴奋，眼睛亮闪闪地说，我得回去给你姐夫写信，把这段歌词也写上。

有时我们一边吃野菜一边唱歌："正当梨花开遍了天涯……"

这样唱着，野菜中就有了梨花的味道。

02

> 我要用脚踏住，自己的歌喉。
>
> ——马雅可夫斯基

二十世纪七十年代的几个春天，可以说，唱歌是我们记忆中重要的组成部分。也许是因为学校不怎么上课，再加上每天吃野菜，我们个个都变得精力充沛，歌喉婉转。先是唱《喀秋莎》和《红莓花儿开》，后来会唱的越来越多，比如《小路》和《孤独的手风琴》。还有一句歌词没头没尾，不知道是从哪儿来的，唱起来格外抒情："我们没有见过别的国家，能像这样自由地呼吸。"

不管是上学还是放学，我都翻来覆去地哼着这句歌词。

有一次我在前边走，听见有人在后面喊："嗨，别唱了，苏联人！"然后就笑个不停，其中有男生，而更多是女生。那是在放学的路上，我记得很清楚，当时的位置是正好能仰望到两座小山。那两座小山都苍翠碧绿，一南一北，凸起在西河套的两侧，构成了我梦里乡愁的地标。南边的叫封山，北边的叫敖包山。据说封山是汉族人追先祭祖的地方，而敖包山则是蒙古族人祀神祈福的地方，总之都特别神秘，神秘到我们走近山根儿都不敢大声说话。

现在回想当年的气氛，其实还是有些压抑的。那些歌我们在学校并不敢唱，在家里也不太敢唱，比较能放心唱的地方是那条河套路，但在经过那两座小山的时候还要保持静默。"能像这样自由地呼吸"——呼吸倒是自由的，但唱歌就不那么自由了。

直到后来我们学会了打口哨。打口哨既像唱歌又像呼吸，介于不自由与自由之间，所以就风行起来，不仅男生会打，连有的女生也会打。口哨打时间长了，往往是一首歌记住了旋律，却忘了歌词。

那时候动不动就开批判会。有一段时间，听说学校要开"三闲批判会"，追查看闲书、唱闲歌、说闲话的人，我们就人人自危起来，连口哨也不敢打了，想着自己可能是三闲之一，搞不好三闲都沾边儿，就像鲁迅的《三闲集》。这本书是我们的教导主任王一舜看的，他不仅有资历，人也长得潇洒英俊，一副凛然不可侵犯的样子。学校的图书室都封了，只有他可以公然拿出来看，而且是一边走路一边看，让我们男生女生都艳羡不已。不过他看的都是鲁迅的书，其中就有《三闲集》。

因为那些闲歌需要偷着唱，狼藏狈掖的，我们心里有一种犯罪感，为了弥补和掩饰，每当开会就表现得更积极，站得笔直，坐得方正，口号也喊得特别响亮。

这种地下唱诗班式的隐秘激情，许多年后，我在苏联大诗人马雅可夫斯基的诗句中找到了最佳表达，他说："我要用脚踏住，自己的歌喉。"——人怎么会用脚踏住自己的歌喉呢？这不仅奇妙，而且还隐含一种气概。记得我们当年学过的语文课本上有一句李贺的诗："端州石工巧如神，踏天磨刀割紫云。"老师是这样讲的，说这首诗讴歌了古代工人阶级的豪迈气概和英雄形象。

后来我们开始喜欢刮风的天气。

辽西的风在全中国是有名的，所谓"山沟老，风沙大"，就是指我们辽西的风色。我的记忆里充满了这样的风，每到春天，就把我们吹得像一面面旗帜，即使穿的是棉衣，也个个都是"当时年少春衫薄"的样子。我们在风中唱歌，风就把歌声吹碎了，碎成杨花柳絮，一路白蒙蒙地飘荡。

这样的刮风天，正适合我们大声唱歌，风声传送着歌声，也隐匿着歌声。据说俄罗斯画家列维坦当年在伏尔加河沿岸旅行，无意中发现了"坏天气之美"，从而提升了他的风格和境界。当年，我们在放学的路上也无意中发现了"坏天气之美"，只要是刮风天、下雨天，我们就知道可以放开歌喉了。

03

猫向左转，就会唱起歌，
猫向右转，就会讲故事。

——普希金

除了在风中，还有一个地方可以让我们大声唱歌，那就是殷玉田家。

殷玉田家是"下放户"，他爸叫殷国胜，是从省城沈阳到我们那儿插队落户的"五七战士"，当着村里的政治队长。殷玉田和我是同班，他还有个姐姐叫殷红，和我五叔家的二姐海芳是同班，比我们高一年级。

现在我终于想清楚了，那些苏联歌曲之所以当年在我们乡村流传，主要策源地还是沈阳的"下放户"，他们举家迁来，儿女如花，无形中就成了乡村的文化中心。殷玉田家的钢琴就是标志。那是一架黑色的英国钢琴，赫然立在墙角。有生以来，我从没见过那么沉静、那么雅致、那么大气的黑色，甚至连殷红那件好看的绿军装也相形见绌。给我的感觉，就仿佛钢琴是黑色的，钢琴弹出的歌曲和音乐也是黑色的，而包括春天、四月、好吃的卷饼、清香的野菜，以及所有让人感动的想法，都是黑色的。

殷玉田他妈是银灰色的。殷玉田让我们叫她胡阿姨，而不是像我们农村习惯的那样叫大姨或婶子。胡阿姨总爱穿一件蓝色工作服，但穿在她身上却像银灰色的，柔柔暖暖。胡阿姨是学音乐的，早年毕业于沈阳音乐学院。胡阿姨的手指很特殊，像十根葱白似的，在钢琴上摆来摆去。

我后来想，胡阿姨可能更有资格做我们的音乐老师。胡阿姨和马老师不一样，首先不管什么歌曲，她都称之为"音乐作品"，很正规的样子。

就是在胡阿姨的钢琴上，我第一次听到《三套车》的旋律："冰雪覆盖着伏尔加河，冰河上跑着三套车……"胡阿姨一边弹琴，一边鼓励我们大声唱，特别是唱到"你看吧这匹可怜的老马"的时候，她总要提醒：这是高音，放开唱，提住气。

胡阿姨也会弹中国歌曲，像《毕业歌》《沁园春·雪》《山丹丹开花红艳艳》什么的，但同样的歌，她能弹出不同的味道，就像同样的茄子豆角，胡阿姨做的菜有一种格外的清香。

胡阿姨有时留我们吃饭，有时还给我们讲故事，比如沈阳有个中街，还有个太原街，大连有个星海公园，是纪念音乐家冼星海的，等等。殷玉田家好像还有一只猫，颜色记不清了，样子雅致而慵懒。

我觉得胡阿姨也像一只猫，一只很神奇的猫，是普希金诗集里的，它被一条金链子拴在海边的橡树下，不仅知识渊博，而且十分有趣，就那样在树下转来转去，一会儿唱歌，一会儿讲故事。

当然，那本普希金诗集我也是在殷玉田家看到的。殷玉田家除了钢琴，还有一个书架，里面摆满了类似的书，为防止落灰，外边还罩着雪白的纱布。有了钢琴，有了书架，虽然同样是农家小院，同样是烧火炕、种菜园，却透着一种说不出来的大城市气息。

正是这种气息深深地诱惑并震撼了我和海芳姐。

每次去殷玉田家，如果恰好殷红也在，那就一定有海芳姐。

我和殷玉田成了最好的朋友，就像海芳姐和殷红是最好的朋友一样。殷玉田个子不高，胖胖的，左脸上有一颗憨厚的黑痣。他知道我喜欢看书，就经常让我到他家去看，有时还偷着让我拿回自己家看。印象最深的除了普希金的诗，还有契诃夫的《草原》。这本书的封面上画着一个男孩坐在干草车上，头上是越来越低的云朵，眼睛梦幻般地望着远方。这个男孩在我的梦境里晃荡了很久，就像我和殷玉田两个人模样的变种。

04

> 我为我的歌做件外衣，
> 绣上古老的神话之谜。
>
> ——叶芝

殷红其实是绿色的。

那时候我们都非常羡慕军装，却很少有人能穿上。能穿上的往往也不正宗，有的甚至是用家里的绿色被面缝成的小褂，看上去就像一棵地瓜秧，十分土气。在整个公社中学，可以说只有殷红那件军装最正宗，穿上也最显气质。那不是一般的草绿，而是绿中泛黄，黄中泛白，就像"浅草才能没马蹄"那种绿，"草色遥看近却无"那种绿，并且仿佛被洗过多少次，不仅是水洗的，也是革命年代的风雨洗的，淡淡的肥皂香中似乎都能闻出硝烟的味道。

殷红是全校无可争议的校花，而她最好的朋友是海芳姐。

海芳姐和殷红形影不离，她为了殷红什么都愿意做。但海芳姐没有绿军装，她就哭着求五叔，五叔没办法，因为当过木匠，就主动上公社邮局给人家修门窗，修了三天门窗，换来一件小号的邮递服。海芳姐穿上这件半新不旧、经过剪裁的邮递服，走路都是带风的，而且几乎是一天一洗，气得五婶骂她好几回。

海芳姐甚至打算进学校的宣传队了。她的小名叫二丫，我没大没小，也跟着大人们二丫二丫地叫，一直叫到中学。有一天早晨，五叔气呼呼地到我家，说海芳姐因为我在学校里叫她小名哭了大半宿，说这么叫下去，海芳姐都没脸进宣传队了。我记得父亲骂我时眼睛瞪得老大，从那以后，我才改口叫了海芳姐。实际上不仅我改口，好像全村的人一夜之间都改口了，包括五叔自己，越是人多的时候，五叔越是要高声提起海芳姐的大名。

我知道，海芳姐要进宣传队是因为殷红。那一年学校为迎接县里的会演，准备排练"样板戏"《沙家浜》，据说要让殷红出演阿庆嫂。"样板戏"的剧情大家都熟悉，里面除了阿庆嫂、沙奶奶，还有一个女性就是被刁小三把包袱抢走的村妇了。海芳姐想好了，因为自己个子小，不像城里人那么出挑，她决心要扮演这个村妇的角色。总之，只要能把自己和殷红联系在一起，海芳姐是不挑角色的。

不挑角色的海芳姐干什么都是勇往直前的样子。胡阿姨弹琴的时候，她总是站在旁边，把着钢琴盖，两手汗津津的，眼睛眨都不眨。她虽然唱歌跑调，却完全无视胡阿姨和殷红相视而笑的眼神，总是唱了一遍又一遍。每当海芳姐这样表现，我就知道该走了，或者该和殷玉田一起出去玩游戏了。

夏天我们滚铁环，冬天我们滑冰车。有时也玩撞拐，就是把一条腿扳起来，像金鸡独立那样互相猛撞，前后左右，躲闪腾挪，谁支撑不住腿先撂下，就算输了。

女生们喜欢玩跳房子。就是先用粉笔在院子里画出许多小方格，然后轮流跳，也是用单腿跳，看谁最先跳到"房子"的最高层。海芳姐唱歌有问题,跳房子却无人能比,她一边往格子里扔布袋,一边屈腿而跳,像蒙古族舞蹈中的草原小骑手,往往是第一个跳到最高层,站在粉笔画的蓝天白云之间,然后笑出一个野山枣般的笑。

海芳姐的笑像野山枣,酸酸的、憨憨的。

05

春天会传播小小的疯癫,
就连国王也不能幸免。

——艾米莉·狄金森

接下来所发生的是否应该写出来,让我犹豫很久。

其实也不是什么大不了的事件,只是在此之前谁也没有想到,就是那年的春天,当四月已经过去,五月也将要过去的时候,十五岁的乡村少女海芳姐试图自杀。海芳姐自杀的方式是喝卤水,这种方式对辽西女性来说比较传统,没什么新意。我记得五叔一边骂一边老泪纵横,海林哥兔子似的跑到生产队去套车,然后把海芳姐送到了公社医院。经过抢救,海芳姐总算没事了,但是留下了后遗症,精神变得恍惚,不能继续上学,见了人也不说话。

一切都来得这样突然,就像辽西的风。辽西的风是奇特的,它起于荒草之末,说刮就天翻地覆地刮起来,有时旋风朵朵,有时长风阵阵(如同我记忆的节奏)。不久前读美国作家麦卡蒙的《奇风岁月》,就觉得那个"奇风镇"很像我们那里,正是在故乡,在辽西丘陵与内蒙古草原之间的那个小地方,年少的我们度过了名副其实的"奇风岁月"。

海芳姐就是被春天的风刮倒的,她的事件集中体现了那个年代所特有的春天性。当时村里和学校都传言,一是说海芳姐在殷红家受了刺激，她想学钢琴，可胡阿姨说她的手指太短，不具备条件；二是说海芳姐想进宣传队的理想破灭，那天晚上正赶上《沙家浜》在学校礼堂彩排，殷红演阿庆嫂，沙奶奶和村妇也另有人选，都是从沈阳来的"五七战士"家孩子，而最让海芳姐伤心的是，殷红什么情况都知道，却事先没向她透露半点。

海林哥偷着告诉我姐姐，我姐姐又偷着告诉我，说海芳姐自杀前还留下过遗书，上面写如果有下辈子，她也要托生成沈阳人，也要当个"五七战士"子女，而且也要家里有钢琴。

总之，海芳姐在那个春天辍学了。整个夏天她沉默不语，坚持一步也不走出家门。这让五叔、五婶愁得没办法，到了秋天和队长谭国相商量，生产队就安排海芳姐去放羊了。

06

假如没有这些故事，
我们就将一无所有。

——西伯利亚古歌

十月革命一声炮响，给我们送来了马克思主义，也给我们送来了苏联歌曲。当年，伟大的苏联风华正茂，而刚刚诞生的新中国，则成了她最大的文学、电影与歌曲出口国。那些浪漫抒情，并具有强烈叙述性的歌曲，经西伯利亚，越黑龙江，一路顶风冒雪、热情友好地传入我国，并从此落地生根。胡阿姨说它们是"音乐作品"，其实何止呀，它们可能更像是某种音乐作物，这么多年来，就如同北方的冬小麦和甜菜、土豆，在中国大地上茁壮成长。

而在我们整个辽西和东北，这些歌曲的传播可能更早。东北作家萧军的小说《过去的年代》，写于1935年，书中有个叫林青的人，曾在遥远的俄罗斯做过劳工,后来他回到故乡,就每天背着手风琴,像一个哥萨克青年似的在大凌河两岸的辽西乡间游荡,唱着布尔什维克式的辽西歌谣。而在林青之后,在我的老家,又一个把苏联歌曲唱成辽西歌谣的人,我觉得就是海芳姐。

从秋天到冬天,又到第二年春天,海芳姐一直在放羊。出人意料的是,海芳姐放羊不仅十分靠谱,风雨不误,而且羊大为美,舒展自如。十五六岁的姑娘家,早晨把羊群撒出去,就如同撒出一把丝线,晚上收回来,则像收回一抱棉桃。辽西是丘陵地带,除了山梁,就是河套,海芳姐却像个高原的牧羊女,她总是赶着羊群去较远的地方,去南边的桃花山,去北边的梨树沟。在那里,她站在山顶,往往就一个人面对羊群唱起来:正当啊,梨花呀,开遍那山崖;河上啊,飘起了哇,柔曼的轻纱……这种辽西歌谣版的《喀秋莎》,断断续续,咿咿呀呀,羊群听不懂,却知道低头感动。而在那歌声的空隙里,我看到一只只麻雀惊飞而起,越过灌木丛时纷纷落下小米粒大的眼泪。

人们都说海芳姐疯了。母亲和嫂子们已经开始怀念她的许多好处,比如心灵手巧。海芳姐最会织领衬,这是那个年代很流行的装饰,用白线绳织出各种图案,然后缝到衣领上,看上去特别文雅、秀气。她还喜欢在自己的衣襟上打个花褶,用针线把从被子上剪下的朱红汇成小碎花,十分别致。

海芳姐给我织过三条领衬,我把其中一条送给了米国林。

米国林这名字听起来就像是苏联科学家米丘林的弟弟,他是我的小学同学,也是我们一个村的。米国林爱劳动,还有一个特点,就是爱笑,笑起来和女生似的。米国林上学晚,年龄比我们大好几岁,家里困难,兄弟好几个。所以小学毕业后,米国林就没上中学,而是直接回生产队干活了。因为米国林很能干,一年后就当上了生产队的车老板,也就是全村唯一的马车夫。

米国林和我特别好。公社中学离家比较远,有时早晨正准备上学,听到鞭子响，就知道是米国林在给我动静，那是他正好顺路要捎我一段。晚上放学回家，往往也能等到米国林，他吆喝着大红马，铃儿响叮当地来到我跟前，像事先约好了似的。见了面就笑笑，随手扔给我一点东西，有时是干粮，有时是烤苞米烤土豆什么的。

我坐着米国林的车，远远地就能看见海芳姐站在山梁上。米国林问我：你二丫姐唱的是啥歌呀？我说：你别二丫二丫地叫，是我海芳姐。听我介绍完歌词，米国林笑了：说来说去，那喀秋莎就是想对象了，有啥好唱的。米国林扭头的时候，就会露出脖颈上的那条领衬，一圈很干净的白色，和他那身破旧的黑棉袄形成对比。

07

> 我们最甜美的歌曲，
> 是那些表达最悲哀的思想的。
>
> ——雪莱

一九七一年春天的风很大，秋天的风也很大。秋风乍起的时候，米国林到哲里木盟的天山去了，从此再没回来。米国林是和谭国军一起去的，谭国军回来了，米国林却没回来。他们是赶着生产队的大车去的，中间经过科尔沁草原。

那年秋天的空气中飘满了《国际歌》。马老师说，上边有指示，全国人民都要把这两首歌唱好，一是《国际歌》，二是《三大纪律八项注意》。

《国际歌》说悲不悲，很适合我们那个年代的口味："从来就没有什么救世主，也不靠神仙皇帝。"有时候我们也唱《卖花姑娘》，唱俄罗斯民歌《草原》，把这些歌放在一起唱，觉得特别对路，有一种清晰饱满的忧伤："茫茫大草原，路途多遥远，有个马车夫，将死在草原……"

整个秋天直到初冬，我都沉浸在对这首歌的迷恋中，快到霜降的时候，我仿佛得到了天启，忽然想明白了这首歌，也想明白了米国林失踪的真相——

《草原》的故事与谋杀有关，这是我在多年前那个初冬午后的重大发现。你看不是吗？这首歌说，在茫茫草原上，有个马车夫就要死了，他将悲惨地死去，就死在那片草原上，或者就死在那首歌里的什么地方。这时候他对同路人说"请你埋葬我，不要记仇恨"——这句话是特别关键的，"不要记仇恨"，就证明有仇恨，而且是深仇大恨。马车夫说完凄然一笑，那笑就凝固在他的脸上，并在许多岁月里成为他同路人记忆的一部分。同路人永远记得，可怜的马车夫就是被他亲手杀死的。就在那天早晨，当马还在安详地吃草，露珠颗颗圆润的时候，他杀死了马车夫，然后就一个人上路了。

我泪流满面地想，这首歌一定是米国林让我想起来的，因为他和谭国军去天山的整个秘密就藏在里面。米国林一定是被谭国军杀死的，我对此深信不疑。

关于米国林为什么没有从天山回来，村里人当时有两种说法，一是说米国林那次除了给生产队办事，也是顺便相亲去了，相妥了，就留在了天山，成了那里的"倒插门"女婿。为什么要倒插门呢，是因为米国林家里太穷，没法给兄弟几个都说上媳妇，花不起彩礼。米国林是老大，这样做有自食其力的意思，也算给弟弟们树立个榜样。还有第二种说法，是米国林直接从天山下了黑龙江，说他有个舅舅在北大荒，是从部队转业到建设兵团的大官，米国林去了虽然还是赶大车，但已算是兵团战士了。

我相信第二种说法，而且我相信有一天会突然收到米国林的来信，说他跟舅舅讲好了，让我也去当兵团战士，我们俩一起战天斗地，保卫边疆。但时间一天天过去，始终没有人给我来信。

我去找谭国军，希望他能告诉我米国林的下落和地址。这时候谭国军已经当上车老板了，见了我连车都不下，一甩鞭子，鞭梢差点扫到我身上。

现在好了，我根据几句歌词，终于推断出米国林失踪的真相。一连几个星期，我为此激动得彻夜难眠。后来实在忍不住，就告诉了姐姐。

姐姐很严肃，说你有根据吗？我说，根据就是那首歌，当然还有谭国军对我的态度，不过主要是那首歌，你看不是吗？茫茫大草原，路途多遥远……

姐姐笑了，她笑了又笑，最后勉强收住，说这样吧，我给你姐夫写封信，他说过有个战友在北大荒，先查查有没有米国林这个人，这样行吧？

姐姐就是这样，不管什么事都要给姐夫写信，好像姐夫不是个连长而是团政委似的。

08

> 如今没有人爱听歌谣了，
> 世界已不再奇妙动人。
>
> ——阿赫玛托娃

我心爱的七十年代，那时候我们有唱不尽的歌谣。

歌谣和歌曲其实是有区别的，根据《康熙字典》"曲合乐曰歌，徒歌曰谣"，有乐器伴奏的才叫歌曲，没有乐器伴奏的只是歌谣。在神话传说中，歌谣最伟大的先驱应该是西王母。《列子》中记载，周穆王驾八骏巡游昆仑山的时候，曾到西王母的瑶池上做客，"西王母为王谣，王之和"，就是说，西王母为周穆王献上清歌一曲，唱到动情处，周穆王也跟着唱了起来。

西王母所开创的歌谣传统，到了二十世纪七十年代，被我们前所未有地发扬光大了。除了在殷玉田家之外，我们的歌声没有任何伴奏，连手风琴都没有，连口琴都没有（我那时多么渴望有支口琴哪），唯一可能的伴奏就是口哨，但口哨能算一种乐器吗？如果口哨也算乐器，那么风算不算呢？朵朵旋风，阵阵长风，它们吹过田野和丘陵，吹过我们上学放学的沙路，听起来比胡阿姨的钢琴还要宏大美妙。

总之，歌谣属于清唱，有时甚至属于哼唱。比如京剧"样板戏"的一些唱段，就需要像牙疼似的加点哼哼呀呀的韵味，像"穷人的孩子早当家"呀，"家住安源萍水头"啊，等等。还有评剧《列宁在1918》，一边走路一边哼唱更显得格外带劲——"列宁我打坐在克里姆林宫，尊一声斯维尔德洛夫你细听分明，前几天我让那瓦西里去把粮食弄，为什么到今日不见回程……"

美国作家纳博科夫说过，在一个动荡年代长大的孩子，上帝会送给他神奇的记忆。我可能就属于这种情况。那个与列宁有关的唱段，我记得是一个瘦长个子的大连知青白话给我们听的，他只白话了一遍，我就把唱词滴水不漏地记住了。

还有一些特殊的歌谣，不是靠唱，而是靠喊的，那是属于小学生们的童谣，但我们也同样喜欢——"谁家有小孩，快点出来玩"——"这么好的天，下雪花，这么好的媳妇，露脚丫"——"大头大头，下雨不愁，你有雨伞，我有大头"……这些狗尾巴花似的童谣，也在我们的少年时代随风摇曳着，并让整个世界显得分外迷人。

但我对"大头"是忌讳的。我那时候脑门儿很大，眼睛也很大，同学们给起个外号叫"大眼贼儿"，意思是很像田鼠或土拨鼠。因此我特别怕人提起"大头"，听见谁喊"大头大头，下雨不愁"，我就先愁得没办法，总是绕着弯儿躲开，要不就假装蹲下身系鞋带，故意落在大伙儿后面。

有一天我正在路边系鞋带，看到一双军用大头鞋，硬邦邦、沉甸甸地停泊在我面前，抬头瞅半天，原来是回来探家的姐夫，穿着军大衣,风尘仆仆地笑着,他的背景是故乡那难以言喻的冬冥。

这是一九七一年的深冬,很快就过年了。因为有吉林某部连长我姐夫在,我们家的年过得特别体面热闹。只有我太不懂事,一遍遍地问北大荒和米国林的消息。姐夫可能和姐姐商量了口径,对我说已经和北大荒的战友通过信,但北大荒实在太大了,兵团有几十万人,人家还在继续打听。为了证明他确实通过信,姐夫还告诉我几句话,说是北大荒的歌谣——"亿吨粮,千吨汗,百吨泪,十吨歌……"

不管怎么说,事情已变成过去。如今回想起当初的表现,因为两句歌词就煞有介事,对车老板谭国林进行"有罪推定",我觉得自己不仅幼稚,而且简直是可怕的。动不动就推断别人有罪,这难道不可怕吗?

直到不久前我看了有关民歌的研究资料后,稍感自慰的是,当我还是个少年的时候,至少对歌谣的理解不乏想象力。从民歌学的角度看,俄罗斯的《草原》最早真有可能是一首有关谋杀的歌谣。历史上,许多歌谣的起源都是为了传递消息,因为当时没有报纸、广播、电视,更没有互联网,特别是关于爱与死的消息,往往就是以歌谣的形式告知故乡与亲人的,其中许多涉及谋杀,比如英格兰民歌《荆棘鸟》、苏格兰民歌《邦诺莉》。而在那片风吹草低、天地苍茫的《草原》上,一种远方的谋杀或许真的也同样以歌谣的姿态发生过。

但不管发生过也好,没发生过也罢,总之,从那个秋天到现在,我再也没见到米国林,我少年时代最好的朋友,他仿佛永久地消失了,消失在北大荒的亿万吨粮食里,或消失在草原的茫茫风雪中。

09

四月是最美好的一个月,荒地上
长着野菜,把回忆和欲望

掺在一起，又让春雨

　　催促那些迟到的根芽

　　　　　——拟艾略特《荒原》第一节

　　如果让我从古今中外的诗歌中，选一首最能唤起我乡愁的作品，除了李白的《静夜思》，那就是T.S.艾略特的《荒原》了。艾略特是英国诗人，也有说是美国诗人的，这都并不重要，重要的是从大学时代到现在，我曾多次读过这首诗，而每次读，都会感到如归故里，亲切而又陌生。

　　我想，这不仅因为辽西的自然地理确实有点荒原的味道，丘陵起伏，气候干旱，荒草迎风，野菜烂漫，而且在历史文化方面，辽西的积淀很厚，那里的每座山沟，甚至每棵老树下面，都可能隐伏着什么典故。这和《荒原》也是相似的，那首诗引经据典，随处都是古老的神话与传说。所以，《荒原》就成了我的思乡曲，特别在春天的日子里，读着读着，就会感到有一阵风，从字里行间向我吹来，把我的思绪带回家乡，带回春光明媚的四月。

　　一九七二年的四月，马西萍老师要调走了。她是在四月里调来的，又要在四月里调走，教了我们整整两年。那天中午，听说马老师的爱人来了，我们就跑过去看。马老师的爱人叫贾老师，说是在师范学院当老师。那是我们第一次见到大学老师，都挤在马老师宿舍门口，骤然收住脚，形成一幅"雪拥蓝关马不前"的图景。马老师那天青春焕发，她给我们发糖果，让我们进屋里说话。贾老师戴着很好看的眼镜，高高大大的，他和马老师相视一笑说：他们都很腼腆。

　　一下子就记住了这个词——腼腆，我觉得它可能是世界上最文雅的词了。

　　我们这些乡村孩子是腼腆的，记忆中的四月也是腼腆的。四月的天气乍暖还寒，春风渐起，虽然村庄还不见绿意，却已经充满了柳芽的味道；虽然天空还不见风筝，却仿佛有风筝线在悠悠飘起。

所以我至今想不通，为什么艾略特在《荒原》一开头就写"四月是最残忍的一个月"呢？四月怎么会残忍呢？许多年来，尽管我特喜欢这首诗，对此却一直不太理解。也许，说四月残忍本身才是一种残忍吧。大地回春的四月，它除了野菜，什么花儿都没有；除了清明，什么节日都没有。但四月不计较这些，四月很快乐，四月默默无闻，却自有一种纯洁的、初恋般的、风华正茂的生命气息——

> 吃野菜，唱了一小时苏联歌曲
> 我不是苏联人，那些从城里来的
> 也是地道的中国人。而且我们从小
> 住在辽西那边，父亲的山村

马老师调走了，我们也快毕业了。

马老师调走之前，没忘了把她在课堂上没收我的书还给我，那本书是我从殷玉田家借的，书名叫《怎么办?》。书既然还给了我，我想就应该再还给殷玉田。但殷玉田已连续多天没上学了，而且自从海芳姐出事后，我有点怕见到胡阿姨。总之，那天我怀里揣着《怎么办?》，自己也不知道该怎么办了。

当我硬着头皮走进殷家的小院，出来开门的却是殷红。

我怯懦了半天，说自己是来还书的。

——啊，一本书，还不还的。她笑着说，随手翻着《怎么办?》。

殷红那天没有穿草绿色的军装，而是穿着胡阿姨那套淡蓝色的工作服，显得特别熨帖。她告诉我殷玉田和胡阿姨都去沈阳了，回老家看看。我说，知道，早晚你们都能回沈阳老家。说到这儿，我们就好像突然无话可说了。过了一会儿，她问我毕业后有什么打算，说我可以去当兵，最好去南方。

10

> 在山上，那里你觉得自由，
> 大半个晚上我看书，冬天我去南方
> ——引艾略特《荒原》第一节

殷红的话像是个预言，一九七二年冬天，我真的要去南方当兵了。当兵前还发生过一件事，大红马跑了。

那是一匹很老很老的马，也是我们生产队唯一的辕马。它红马非马，就像一面赤旗，每年从春到秋，在村里村外、山头洼地上飘展。冬天也闲不着，要外出到内蒙古和河北送煤拉脚。而到了年根儿，腊月正月，谁家嫁姑娘娶媳妇，也要用大红马套车接送。男男女女坐在车上，有大红马衬着，不仅添了精神，也显得格外喜庆。这就是我们的大红马，它几十年如一日，忠心耿耿，铁蹄铮铮，为生产队和全村人立下了汗马功劳。

但大红马突然病了，其实也不是病，而是吃了钢丝。我们村北边的山梁上有个国营煤矿，好几座矿井，因此随手就能捡到锯条、钢丝之类的东西，大红马就是吃了混在干草里的钢丝而面临厄运的。

全村人都为这样的结果深感震惊，队长谭国相对大伙儿宣布的时候，那神情就像莎士比亚《奥赛罗》里的一句话："怀着无比悲痛的心情，报告一个无比悲痛的故事。"而更令人意想不到的是，队里后来决定要杀马。这种不仁不义的决定让许多老年人泪流满面，包括谭国相自己，也是甩了好几把眼泪才把话说出口的。没办法，生产队实在太穷了，杀了马，至少还能让大人孩子吃上顿饺子。那是个初冬的下午，雪花镶在我们全村东倒西歪的炊烟上，队里通知晚上夜战，凡参加的除了记工分，还能喝上马肉汤。

当时我们刚毕业，也算生产队的社员了，就都跟着去参加夜战。主要任务是铡草，几个半大小子、半大姑娘，轮班铡，因为干草的气味呛人，讲究的还要戴上口罩。但殷红、殷玉田没有来，海芳姐也没有来，这我记得很清楚。

那天我们干到后半夜，饥肠辘辘，腰都累得直不起来的时候，老会计才讪讪地过来说，都回家吧，大红马跑了。

至于大红马是怎么跑的，第二天、第三天，以至很久之后，都没人能说清，也没有人想说清。仿佛马没杀成，正合了人们的意，或者说，人们的内心反而尘埃落定，复归宁静了。

但在我心里，那件事直到现在，仍有点不堪回首的味道。尤其让我感到心碎的是，当我可耻地为喝马肉汤而去铡草的时候，那个被队长派去操刀杀马的人竟然是我本家的树瑟哥。

树瑟哥长得又瘦又小，好像是个天生的牧羊人。从我知道有这个哥哥的时候起，他就给生产队放羊，直到海芳姐出事。海芳姐出事后也要放羊，树瑟哥二话没说，就把牧羊鞭交给了海芳姐，虽然他为此大病了一场。后来，正好西队缺个羊倌，就过来跟我们南队商量，让树瑟哥去给他们放羊，他才重新焕发了活力。

树瑟哥兄弟三个人，从小没妈，他们的父亲我叫三大爷，是土改前从山东过来的，因和我家同姓，就认了连宗。三大爷一口山东话，三天两头就到我家来坐坐，说起三个儿子都是光棍，就骂咧咧的。他家的老大、老二也常来，赶上活就帮一把，赶上饭就吃一碗。只有树瑟哥，记忆中很少到我家来过。

树瑟哥活得很有尊严，逢年过节，到各家拜访极有规矩，但要留吃饭，却留不住，他宁可回家吃野菜糠饼。而如果谁去他家，树瑟哥则会立即把正吃的东西收拾干净，然后再出来开门。总之我喜欢树瑟哥，除了这些，还有很重要的一点，就是他会玩。我们平时不管唱歌还是游戏，树瑟哥都不言不语地跟着，老实得像一段木桩，安静得像一簇树叶，但他有自己特殊的玩法，那就是捉鱼和捕鸟。夏天去河边放羊，晚上他能带回一饭盒泥鳅；秋天山肥，他能用自制的土火枪打下几只俗称"傻半斤"的鸟。而所有这些猎物，树瑟哥都乐意与人分享。

树瑟哥最怕的是冬天。他就像一篇英国童话中的"小汉斯"，春天来了，朋友也就来了，而到了冬天，朋友却不见了。辽西的冬天下雪冷，不下雪更冷，这时节的树瑟哥吃没吃的，穿没穿的，白天放羊，晚上就躲在家里的小黑屋里，有时也把羊圈在小黑屋里，羊是他在冬天别无选择的朋友。

也许正是考虑到这种情况，生产队决定要杀马的那天傍晚，队长谭国相找到了树瑟哥。冬天的树瑟哥最像树瑟哥，他就如同一棵枝叶飘零的小树，在寒风中瑟瑟颤抖。

11

难道不是你，歌声般从我记忆中走过？

——勃洛克

事情的经过并不复杂。谭国相找到树瑟哥，说要杀马，并承诺操刀的人多得一份马肉，树瑟哥一开始像小树似的颤抖摇头，最后终于嘘了口气说行。实际上队里预定操刀的是两个人，树瑟哥和村里的哑巴。但那天不知为什么哑巴没有来，或来了又让他妈喊走了。队长说你自己干吧，哑巴那份马肉也给你。这样树瑟哥的想象中就多出了两份马肉，后来的结果证明，与其说那是两份马肉，不如说那是两份不幸。不幸的是树瑟哥在饥寒交迫中被迫拿起了屠刀，更不幸的是他竟没有完成这场按部就班的屠宰。当尖刀被他怯生生地插进马脖子的瞬间，大红马忽然满怀悲愤，仰天长啸，狼奔豕突，奋力挣脱了绳索，然后像燕子李三那样特立独行，飞檐走壁，骤然消失在夜色中。

大红马在山上重新出现的那天，我正好去公社医院参加征兵体检，体检完了往家走，却在路上碰见了殷红。殷红骑着自行车，好像是去公社粮库领粮回来。那时的"下放户"都是这样，家虽在农村，吃的还是国库粮。殷红看见我就下了车，问我干什么来了，我说是来参加征兵体检的。她下车的样子很好看。

她脸上露出红扑扑的惊喜：看，让我说着了吧，你就是当兵的料。

我说还不一定呢。她说听说这次征兵是去武汉，那可是南方啊。哎，等你探家时送我一套军装行吗？三号半的就行。我说那没问题，就怕到时候你们都回沈阳了。她说别瞎说，回啥回呀，现在正辟谣呢，还没下来那个政策。

我让她骑上车先走，她说走啥呀，这么沉，我都骑不动，要不你帮我推着吧，一块走。我只好接过自行车，和她并排走。那条西河套的沙路，确实也没法骑自行车。

——哎，你知道毛主席说过，严重的问题是教育农民吗？就说大红马这件事，还贫下中农呢，多让人恶心哪。那些想吃马肉的人，简直就是无耻！

"无耻"，这个词由殷红说出来，我觉得特别有批判力，真想扔下自行车逃走。我自己不就属于这种无耻的人吗？无耻呀无耻，这简直是整个村子的无耻，整个农民的无耻！我心慌意乱地走着，不看殷红，只是想着她家钢琴的样子，书架的样子，还有胡阿姨教我们唱歌的样子："你看吧这匹可怜的老马……"

殷红看我半天不说话，也不再说话。快接近那两座小山的时候，她突然喊道："你看，那不是大红马吗？不是封山，是敖包山，看山顶上——"

我顺着她手指的方向看去，果然影影绰绰地，有个马头在山顶上晃动，红鬃毛、白脑门儿都依稀可见。我全身惊怵，而殷红干脆坐在地上哭了起来。

12

> 所罗门说了三千句箴言,
> 唱了一千零五首歌谣。
>
> ——《旧约·列王纪》

Y牧师是我的大学同学,在美国传道多年,我有篇散文《美国的桃花》就是为他而写的。我们的联系主要在网上。有一次我提到二十世纪七十年代唱过的苏联歌曲,他却谈起了所罗门。Y牧师说所罗门在位期间,平均每说三句箴言,就唱一首歌谣,最后他的箴言说尽了,又一口气唱了五首歌谣。

在某种意义上,Y的故事和我的故事也并非毫无关系,我想。

杀马事件之后,树瑟哥在村里的尊严受到了空前的挑战。那些反对杀马的人说他不义,而赞成杀马的人又说他无能。不过后来有人猜测,大红马也许是树瑟哥故意放走的,他在把刀插进马的脖子的同时,也割断了捆住马腿上的绳子。这个说法很像一个及时的拯救,却又似乎不太可信,因为当时在场的不仅有树瑟哥,还有队长和老会计。

没有人再找过大红马,甚至也没有人再提起它,而关于它在敖包山上惊鸿一瞥的出现,听起来更像是一种传闻。有人说大红马本来就是蒙古马,所以它出现在敖包山而不是封山。还有人说胡马依北风,这是有数的,大红马从敖包山下来就奔向北边的草原了。

而树瑟哥的处境却从此每况愈下,人们对他主要是轻蔑,此外还有疏远。在那个大冷的冬天,树瑟哥除了每天放羊,似乎还只剩下了一件事,那就是听电线杆。

听电线杆是我们小时候的特殊乐趣,不管上学还是放学,把耳朵贴在路边的电线杆上,听里面传出的嗡嗡声,就好像能听出人家在电话里说什么话似的，而且你可以尽情去猜，是男人给女人打电话，还是县里给公社打电话，是煤矿给学校打电话，还是地方给部队打电话，其中说不定有很大的机密，也或许有不大不小的私密、亲密，都在你的玉思琼想中变成了独属于自己的秘密。尤其对于树瑟哥这种整天与羊共舞的乡村少年来说，一个人在野地里听电线杆，不仅是消遣，也几乎是他们所能制造的唯一风景。

一九七二年冬天，辽西大地雪落丘陵，当我已穿上军装，打好背包，准备到遥远的南方去保家卫国的时候，树瑟哥却在故乡的田野上每天制造着这样的风景。他一边听电线杆，一边唱歌。树瑟哥本来不会唱歌，但他在那个冬天却大声地唱了又唱。而且不像海芳姐，他的音调竟然很准。只是棉衣太旧了，胳膊肘上都露着棉花。母亲看着我穿上军装后换下的棉衣，眼圈红了说，等你明天走了，这棉衣我去送给树瑟吧。

出发的日子终于到了。一辆解放牌汽车停在公社门前。我提着背包站在车上，向送我来的哥哥姐姐们告别。我看到了殷红和殷玉田，都扎着围脖朝我招手，殷红的围脖是深红的，她身边站着那个白话《列宁在1918》的大连知青，围脖是银灰色的，他们优雅地站在一起的样子显示了特殊的文化气息。我寻找海芳姐和树瑟哥，虽然明知道他们不会来。接兵班长向司机挥手示意出发，然后车就开动了，路上纯白的积雪被汽车碾压成残雪，继而变成泥泞，宽大的车辙是黑色的，笔直地向后伸远。

这时我忽然领悟了一种美，就像殷红告诉我的"美是生活"的那种美。

是呀，美是生活，这句话本身就是美的，甚至，说出这句话的那个俄罗斯作家的名字也是美的。你看，这绿湛湛的汽车，热腾腾的积雪，黑黝黝的泥泞，还有耳朵冻得通红的我们，全神贯注的司机，合起来不就是车—尔（耳）—尼（泥）—雪夫—斯基（司机）吗？也许世界上就有这样一种很特殊的天气,叫"车尔尼雪夫斯基"天气。它会发生在从十冬腊月到四月阳春的任何日子里,只要有离别,就有这种天气。姐夫探家归队的时候就是这种天气,那次我们送马老师走也是这种天气。这种天气就像生活,至少像我们那个年代的生活。

13

如果我知道一首非洲的歌,
非洲知道我的歌吗?

——电影《走出非洲》

这么多年过去了,其间我在外面当兵、上大学、参加工作,很少能回一趟老家。偶然回去,也是为了给父母上坟扫墓,匆匆来去,大都在清明节前的四月份。可以说在我对故乡的记忆里,四月成群。

今年春节过后,当年中学宣传队的同学倡议要搞一次毕业四十年重返母校活动,时间也定在四月,并说同行的还有几位沈阳"下放户"的同学,我虽从未参加过宣传队,但考虑反正清明节快到了,也就搂草打兔子,和大家一起踏上了还乡之旅。

对这些同学们来说,回到辽西那个当年的公社如今的小镇,真如同回到了"沙家浜",几乎所有演过那出戏的同学都到了,演郭建光的靳红卫,演刁德一的王守信,演沙奶奶的何焕芝,演胡传魁的张彦民,甚至演刁小三的吕宁和演那个被抢走包袱的村妇的孙英丽,都坐在车上,就差演阿庆嫂的殷红没来。有人问殷红为什么没来,不知谁回答说早出国了,在美国,你想找都找不到。还有人知道殷玉田的情况,说他一般化,从企业下岗干了个体,生活比较艰难。

到了镇上的中学,校园看上去比过去整洁多了,而且还新盖了教学楼。大家开始拍照片,还在校门口拍了几张合影,有一张是当年宣传队那种造型的，摆出斗志昂扬、奋勇前进的样子。然后就纷纷上车，说在县里当局长的一位同学都安排好了，到县城吃饭，当地许多同学都能参加。我说那你们去吧，毕竟这里是我的老家，我想一个人走走。

顺着西河套走回养育我的小山村，我感到这春天的风好像比当年变得轻柔了，温润了，不再是旋风朵朵，长风阵阵，但味道还是当年的味道，如同沙路还是当年的沙路。

风是携带着记忆的。一阵阵的风，就像是一瓶瓶名贵的葡萄酒，标着不同的年份和产地。只是风不会静静地摆在那里等你品尝，它们是游荡的，满世界游荡。当你走在路上，或在夏天打开窗子，或在冬天抬头看雪，不期而遇地，你就会闻到一阵很特别的风，携带着一段很特别的记忆，而那记忆就恰好属于你。

而现在正当春天，我闻到的风青涩而不乏性感，它来自故乡的丘陵和大洼，年份却属于二十世纪七十年代初。是呀，这风来自我生命中的七十年代，特别是那熟悉的野菜味道，让我的记忆闻风而动，就如同"闻鼙鼓而思良将"那样，一下子又想起了那个年代的歌曲和往事。

我参军后没几个月，也就是一九七三年的春天，姐姐来信说树瑟哥死了，在春节前。具体怎么死的没有细说，只说树瑟哥那天晚上唱了大半宿的歌，一个人在他的小黑屋里，全村人都能听见他唱。他唱了好多苏联歌曲，也唱了不少中国歌曲，姐姐说有几句她听得特别清晰，那就是"蓝蓝的天上白云飘，白云下面马儿跑，挥动鞭儿响四方，百鸟齐飞翔。若是有人来问我，这是什么地方？我就骄傲地告诉他，这是我的家乡"……

树瑟哥第二天早晨就断气了，陪伴他的只有冬天圈在黑屋里的那群羊。

我参军一年之后，也就是一九七四年的春天，我收到殷红的来信，说他们家已经搬回了沈阳。临走那天全村老少都出来送，让他们全家非常感动。

如果我知道一首非洲的歌,一首关于非洲新月普照下的长颈鹿的歌,一首关于田中的犁和满脸汗水的摘咖啡的人的歌,非洲知道我的歌吗?平原上的微风会不会因我对它生动多彩的描绘而颤抖?或者孩子们将以我的名字来做一个游戏?或者满月会在石子小路洒下像我一样的影子?或者恩贡山上的鹰会来找我?

这是电影《走出非洲》里的歌,曲调一般,但歌词的确很美,走在回乡的村路上,它笼罩了我整个的心境。

如果我知道一首苏联的歌,苏联会知道我的歌吗?

如果我知道一首故乡的歌,故乡会知道我的歌吗?

又走到了那两座小山脚下,抬头望去,它们还是像当年那样青葱而神秘,但当年的歌声还在吗?那些歌声,就像当年的许多精神和思想,早已有的娶妻,有的嫁人,有的已离开了这个世界。记得当年在这条沙路上,有谁曾喊过我苏联人。真有意思,想到苏联早已解体,仿佛那个称谓也随之解体了一样,如同一堆精致的碎片,星光灿烂的同时指向俄罗斯人、白俄罗斯人、格鲁吉亚人、乌克兰人、阿塞拜疆人、吉尔吉斯人等,在我的记忆中发出微暗的、可疑的光芒。

快到老家的小村了,在村口的山梁上,我坐下来歇息。路边的荒地上长着荠荠菜和小叶芹,都是小时候最爱吃的。还有几丛野花,那淡黄的,应该叫野菊花;浅蓝的,可能是勿忘草。四月的春风吹过,让我刹那想通了艾略特的诗意"四月是最残忍的一个月,荒地上长着丁香"——艾略特的想法其实很简单,因为荒地上长着丁香,所以四月看上去才是残忍的。如果像我家乡现在这样,荒地上不长丁香,只长野花和野菜,那就谈不上残忍了。

但家乡的荒地上毕竟曾经长过丁香,就是那些从城里来的男孩女孩，他们或叫殷红或叫姹紫或叫别的什么。而如今一切都复归了秩序，丁香们义无反顾地去了远方，老实的野菜和本分的野花则留在荒地上。

想起我当兵复员的时候，为了殷红特意换了一套小三号的军装带回家，却再也没有机会送给她。而且即使有机会，她还会需要这身军装吗？是哪个诗人说过，当我们回头，青春早已并非原有的色调，而且看上去毫不真实。

  如果我知道一首苏联的歌，一首关于伟大的列宁领导我们前进的歌，一首关于辽西、乡村、野菜，以及海芳姐的《喀秋莎》的歌，苏联知道我的歌吗？树瑟哥的山楂树会不会因我对它们的生动描绘而颤抖？或者三套车将以米国林的名字跑过冰河？或者田野上的白桦会洒下殷红的影子？或者高尔基的"海燕"会来找我？

我摘下几朵野菊花和勿忘草，细心地放进我的挎包，挎包里有杜曼尼斯那本英文诗集，还有我准备送给姐姐和海芳姐的礼物。

记恋列维坦

01

一本书由于多次传阅而变得书页翻卷,这样的书如今是很难见到了,但在我读中学的时候,差不多所有的书都是这样的面貌。对此,英文有个形象的说法:dog-eared。直译过来就是"耷拉着狗耳朵"。一本书既然能"耷拉着狗耳朵",那么这本书也就很像一只狗了。二十世纪七十年代,我们所能看到的书基本上都是这样脏兮兮的可亲可爱的耷耳狗。原因很简单,一是当时的书太少了;二是不允许公开阅读,只能偷偷摸摸地借着传阅。这样传来传去,书就不可避免地变成了耷耳狗,或可称之为书狗。大书是大书狗,小书是小书狗,都耷着耳朵,像牧羊犬,也像丧家犬——它们大部分来自图书馆,却又无法回到图书馆,在这个意义上,它们也确实属于无家可归的一群,只能在我们手上到处流浪。

但有一些书不是这样的,那就是画册。画册都是铜版纸,纸质坚挺,不易折卷,而且有画册的人,轻易也不会把书借给谁,所以画册的面貌就总是高大精美,清洁华丽,一般不会变成耷耳狗,如果非要说是狗,那也是出身高贵的名犬,耳朵总是优雅地竖着的。

我的老师冯之异,就有这样一本画册。

在我们辽西老家那个偏远的黑城子中学,冯之异老师就像他的名字所昭示的,属于异类。比如他二十七八岁了,还是单身,住在学校的单身宿舍;他作为男老师,走路却是袅袅婷婷的样子;他讲课时常常会笑,并且总是用教科书掩面而笑;他是教语文的,却喜欢画,尤其喜欢那些很少见的外国油画。

列维坦的《三月》,就是我在他的画册里看到并终生难忘的一幅油画。

冯之异老师是大学毕业从省城沈阳分配到我们农村的,那还是"文化大革命"前,听说他来报到之后哭了好几个星期。但冯老师很有才,上大学时就在《辽宁日报》发表过作品,而且课也讲得好,对此我们有切身体会,都特别爱上他的语文课。后来冯老师很欣赏我,他经常拿我和张晓红的作文当范文给大家念,有时还顺带着夸我的字写得带劲儿。他的声音我现在也清晰记得,柔柔细细,如同沈阳的小雨隔着几百里斜斜地飞过来,落在我们辽西的山洼里,散发着带有城市味的泥土气息。

那年春天,学校决定要办一张油印小报,由语文组负责,具体由冯之异老师负责,同时还让他选两个学生做编辑兼钢板刻写员。冯老师当即拍板,选中了一班的张晓红,又略一沉吟,选中了二班的我。

背后有同学跟我说,其实冯老师最欣赏的是张晓红,人家是沈阳下放户子女,而且人也长得漂亮,戴着黑边的小眼镜,脸上还有几颗恰到好处的青春痘,是那种最有气质的城里女孩。而你不过是个配搭,因为你是男生,学习较好,老实听话,又是根红苗正的贫下中农后代,选了你,别人就不会说什么了。

我不管这些,编辑兼刻写员,这荣誉可不是谁都能得到的,它的光芒几乎把我整个中学时代都照亮了。而且还有个好处,办小报可以适当逃避一些劳动。那时候的中学生上课少,劳动多,每当听说要去学工学农了,我和张晓红就会不约而同地去敲冯老师办公室的门,问是不是有什么稿要编,或者要刻。

就在冯老师的办公室,好逸恶劳的我们看到了那幅举世闻名的杰作。

02

《三月》是列维坦最重要的作品之一，这幅画给人最难忘的印象就是春天的美，大地的美，劳动的美。你看，虽然那厚厚的白雪仍覆盖着山间洼地，天空却已变得瓦蓝瓦蓝的，是早春那种让人心颤的绿阳天。白桦树——多美的白桦树哇，被几片去年的金黄色叶子缀着，显示出生命记忆的坚强。白嘴鸦绕树三匝后飞去，土地开始大面积解冻，近处木屋上的积雪正沐浴着七米阳光，盘算着即将融化的时间和方式。还有那匹站在画面中心的小红马，它简直就像一面旗帜，不，它更像一个安详的梦境，一副"倚银屏，春宽梦窄"的样子。在小红马的梦境里，回响着大地无声的召唤，显示着大地对劳动和耕作的渴望，表征着大地从冬冥中醒来的明亮与欢快。

是谁说过，一切都变了，一种可怕的美已经诞生。对于当年的我来说，这种美就叫《三月》，就叫列维坦。

许多年后，包括此时此刻，回想在那个特殊岁月最初看到这幅油画的情景，我依然激动难抑。特别是那匹小红马，它是那样踏实安稳，又是那样奇美灵幻。它不仅让整个画面、整个风景活了起来，也让我的整个心、整个人活了起来。记忆看见我手捧冯老师的画册，就像捧着一座无以言表的圣殿。我呆呆地坐在那里，张晓红也呆呆地坐在那里。冯老师问，你们在想什么？我们也不说话。冯老师把画册轻轻拿走，掩面而笑说，这是俄罗斯风景画，你们看就看了，不足为外人道也。

就是从那天开始，我对画册充满了敬意，并彻底记住了列维坦的名字。中学毕业我到南方当兵，后来又当教师、上大学，上大学之后还是当教师，但不论何时何地，《三月》都让我保持着对生活的初春的感觉。在大学读外语系的时候，听老师讲美国诗人弗洛斯特的《雪夜驻马林边》，我也觉得似曾相识，"马儿摇着身上的串铃，似问我这地方该不该停"，这不正是《三月》中的小红马吗？它驾着挽具，望着木屋，摇响串铃，好像是停在这地方，真叫它难以置信。很显然，小红马的主人就在木屋里，可主人在木屋里干什么呢？是在准备出门，还是刚回到家里？是在拜访亲戚，还是与姑娘调情？他可能正守着轻沸的茶炊，卷起一支莫合烟，和谁商量着开春后黑麦的播种，抑或，是在商量着什么计划和行动，酝酿着一场初春的革命……而所有这一切，都通过小红马的神态让人猜测和联想。小红马表达了对劳动的渴望，也象征着对改变世界的期冀，它就像一把英勇的、紫铜色的小号，响亮地传达着大地回春、万物新生的情绪。

03

实际上，许多人都看过冯老师那本画册，这是我后来才知道的。一九七六年，我从南方当兵复员回乡，也到母校中学去当了两年教师，民办的。当时冯老师已经调走了，很多老师都调走了，语文组只剩个夏老师，像夏天最后的一朵玫瑰。

有一次，我和夏老师聊起了冯老师。夏老师说冯老师有许多怪癖，但最严重的不是他走路的样子，也不是他掩面而笑的姿态，而是他特别喜欢白色，特别不喜欢红色。他所有的衬衣都是白的，他的宿舍就像医院病房，床单是白的，被罩是白的，窗帘是白的，就连他花瓶里的花也总是白色的野菊花。这种情况，"文化大革命"刚开始就被人揭发了，他们贴出大字报，说冯之异留恋白专道路，梦想白色复辟，已到了病入膏肓的地步。他害怕和仇视革命的红色，连批改作文都不用红墨水，而用蓝墨水，把作文改得像黑暗的旧社会。更有甚者，人人都要随身带的《毛主席语录》，也就是"红宝书"，他却用白手绢给包了起来，真是用心何其毒也，云云。

夏老师说，你们是一九六七年上中学的吧，在那之前，冯老师被

"群专"过，挨过批斗。你们可能不了解。还有闫老师，都被归入过"黑五类"。我忍不住问，闫老师怎么会呢？她是教物理的，又是女老师。夏老师说，闫老师是因为人太傲气，另外她出身不好，是资本家的女儿。你不知道吧，冯老师和闫老师都是单身，全校老师中就他俩单身，听说他们处过对象，但后来拉倒了。总不能一个"黑五类"再找一个"黑五类"吧？

我恍惚听说过，夏老师也曾追求过闫老师，但被闫老师拒绝了。所以，夏老师那次显然不愿多谈闫老师，他继续说冯老师挨批斗的情景：当时红卫兵们把冯老师押上会场，全校师生都在，口号声此起彼伏。红卫兵不问别的，就让他坦白为什么喜欢白色。冯老师哼唧半天，最后终于讲出了理由，说在湖南杨开慧烈士的故居，有陈毅元帅的亲笔题词"杨开慧同志和白色一样纯洁"。这个理由莫名其妙，让人啼笑皆非，因为当时陈毅元帅和所有的元帅都"靠边站"了，他的话代表不了什么真理。再说谁也没去过湖南，无法证实他的话。不过因为杨开慧，白色毕竟还是和革命沾上了一点关系。红卫兵们想起毛主席"我失骄杨君失柳"的诗句，想起杨开慧生前喜欢穿白色衣裙的样子，就都有点感动，觉得冯老师的理由固然荒谬可笑，却也多少有些可爱，就没给他宣布更多罪状，只是勒令他以后不许喜欢白色，要接受革命红色的洗礼。几个月之后，等到你们那届入学，学校就让冯老师重新上课了。

那冯老师的习惯后来改了吗？我问。夏老师说，表面上改了。他宿舍的窗帘换成了绿格布的，红宝书不拿手绢包了，批作文也用红墨水了，而且你没发现吗？你们那届学生之中，凡是名字里带"红"的都和他比较接近，刘红卫，墨占红，还有那个戴眼镜的女生张晓红。当然他对你也不错，这我知道。你看过他那本画册吧？俄罗斯的，里面有一幅画小红马的，对，就是那本！他见了谁给谁看，故意的，就是想证明他也开始喜欢红色了。其实那匹小红马并不是真正的红色，而是深褐色，是俄罗斯土地的颜色，可能那个列维坦画了白色的积雪之后，又想让大家看到积雪下面的土地，怎么办呢？他就又画了那匹小红马。

这真是振聋发聩，相隔不过三四年时间，我在母校中学的语文组再次被惊呆了。既因为冯老师，也因为夏老师。我想起张晓红，也想起我们办的那份油印小报《黑中红雨》，莫非这些"红"字，连同列维坦的小红马，它们对于冯老师的意义，仅仅在于向别人证明他色彩观的转变吗？我有点幻灭，又有顿悟之感。还有夏老师，他竟然能对列维坦的画做出如此漫不经心而又深刻精辟的点评。都说"文化大革命"前毕业的大学生有才，可谁会想到他们是这样有才呢？

04

纯粹是出于一种怀旧，一九九七年冬天，当我在沈阳北三好街的鲁迅美术学院看到一大册的《俄罗斯风景画》，立即爱不释手，不惜花了几百元把它买回家，堂皇地放在我书架的显眼处。这本画册要比冯老师当年那本厚多了，里面收入著名画作近四百幅，而其中列维坦的就有八十五幅，占全部画作的五分之一还多。其他入选作品较多的画家还有希施金，五十五幅；萨夫拉索夫，三十七幅。萨夫拉索夫是列维坦的老师，他被选入的作品量虽不及其弟子的一半，但这本画册的封面还是能让他感到欣慰，因为那正是他的代表作——《白嘴鸦飞来了》。

《白嘴鸦飞来了》和《三月》一样，都是对春天即将来到俄罗斯大地的弥赛亚式的预言。但相比之下，我还是更欣赏《三月》。列维坦笔下的春天，就像乡村孩子的目光，不仅是温暖的，也是清澈的。在他的《春潮》《春汛》《五月新绿》和《春日艳阳天》中，似乎都有这样一个三月的孩子，目光炯炯。《春汛》的英文是 High Water，意思是"涨高的水"，也可译作"春水"。这幅画如同一首诗，一曲轻快透明的音乐。初春季节，涓涓的春水涨满了低地，映照着蓝色的苍穹，亭亭白桦，悠悠碧空，在这广袤宁静的春水中，细密的树影简直就像男孩眼中邻家少女的发丝。还有《春日艳阳天》，画面上是几所寂寂寥寥的木屋，草地上几只欢跳的小鸡却啄起了一粒粒阳光的温暖，或者它们已听到了客人来访的脚步，就像杜甫《羌村》诗中所写"群鸡正乱叫，客至鸡斗争。驱鸡上树木，始闻叩柴荆"，而那叩响柴扉的客人，说不定正是春天自己。

当然我知道，列维坦的作品更多还是表现秋天的。但多年以来，我一直喜欢他的春景画，而不太亲近他的秋景图，除了那幅《索克尼基公园的秋日》。这幅画在我看来，可以说是"不似春光，胜似春光"，特别是画中那个郁郁独行的黑衣女人，我认为在某种意义上就是三月的精魂，她在秋日的公园里踏着无边落叶，唱着怀念田野、乡村与春天的歌。

那是列维坦十八岁时听到的歌声，在一个叫萨尔特克夫卡的外省小镇，几乎每个傍晚，衣衫褴褛、满身油彩的少年列维坦，都能听到一个女子在唱歌。列维坦渴望看到那女子的眼睛，但直到夏天即将过去，在黄昏的小雨中，他们才有机会彼此惊鸿一瞥。一个撑着绸布雨伞，一个赤着脏兮兮的脚。列维坦在雨中跑回自己破烂不堪的小屋，躺在床上哭了很久。

关于列维坦的生平，苏联作家巴乌斯托夫斯基的著名散文《伊萨克·列维坦》应该是最权威的读本。这个以《金蔷薇》感动过全世界几代读者的散文大师，其卓越的文笔是无可挑剔的。他在追溯了上面那段感人的故事之后，淡淡地写道："就在那个秋天，年轻的列维坦画出了他的《索克尼基公园的秋日》。"

05

这是列维坦第一幅表现金色秋天的风景画，也是他所有作品中唯一出现人物的风景画。一个年轻的、身穿黑衣的女子沿着公园中的小路缓缓走着，旁边是一簇簇斑斓的落叶。她独自走在秋日的树丛中，仿佛正是那孤单，赋予她一种忧郁和沉思的气质。

这个不知名的女子，我从第一眼看到，就想起当年的闫月华老师。闫老师教我们物理课，记忆中她总是那样独自走着，从校门口穿过操场到上课的教室，从大礼堂绕过城墙到老师们住宿的小院，仿佛是一个不合群的、脱离了引力场的电子。闫老师是高傲的，记得有个学期，学校说要把物理课搬到公社的农机站去上，讲柴油机原理，但这个决定被闫老师无声地拒绝了。她每天和我们一起去农机站，却不讲课，甚至看都不看柴油机一眼。闫老师走路的时候也不讲话，总是默默的，而她与画中女子最相似的神态，是走路时会偶尔把手指弯起，拄一下腮。这神态曾引起许多女生的模仿，那拄腮独行、支颐漫步的样子，在当年显得多么文雅秀气而与众不同。

巴乌斯托夫斯基说，列维坦是描绘忧伤风景的大师，他钟情于秋天，虽然他也画过美妙的春天风景，但是除了《三月》，这些春景画几乎全都或多或少地带有秋天的韵味——这句话影响很广泛，几乎是一种定评。但不知为什么，我的体会和他恰好相反。在我心目中，列维坦的风景始终是明亮的，比如《白桦林》《科莫湖》《杂草丛生的池塘》《阳光和煦的乡村》，以及《风平浪静的伏尔加河》《伏尔加河上的清风》等，虽然画面的主题未必都是春天，但在丛林的边角上，或水面的光影中，总会或多或少地显露出明亮的春意，淡淡几抹，风致毕现，恰如小提琴的颤音，美得让人心疼。即使在他最凝重的《深渊》和《弗拉基米尔路》的远景上，你也会找到一种特殊的、况味别传的春天感。

这是审美趣味的问题，也是情感记忆的问题。因为我是在《三月》中认识的列维坦，所以在后来的感受中，就觉得他全部的画作都散发着《三月》的味道和光芒。惠特曼有一首诗《有一个孩子向前走去》，也许正好能说明我的心路——

　　有个孩子每天走来走去，

> 他最初看见什么东西，他就变成那东西，
> 在当天，或当天的某个时刻，他会被赋有那东西，
> 或连续多年，或一个个年代与世纪。

许多年前，在故乡的中学，我就是这样的孩子。甚至连我的老师，冯老师、闫老师、夏老师，也还都算是孩子——我现在的年龄已远远超过了当年的他们。他们对颜色有着那么犀利的敏感，他们对艺术有着那么奇异的理解，他们对生活有着那么安静的坚守，他们是高傲的，也是屈从的，因此他们的爱情都不了了之。闫老师在我们毕业之前被调走了，去县里的中学。然后是冯老师。夏老师说，冯老师是在闫老师调走后才宣布他打算结婚的消息的，对方是我们上届的女生，叫万红梅（不是张晓红，这让我有点意外）。冯老师和万红梅结婚不久，他的调令就下来了，也是去县里的中学。

> 早春的紫丁香会变成孩子身上的馥郁，
> 还有那青青绿草，那红的白的牵牛花，
> 红的白的苜蓿，还有那菲比鸟的歌声，
> 那三月的羊羔，或淡粉色的一窝小猪，
> 以及黄的牛犊，红的马驹，还有欢乐的
> 小鸡一家，叽喳在池塘边或谷仓空地，
> 还有池中好奇的小鱼，以及那奇异的
> 春水，还有水草，摇曳着它们优雅的扁头，
> 所有的这一切，都已变成了这孩子的气息。

老师们后来的情况如何，我觉得并不重要，总之是都老了，从人生的三月到了秋天，甚至到了冬季。但三月的春光毕竟照亮过他们，并变成了他们特有的气息，弥漫在我关于列维坦的记忆中。

少年与东山

01

回故乡，走东山。地头上有硕石凸出，遂坐其上。不远处是当年修的水渠，已破败，冰凌下仍水流健旺。涵洞旁有几只赤麻鸭，彼此召唤着："休洗红，洗多红色淡。"无名氏的诗句。这是我上中学时常走的山路。多年后归去，特意从镇上下车，重走此路。当年没鞋穿，总是赤脚，最怕蒺藜。现在不怕了，却又有些怀念，怀念蒺藜，怀念乌米，怀念土名叫"老鸹瓢"的芄兰，外号叫"黑眼睛"的龙葵——形似极小的野葡萄，又黑又甜，找到一蓬，就喜出望外，坐在那儿一粒一粒，会品出家乡的味道，刻骨铭心。

"黑眼睛"这名字也好。"黑夜给了我黑色的眼睛。"

上山时碰见个牧羊人。赶着十几只羊，从水渠南边拐出来。我递过一支烟，问他家里的日子。"挺好哇。"牧羊人吸了口烟，不吐也快的样子。他说家里有承包地，这些羊也都是个人的。十几只，够多了，不能和生产队时比。说着，他还用破鞭杆，把心事往腰里掖了掖。正是四月天，风很大。辽西的风就这样，说刮就刮起来。每年清明节前，据说都要派人上山防火。但今天例外，除了牧羊人，一路上再没见到人影。

忽然，记忆看见我，并在风中向我跑来。

02

那年我十一二岁,就在这东山顶上,曾陪着海华姐,来和她对象约会。家乡风俗,搞对象先要有媒人介绍,然后两人要到东山上走一走,约个会。不过这约会还要有人陪着,一般是带个小孩,弟弟妹妹都行。

男方先到山上,女方后到。那也是一个四月,地里的苗刚冒出来,绿参参的。海华姐是我的堂姐,但从小就带着我,所以我和姐很亲。我看到姐的对象站在山顶上,梳着分头,身边放着自行车。那次姐穿得也特别整齐,紫上衣,青裤子,都是灯芯绒的,走起路来窸窣有声。不知什么时候她丢下我,运动员似的向山顶跑去。跑到小分头跟前,两个人都涨红了脸,隔着自行车说话。后来不知是谁主动,似乎他们的手碰到了一起。

"哎,挺不要脸哪!"一个女孩的声音,尖锐而突兀地传来。我抬起头,发现从姐的对象身后,闪出两根羊角辫儿,然后是一身花衣裳,那女孩个头不高,很像一只花喜鹊。我看到姐的对象很尴尬,赶紧推她。姐也向我点头示意,意思是让我找地方去和她玩。

我向"花喜鹊"招手。看我招手,她大模大样地走过来,嘴一撇,还有点不屑的样子。我领她走到远处,眼睛狠狠盯着她:"你刚才,说谁不要脸?"——"说你姐呗,你姐不要脸!"——"瞎说,你哥不要脸!"——"你姐,你姐跑我哥跟前的!"——"你哥,你哥碰我姐手的!"——"你姐!"——"你哥!"——"你姐!"……

后来我才知道,她是姐夫姨家的女孩,家在科尔沁那边,属于内蒙古自治区的地界。那次是到姐夫家来串门的。海华姐结婚那天很热闹,但我没看见这个女孩。说是正上学不让来,已经小学二年级了。

03

　　东山之东,是敖包山。敖包是蒙古族人祀神祈福的地方,也是青年男女相会的地方。就像那首老歌唱的,每当月亮升起,就会有小伙子走上敖包,弹起马头琴,等待心上人。这种浪漫的传统,美好的风情,毫无疑问,也影响了当地的汉族。故乡属辽西边地,自古蒙汉杂居,不知从什么年代开始,汉族青年男女相会,就选择了东山。东山与敖包山相对,逐渐地,就成了故乡人心照不宣的去处。

　　说起《敖包相会》这首老歌,其实也和我们大有渊源。不说别的,歌词作者玛拉沁夫先生,就是在我们镇上长大的,他在这里读书,直到十六岁参加革命队伍后才离开。所以无论何时何地,只要有人唱起这首老歌,我的乡愁就会像十五的月亮一样升起来。尤其歌中的最后一句:"只要哥哥你耐心地等待哟,你心上的人儿就会跑过来哟嗬。"——跑过来,是的,北京人不会这样,上海人不会这样,大概所有地方的人都不会这样,只有在我的故乡,在魂牵梦绕的敖包山和东山上,与恋人约会见面的姑娘才会跑过来。

　　现在,记忆就这样向我跑过来。

　　跑过来是一种勤劳,一种勇敢,也是一种掩饰和羞怯,是怕被外人笑话的意思,是怕家里人发现的意思。跑过来不是不要脸,正如古人的"和羞走,倚门回首,却把青梅嗅"也不是和不要脸一样。跑过来是一种动人的质朴,是辽西边地特有的美感。我想,不管走到哪里,天涯海角,美雨欧风,仅凭姑娘们这样一个姿态,我就能认出自己的故乡。

04

　　后来我就到镇上去念中学,那时候叫公社。

上学放学，总喜欢走这条东山的小路。不仅是为了能找到"黑眼睛"的龙葵，也是为了能碰见黑眼睛的你。那时候东山坡上还都是梯田，半山腰，有石头砌成的五个大字"农业学大寨"。

有一次我在水渠边看见你，你正挽起裤腿，赤着脚在水中跳跃。

其实我和你只有一半同路，顺着水渠，你就回家了。你的家绿树掩映，在水渠边上的另一个村子。而我还要继续往山上走，直到翻过山梁，才能看见家里的炊烟。

但你是这条小路的指引者，没有你，我不会接着走下去。我的脚步一直拖曳着你的目光。美国诗人惠特曼的《草叶集》，有一句很合我意，恰如其分："走在家乡古老的小山上，身边就是美丽文雅的神。"

有一年夏天，一连几个星期都没碰见你。放学后不知不觉，就顺着水渠走进你的村子，转来转去。忽然看见你坐在房顶上，正目不转睛地望着远方的落日。

还有一次，你站在水渠旁的树丛中，静静地一动不动，那是一排杨树，好像你也是其中的一员，亭亭玉立，头发也像杨树叶一样沙沙作响。

下雨了，我在乌云翻滚中逃回家。

05

这个女孩叫思耘，一个很洋气的名字。

最是东山行不足，绿杨阴里有思耘。

她很瘦，眼睛又大又黑。她是学校文艺宣传队的，我喜欢看她打拍子。别人打拍子都是红卫兵的样子，横扫一切，睥睨万物。但她不同，她打拍子的手势特别柔和，娇弱无力。那种姿态让人怀念和感动，想起轻盈的羽毛球或飞过远山的小鸟。

我期待思耘能像海华姐那样，有一天会向我跑过来。

那时候我虽然经常没鞋穿，却总喜欢戴一顶帽子，而且帽檐拉得很低，小小少年，旧帽遮颜，这是当年的时尚吧，很多男孩子都这样，而我尤甚，帽檐紧压在眉头上，既像是腼腆，也像是傲慢。我就这样在东山上走来走去，暗暗地把自己想象成《烈火金刚》里的侦察员肖飞。

走到山顶的时候，我往往会停下来，同时把帽檐拉得更低，沉迷于幻想。山坳那边，一只麻雀跳来跳去地唱着，我怀疑每次都是同一只麻雀，仿佛它见多识广，并对我的想法颇知内情。

风是无形的女孩，女孩是有形的风。在风中，我把自己幻想成中学老师、公社干部、工人阶级之类，仿佛这些身份有特殊的力量，会召唤思耘不可抗拒地向我跑来。

她跑过来的样子应该比海华姐更美。辽西的风，与其说是把她的辫子吹起来，毋宁说是在追随着她的辫子。思耘越跑越近，在我的视野中，她胸脯的起伏近乎无耻，然后突然站定，与我对视。而我开始感觉不到自己了，像是变成了隐形人，从高处鸟瞰她，能看到她那突突颤动的优雅脖颈，也能看到她肩胛上好看的美人涡，以及那精美的凹处散发出的猝不及防的蓝光。

思耘让我变成了一个幻想家。关于她的幻想一直延续到我参军之后。当兵三年，特别是站岗的时候，总恍若还是站在老家的东山顶上，一身军装，谈不上笔挺，但很熨帖，而且军帽戴得十分端正，一改当年的自卑颓废与玩世不恭，只是帽檐下仍会逸出乌黑的一抹发梢，以示对少年时代的怀念和流连。我持枪站在哨位上，会看到那个女孩以更加主动的姿态向我跑来，而且也穿着一身军装，看上去比那些真正的女兵还漂亮。

06

  一九七六年，吉林地区降下一场很大的陨石雨，也就是流星雨。本来在我的记忆中，这件事并不重要，但它恰好发生在春天。也正是在那个春天，我从部队复员了。

  我在部队没提干也没入党，服役期满，就很单纯地回到了家乡。这让家里人很失望，而失望的情绪迅速蔓延，很快全村人都知道了。父亲为此很着急，他开始忧虑，担心像我这种情况，要找个对象恐怕不太容易。是呀，一九七六年中国发生了很多大事，但我家里的头等大事，却是一个复员兵的对象问题。

  那个牧羊人，可能是看我一个人坐在山上很奇怪，又从远处走了过来。他接过我递出的烟，吸亮了，在另一块石头上坐下。

  他说从生产队时起，他放了三十多年羊。他家就在水渠南边的村子。我忽然想起，那是思耘的村子。我问他是否知道那个女孩。

  牧羊人表现得很淡漠，说人家早回城了，她爸是下放干部。而思耘回城更早。他们家三个孩子，她是最小的，起名"思耘"，就是也想到乡下种地的意思，她爸当年是这样说的。结果人家也没种地。思耘中学毕业不久，就回城当了工人，在哪个纺织厂，后来就入党了，还当上了车间主任。

  牧羊人说你坐的这块石头，就是当年农业学大寨时留下的。

  他说那时候谈对象，都到东山来，不像现在。现在的年轻人，谈对象不知都去哪儿，呼啦一下子，说没有就没有了，东山没有了，别处也都没有了。

  是呀，真的没有了，没有谈对象的年轻人，也没有独自发呆的少年，就像当年的我那样，一个人在这山上沉迷于幻想。没有了，就连跳来跳去的麻雀，似乎也没有了。

牧羊人站起身，弯腰捡起一块石子，向远处的羊群掷去。

我觉得自己也该走了，翻过山梁，就是我出生的那个村子。我想去看望多年不见的海华姐。

07

家里托人给我介绍了许多女孩。本村的，邻村的，外村的。但每次总是停滞不前，当人家知道了我只是个复员兵，连党员都不是，暂时在公社中学代课，连正式教师都不是的情况后，没有一个女孩愿意到东山和我见面，更不用说向我跑过来了。这是我生命中最尴尬、最窘迫的一段时光，我穿着军装，戴着军帽，没有领章帽徽，老气横秋地在家乡走来走去。就连给学生们上课，也无精打采。

这样过了大半年时间，秋天，海华姐和姐夫去了一趟科尔沁。临走，姐说要借我复员带回来的那套小号的军衣穿。我说姐喜欢，就送给姐吧。姐一笑，就穿上走了。他们连来带去十来天，回来后姐到我家，大声宣布，说这回咱弟弟可有对象了。谁呢？就是你姐夫姨家的表妹，你小时候见过的，人家叫燕子，大号叫朵朵。去年中学刚毕业，杨柳细腰，能干活，还会骑马呢！

我费了半天劲才想起来，燕子就是当年的"花喜鹊"。一只喜鹊变成了燕子，而且还是会骑马的燕子，这在我当时的联想中，无疑是非常奇异的。许多年后，我在一篇散文中这样写道：辽西在这个季节是忙碌的，人们已开始备耕种地，"就连春归的燕子，也是急匆匆的，好像燕子是骑着小白马飞回来的"。发在刊物上，许多人看了都说好，是神来之笔。其实我知道，这句话的源头，仅仅是出自我对那个科尔沁女孩的感念和感激之情。

海华姐是穿着她的旧衣裳回来的，说那套小号军装她已替我送给了燕子。作为回报，燕子让她给我捎来了两张照片，一张是戴袖标的，一张是骑马的。燕子真的会骑马,而且是一匹白马。

秋天的东山五彩缤纷,庄稼熟了,山枣红了,"黑眼睛"也随处可见。燕子跟海华姐说,她从小就羡慕当过兵的——当过兵的,不一定是正在当兵的,这样的表态,给了我多大的安慰呀!姐说弟弟你放心,过了年燕子就过来和你见面。我站在山顶,视线一路向北,仿佛一眼就能看到白云朵朵的科尔沁草原,而家乡的土地,也似乎重新充满了爱和勇气。

"挺不要脸哪。"我听到多年前那个女孩的声音说。是呀,我在看她的照片,看了又看,这的确有点不要脸。

照片中的燕子已经亭亭玉立,且长发及腰,她那条特意摆在胸前的辫子,我估计会让思耘及所有中学时代的女孩相形见绌。还有她脸颊上的酒窝,那种朴素的羞涩感,就像又酸又甜的山枣,也像"黑眼睛",又酸又美。——啊,酸美!这是我发明的词,世界上有一种美叫甜美,那就还应该有一种美叫酸美!

08

真的,如果说思耘是甜美的,那么燕子就是酸美的。至少,我对她的感念和感激是酸美的。一九七六年,当整个中国、整个民族经历着先是沉痛慷慨,继而欢腾雀跃的转折,正是这个科尔沁女孩,让我的精神面貌也焕然一新。我变得目光远大,心胸宽阔,我开始在学校认真教课,回家后勤奋读书。那年冬天,我还求人打了个小书架,放在我住的西屋里,书架很满,上面放好燕子的照片。

燕子骑马的那张照片最令我心动。晚上睡不着,就翻来覆去地设想和燕子在东山见面的情形。燕子会骑着马来吗?我在东山顶站着,骏马萧萧鞭声飞,她来了。那她会提前翻身下马,让马在一边悠闲地吃草,然后自己张开双臂,向我跑过来吗?或者她由于某种高傲和任性，就直接骑马而至，到我眼前再勒住缰绳，让那马前蹄悬空，一声长嘶，骤然停住？而不论是哪种情形，我都要努力表现出一个当过兵的男人应有的气度，落落大方，神闲气定，见多识广，波澜不惊。我还设想过燕子在马上笑起来的样子——羞怯的、顽皮的、嘲讽的、莞尔的、把脸上的酒窝笑飞了的，总之，各种笑。

也想过她的不笑。那种不笑，就像俄罗斯十九世纪画家勃留洛夫那幅《女骑手》油画中的贵族小姐，衣袂飘飘骑在马上，面沉如水，无惊无喜。这幅画是我多年后在一本画册中看到的。

燕子一直也没过来见面。从秋天到冬天，从腊月到正月，再从春天到夏天，都没来。"燕子不归春事晚，一汀烟雨杏花寒"，海华姐为此很难为情，她主要的解释就是燕子太忙。我相信姐，父亲母亲也相信。他们甚至已开始遥远地规划我的新房和婚礼。

一九七七年秋天，国家恢复高考的消息传来。我决定住在学校，复习功课，准备高考。后来我才知道，就是在这段时间，燕子那边来信了，提出了退亲。但看我正紧张复习，姐就和姐夫商量，对此事严格保密，守口如瓶。行事果断、大智大勇的姐姐呀，其实我最应该感激的是你，那时我每次回家取书或拿衣服，都没看出任何迹象。姐为了鼓励我，谈起远方的燕子时总要意味深长地笑笑，口气也变得神秘而轻松，说燕子之所以不过来，不是不想过来，人家是怕影响你。好好复习吧！

和那个年代千千万万的年轻人一样，一九七七年冬天，我参加了高考。一九七八年春天，接到了大学录取通知书。

09

我的大学在长春市。

临行的晚上，当着全家人的面，父亲开始语重心长，嘱咐我不论将来干什么，都要讲良心，咋着也不能对不起人家燕子。说燕子太忙来不了，等你放假，就去科尔沁看看人家，记住了吗？

海华姐见此情形，只好叹了口气，这才把那边退亲的事以及缘由讲了出来。海华姐讲着，姐夫补充着，父亲在一边抽烟，母亲在另一边为我叠衣服。而我有点发蒙，既无辜，又惭愧，又震惊，大脑里一片星光灿烂。

海华姐说，燕子这孩子没福气。

燕子的事情是这样的，两年前的春天，也就是我从部队刚复员的时候，有天半夜她出门到院子里，觉得天特别黑，突然看到东北方向有一颗流星飞过，然后一颗接着一颗，亮极了，而且轰轰作响。燕子害怕了，赶紧回屋。她听见整个村子里的狗都一起叫着，而她家的小狗却不知跑到了哪里。从那以后，燕子就受了惊吓，经常出虚汗，有时还有点恍惚。就因为这种状况，燕子一直没过来和我见面。

燕子看到的流星雨，就是两年前落在吉林的那场惊天动地的陨石雨吗？对此我至今不敢确定。但不管怎么说，燕子看到的流星雨也非比寻常，不仅让她受到了惊吓，还直接导致了后来的退亲。去年秋天，海华姐说，他们村子来了个算命的，算命的说燕子是犯了星煞，要赶紧定亲。说那星煞是东北方的，对象就得朝东北方找。燕子妈听了这话，回家就让燕子写信退亲，说辽西那地方不行，方位不对，在科尔沁西南哪。海华姐说，为这事，燕子哭了好几天呢。

母亲撩起衣襟抹眼泪，父亲也半天无语。然后他磕了磕烟袋，问我，你们那个大学，说在长春，那是个啥方位呢？我心头一震，脱口而出：东北方啊。海华姐看一眼姐夫，接着问我，那从科尔沁看，也是东北方吗？我说，这得查查地图。

10

事情已过去很多年了。如果不是回到故乡，不是坐在东山上，我不知道是否会想起这些。记忆是有故乡的,正如生命与爱情。

可我所记起的这些,能够称得上爱情吗?它们在很大程度上,不过是发生在我幻想中的故事。在幻想中,我严守着故乡的风习,坚持让女孩跑来,让爱情发生,让自己激动和振奋,并在多年之后变成怀念和感伤。

自从我上大学,海华姐从来没跟我提起过燕子,我也一直没有问。

我甚至从来也没想起查一查地图。直到前年秋天,到某地参加一个活动,晚上聚餐时,有个朋友谈起他上大学之前的女友,说不知道那个女孩后来怎样了,也许早就死了。然后他站在璀璨的灯光和酒杯之间,背诵起一首诗——

> 在黑暗和沉寂的涟漪上安寝着群星
> 皎洁的奥菲利亚像一朵大百合在飘动
> ....
> 一千年,她就这样在甜蜜的疯狂里
> 低吟着童年的儿歌,面对傍晚的微风
> ....

这是法国诗人兰波的《奥菲利亚》,一首很长的诗。他的背诵是那样流畅,每个字都栩栩如生。我想起了辽西故乡,也想起了科尔沁的燕子——

> 颤抖的杨柳在她的肩头上啜泣,
> 芦苇在她宽阔、梦幻的额头鞠躬。
> ....
> 一个鸟巢里传出翅膀的窸窣,
> 神秘的歌声降自金色的星群。

……………

　　这首诗撼动了我。回来后我不仅查到了这首诗的法文、英文和汉译本,而且还找来一张地图,查到了科尔沁。科尔沁位于内蒙古东部,西拉木伦河西岸,著名的科尔沁草原,西接锡林郭勒草原,北邻呼伦贝尔草原,地域辽阔,资源丰富。尤其重要的是,我平生第一次确认:长春,那个接纳我读了大学和研究生的美丽城市,从科尔沁的角度看,其位置也是在东北方。

　　我想把这个发现告诉海华姐,却又觉得没有意义,也没有意思。毕竟,事情已过去许多年了。

　　回故乡,走东山。当翻过山梁的时候,我才终于打定了主意,这次无论如何,我都要问问海华姐,燕子过得怎么样。当然燕子是不会死的,她应该活得很好。毕竟是春天了,故乡已经开始备耕种地,一只只骑着小白马的燕子,正在传出它们"翅膀的窸窣"。

长长的三月

胡世宗是我的朋友。作为著名的军旅作家和诗人，多年来他走遍南疆北陲，战地边哨，其行程之远，足迹之深，可能在同辈和同行中都鲜有可比者。尤其在二十世纪的七八十年代，他曾两次重走红军长征路，堪称不凡经历，人生壮举，令我等羡慕不已。

二〇一六年是红军长征胜利八十周年，有关部门为胡世宗举办了一场"重走长征路"报告会，时间正好是八一建军节。作为世宗的老朋友和一个也曾当过几天兵的人，我接到电话就赶去出席。不见世宗久，忽忽又经年。

寒暄、拥抱、合影、开会。我一边听世宗讲他在长征路上的见闻体会，一边翻阅他写长征的诗集《雪葬》。有些诗句很传神，有些诗句很亲切，还有一些诗句，联系着诗人在台上的讲述，让我这样轻易不会感动的人也感动了。比如他写红军陵园，本来只有一片肃然和寂寞，却突然出现了"一个背诵英语单词的少女，穿一身水红的衣衫……"

我的思绪一下子回到了过去。当年，我也是个背诵英语单词的人，而且也恰好认识背英语单词的少女。那是在一九七六年，我从部队复员，回乡当民办教师，后来就被派到一个小镇上去参加县里举办的英语培训班。我们是从ABC开始学起，学员都是各公社选派的年轻教师，少男少女，一共三十人。开头两个月，我们每天都是背英语单词，从早到晚，我们都在背呀背，一开始每天能背两三个，慢慢地能背八九个、十几个、二十几个，终于有一天，老师开始给我们讲课文了，并让我们试着翻译。

一个女同学站了起来，我忘了她来自哪个公社，只记得她每天的样子是既羞怯又沉静，不管碰到谁，总是一低头走过去。老师在黑板上写下两个单词Long March，问她是什么意思。我听到她声音很低地回答说：很长的，长长的，三月吧。大家都笑了起来，老师也忍不住笑了——长长的三月？你是怎么学的呀？Long March——这是长征，举世闻名的二万五千里长征的长征，我们要进行新的伟大长征的长征！那天中午这个女同学没去吃饭，她在教室里哭了很久。她穿的不是水红的衣衫，而是普通的蓝衣服，男女不分的款式，这是当年的时尚，水红的衣衫离她还很遥远。但哭也没解决问题，在那之后，男同学都偷偷地叫她"三月"。

　　直到培训班快结业的时候，我才有机会和"三月"说话。那是在校门外的小树林里，我们都拿着课本复习，准备结业考试。小树林旁边还有一条小溪，溪水清亮清亮的，据说是从南边的桃花山上流下来的，但为什么叫桃花山，不知道。我在小溪边散步，"三月"恰好想迈过小溪，我顺手拉了她一下，于是有了说话机会。她还是那种羞怯的样子，低着头走路，后来把脸一仰，下了很大决心似的说：有个问题我一直想不明白，你别笑话我行吗？我说啥问题呀。她说我就想不明白，既然March这个词有三月的意思，那Long March为什么不能译成"长长的三月"呢？

　　是呀，这真是个问题。我记不清当时是怎么回答了，好像说这是固定译法之类，总之并不太有说服力。而此刻，在一个关于长征的报告会上，我又想起了她的问题：Long March为什么不能译成"长长的三月"呢？如果说这是一个错误，是绝对的错误吗？这样的译法，至少在象征的意义上，在美学的意义上，有没有一点可取之处呢？

　　那是一九七六年年底到一九七七年年初，是高考即将恢复的一段日子，我们在一个桃花小镇上每天学英语，那书声琅琅的小树林，那流水潺潺的溪边漫步，好像一切都刚刚开始，那么新鲜，那么美好，那么令人难忘。这期间确曾有过一个三月，而整个的培训班生活，也好像都是在三月完成的。所以在结业的那天晚上，我们都喝醉了，唱了许多的歌，有个男生喊道："啊，这真是长长的三月呀！"大伙儿也跟着喊："长长的三月，长长的三月。"就仿佛这是一首伟大诗篇的开头，而接下来的所有句子，都要等着我们在以后的日子里续写。

不过后来没听说有谁成为诗人，多数仍然还是在乡村当教师，恋爱结婚，当教师，生儿育女，还是当教师。有几个考上了大学，包括我。我在大学读的是英语系。许多年后，我开始试着译诗，还出版了一本译诗集。其中有一首我很喜欢，是美国诗人兰斯顿·修斯的诗，共两段——

> 当年轻的春天到来，
> 带着银色的雨滴，
> 我们几乎都能
> 重新变得更好。
>
> 然后却到了夏天，
> 夏天用飞旋的蜜蜂，
> 红罂粟，以及海葵，
> 来取悦很老很老的爱神。

这首诗没有题目，如果要加上，我觉得就用我们当年的口号，叫《长长的三月》很合适，诗中春天和夏天的对比，几乎说出了整个人生。春天过去了，就到了夏天，但春天是本源，是起点，经常回到春天，真的能让我们重新变得更好。

俄罗斯画家列维坦有一幅名画就叫《三月》，也是我特别喜欢的。这幅画给人最难忘的印象就是春天的美，大地的美，劳动的美。特别是画中的那匹小红马，它就像一面飘扬的旗帜，也像一把英勇的、紫铜色的小号，响亮地传达着大地回春、万物新生的情绪。

不久前读到一本书：《俄罗斯乡村的生活与爱情》，才知道列维坦的小红马也是有出处的。俄罗斯民间传说，每年的十二月、一月和二月，因为冰封大地，白雪飘飘，故被称作"三匹白马"，而三月春回大地，冰雪消融，则意味着"三匹白马"都已走远，于是，就像列维坦所描绘的，小红马出现了，小红马就是三月，三月就是小红马，因此它站在初春的雪地上，才显得那么精神抖擞，意气风发。

这就是八一节那天，在胡世宗"重走长征路"报告会上，我的全部思绪。当轮到我上台发言时，我还沉浸在这样的思绪里，大脑一片空白。说什么呢？尴尬了好几分钟，我才振作精神，鼓足勇气，讲了我当年的女同学"三月"的故事——

我说多年以后，当我站在这里，很想重新回答那个叫"三月"的女孩当年怯生生提出的问题，她并非全是错的。在一定意义上，长征就是长长的三月，长征的精神也就是三月的精神，春天的精神。

我说三月是早春，是初春，是春天的先声，是年轻的春天。

我说长征是艰苦卓绝的，可歌可泣的，但无论怎样艰苦，如何卓绝，就中国革命的历程而言，长征仍属于春天的记忆。或者可以说，长征就是从三月出发的，从春天出发的。而正如人们所说的，我们走得再远，也不能忘记根本，不能忘记初心，不能忘记春天的出发。这就是为什么，直到今天，每当人们提起长征，那种意气风发的气概，那种同甘共苦的情怀，那种崇高的理想和纯正的豪情，那种前赴后继的奋进和不屈不挠的坚持，哪怕只是一些片段，都会在我们心中唤起强烈的春天感。

我这个即兴发言，不知道是不是合乎主题，也不知道世宗会不会满意。人在生活中的许多瞬间，都可能会被一种思绪和情调所充满，就像我那天，随着生命中一段往事的回忆，心境瞬间被三月的诗意和画面所充满，而这是很难控制和改变的。不过几天后，我接到世宗发来的微信，他说："完全被你的深情和优美而打动，一直在领会你的发言。"真不愧是军人，话说得虽有溢美，却很得体。他说自己正出行中，在黑龙江上的黑瞎子岛上，还发来两张与边防战士合影的照片。我问他去那边做什么？回答就像子弹，一下子把我击中："我在寻找你那'长长的三月'呀！"

精神家园的炊烟

每次回辽西故乡,从老家那个市到老家那个县,都要经过一个小镇——桃花吐,而每次我都会把头探出车外,寻找那似有若无的一缕炊烟。

当年,我在这里学过英语。我斜着眼,隔着春岚或冬冥,寻找记忆中的梦痕,桃花山,桃花溪,杨树林,以及红砖墙的校舍,还有那个站在房顶上的"扫烟囱的男孩",都仿佛定格在那里。特别是老师的身影,一个被炉火照亮一绺头发的人,还是那样笑着直起腰来。而时隔多年,早已两鬓飞霜的我,赶紧上前问候老师,还是当年腼腆木讷的样子,以一种不知所措的亲切。

01

于锦绣老师,我的英语启蒙老师。关于老师的生平,我曾在一本译作的后记里提到过:老师一九二〇年生于河南太康,曾游学海外,后在中央研究院历史语言研究所(简称"史语所")任职。二十世纪五十年代在中央民族事务委员会参事室工作,后被下放到我出生的那个辽西小镇,直到"文革"结束恢复名誉,调任中国社会科学院研究员。

我出生的小镇叫黑城子,离桃花吐近二百华里。当初,老师就是到我们那个中学去教外语的。二十世纪五六十年代,我们的中学很有名,特别是于老师来了之后,学校的名声就更大了,连老百姓都知道,说有个老师,会讲好几种外国话,被下到我们这穷地方了。"下"字这么用很有意思,就仿佛老师是一种雨。

我们上中学是二十世纪六十年代末，正值"文革"期间，学校里别说是外语课，几乎什么课都不开了。所以于老师的情况，我们只是听已经毕业的老初三们传说。说于老师刚下来的时候，学校很为难，因为当时的中学，外语课只教俄语，而于老师虽然英语、德语、法语兼通，却偏偏不会俄语。怎么办呢？于老师说没关系，他可以自修俄语。后来于老师就边教边学，而且教得很好，就连下课后，他也不忘练俄语发音，在办公室对着镜子练，练到舌尖出血。有学生进来喊报告，才收起镜子，擦擦嘴角问有什么事。于老师嘴角的血迹，感动过一届又一届的学子。

但后来于老师，还有几个老师，却成了被批斗的对象。上学或放学，我们会偶尔看到于老师的身影，身穿中山装，头发蓬乱，不高大，却很沉稳。可时间不久，就见不到他了，听说已被逐出校门，去进行劳动改造，给生产队放马去了。直到几年之后，我才有幸再见到老师，并成为能亲聆他教诲的学生。

其间我中学毕业回乡劳动，然后参军，当兵三年复员，到母校的中学当民办教师。就好像是绕了一大圈，又回到原点。那是一九七六年，中国发生了许多惊天动地的事件，忽一日，接到通知，让我去县师范参加英语培训。报到当天，我一眼就认出了于老师，花白的头发，沉稳的步态，嘴角还是那样不屈不挠，若有血迹。尤其令我难忘的是，因为是冬天，老师还戴了顶狗皮帽子。几年不见，如果说老师有什么变化，那就是彻底不像个老师而像个辽西农民了，他穿着黑色的粗布棉袄，吸着纸卷的旱烟。接近年底，教室很冷，外面寒风料峭，雪野苍茫。

02

是呀，一九七六年，那是个难忘而及时的冬天，在我的记忆中，它似乎是八十年代的一种前奏，是和春天靠得最近的冬天，和春天有些混淆的冬天。于老师五十多岁的样子。

"是可怀也，唯其师也"。我经常想，如果没有于老师，自己是不是还能上大学呢？我是一九七八年考进大学的，并且是英语专业。而在恢复高考的前夕，近半年的时间，于老师从ABC开始教我们学英语，对于像我这样既种过地又当过兵的人来说，其意义的确怎么评价都不过分。

当然，那时候我们还不知道要恢复高考，只是觉得新奇，于老师的英语课带给我们的不仅是知识，更是全新的视野、境界、地平线。美国的克莱恩在他的《黑骑手》一诗中写道："我看见一个人在追赶地平线／我说，这是没用的，你不可能。"

于老师几乎不怎么备课，走进教室就开始讲。面对我们二十几个来自各乡镇（当时还叫公社）的土气而懵懂的民办教师，他像面对真正的大学生或研究生那样讲课。当我们刚记住二十六个字母四十八个音标，单词量也许只有三五百的时候，老师就在课堂上问：你们读过莎士比亚吗？我们在下边面面相觑。

莎士比亚！哈姆雷特王子的名言："To be or not to be, that is a question."老师说，你们能译出来吗？别说，还真不算很难，但大多数都把to be译成了"是"，有译成"是还是不是呢，那可是问题"的，有译成"是或不是，那倒是个问题"的，还有个同学为加强语气，把这句话变成了问句："是或不是，那算个事吗？"对这个译法，老师重复了好几遍："那算个事吗？哈，有意思。"我们觉得也很有意思。

学校前边是一片疏朗的杨树林，我们下课后就在树林里漫步、看书、嬉闹。都是二十岁左右的年轻人，男生大多数还没有媳妇。和女生开玩笑，就问人家："哎，你还是个动词不定式吧？"女生们就笑答："是或不是，那还算个事吗？"慢慢就混熟了。有时我们夜里被惊醒，细听是那条桃花水脉，又继续做梦，水声楚楚。

03

　　那是一些欢乐的日子。县师范不在县城，而在县城南面的桃花吐，似更能显出桃李芬芳的意思。特别是春天，我们从教室的窗子就能看到桃花山新绿浅红、流白施粉的样子，而到了三月，从桃花山上流下来的溪水，有时候真能看到漂着几片桃花。许多年后，我收藏了一幅高仿的俄罗斯名画，是华西里耶夫的《解冻时分》，画面暗黄而透着明亮，河水破冰，道路泥泞，春寒料峭，真像极了我们当年的生活与心情。

　　因为我是从黑城子来的，加上听课认真，于老师就很看重我，周末如果不回家，经常邀请我到他的宿舍坐坐，后来干脆留我和他一起吃饭。其实学校食堂周末也开饭，只是当时主要吃大碴高粱，很难消化，有几次都吃得咯血了。老师留吃饭，也是有贴补我的意思。他是河南人，喜欢吃烩面，有时也烧两个菜，焖大米饭。老师的宿舍分里外间，有个通炕的炉子，既可烧炕，也可做饭做菜。吃完饭，我将锅碗都收拾好，就陪着老师围炉夜话，有时也陪他抽纸卷的旱烟。老师的烟卷得有棱有角，像德国的"方头雪茄"。老师去过德国，也去过英国、法国、意大利，但他并不多谈这些历史，但只言片语中，总让我深获教益。比如傅斯年，我第一次从老师那里知道，此人是非常有名的历史学家，那个蜚声中外的"史语所"就是他创办的，而且还当过北大校长。

　　有时老师正做饭，炉火不旺，而且倒烟，我就上房顶去顺烟囱。辽西风俗，烟囱要经常顺一顺，每家的房顶上都放一根烟囱杆，细长而结实，从烟囱上高高地、直直地、深深地顺下去，然后再根据风向，调整一下挡风砖的位置，这样炊烟就会喷云吐雾，滚滚而出，不小心要呛你一个跟头。好在老师住的是平房，整个学校都是平房。我站在房顶上，仿佛能看到很远的地平线，却看不见有人在追赶它，也听不见有人说这没用。在这条地平线上，老师生火点起的缕缕炊烟，就像春天的桃花一样绚丽。

04

桃花吐，那个遥远而亲切的小镇，它在我记忆中总是如梦如幻，谈吐不凡。到了春天，那里不仅能吐出桃花，还能吐出各种奇异的野花野草。有一次，几个女同学从附近的山上采回一束很好看的花，蓝莹莹的，紫苏苏的，插在罐头瓶里摆到教室，老师看到后十分惊喜："这里也有这种花？"他说这叫勿忘我，英文是forget-me-not，还随口念了两句歌词："有花名勿忘我，开满蓝色花朵。"

我们的英语班是从一九七六年的年底开始，延续到一九七七年的初夏。当时农村的知识青年和"五七战士"已开始回城，国家恢复高考的消息也如春风乍起。班上有几个学员，包括我们漂亮的女班长，已经不再来上课了。那个女班长是大连知青，曾经是全县扎根农村的知青典型，而且还是党员，谁也没想到她会不辞而别。老师说在英语中，不辞而别有多种表达，其中之一就是take a French leave（告了个法国式的别），这个说法不失优雅和高贵，我觉得多少贴近女班长的气质。

班里还剩下不到二十个学员，都是纯农村的，学校让我代理班长。但剩下的男生女生，因农村的身份被凸显出来，也都多少有点自卑感，心情难免浮动。但于老师好像丝毫不受影响，他上课一如既往，从不迟到半分钟。有时候，我觉得他仿佛是在给我一个人讲课。

老师说，勿忘我在辽西并不多见，但有时也会成片出现，他当年给生产队放马的时候。就经常能看到这种花，老百姓叫"补血草"。那就是在黑城子呀，老师感叹："年年岁岁黑城子，寂寂寥寥一群马。"

看我们一脸懵懂的样子，老师又讲起了卢照邻，初唐四杰之一，介绍了他那首著名的《长安古意》："寂寂寥寥扬子居，年年岁岁一床书。独有南山桂花发，飞来飞去袭人裾。"并逐句解释，说"扬子居"是指扬雄的住所，西汉时的著名学者和辞赋家。还有"一床书"，其实是一院子的书，床在古时候是指院子。

05

四月是从桃花山上一路走下来的。美国女诗人南希·波依德有诗："年复一年，走下山坡／四月来得像个白痴／开满牙牙学语，四处乱跑的花朵"。四月之所以像个白痴，是因为它不知道我们快要结业了。

结业之前，一个很平常的下午，老师给我们讲起了克里米亚，他的语气也是那样平常。克里米亚位于黑海北岸，是个半岛，英文peninsula。老师说古希腊人称这个半岛为陶里斯，还有个很著名的神话，说有个美丽的姑娘叫伊菲革涅亚，是希腊联军统帅阿伽门农的女儿。为了战争的胜利，阿伽门农曾向神发誓，等他班师凯旋的时候，要把第一个迎接他的人献祭给神。可没想到，胜利后当他回到故乡，第一个跑出来迎接他的人竟是自己的亲生女儿。于是美丽的伊菲革涅亚就必须被献祭了。但是，当祭司刚刚把剑举起，伊菲革涅亚却突然不见了。据说这是阿耳忒弥斯女神同情她，将她抱起，并带着她飞越大海，来到了陶里斯。此后若干年，美丽的伊菲革涅亚作为陶里斯神庙的大祭司，就生活在那里。不过在希腊人看来，陶里斯是诸神治外的蛮荒之地，陶里斯人也都是野蛮人。因此伊菲革涅亚在陶里斯虽得以安身，却并不快乐，直到后来有一天，她以某种特殊的方式悄悄逃离那里，回到了希腊。

老师说，这是一个关于逃离的神话，陶里斯者，逃离于斯也。

我不明白老师为什么会这样说，是感怀，还是告别，这是一个问题。忽然领悟到一种不平,为老师,也为我们自己,这种不平感像阵阵长风,崇高而希腊,浩茫而中国,从那天起,多年来不断吹过我的思绪。

平房上又升起了炊烟。那天晚上老师炖了鱼,其实是泥鳅鱼,从集市上买的,来自桃花溪,但味道很美。老师还打破惯例,拿出了一小瓶白酒。老师鼓励我考大学。我说恐怕数学不行,不是不行,是当了几年兵忘了。老师说你可以考外语系,你是个学外语的材料。

老师还送给我一本《英华大词典》,商务印书馆版的,同时送我四个字"含英咀华"。这本辞典我用了很多年,而"含英咀华"这四个字,不仅让我学会了读书写作,也给了我最大的精神乐趣。

06

梭罗说:"我们的生命就像河水,一年之间就可能涨到前所未有的高度,淹没那些已经干涸的土地,还将会淹没所有的麝鼠。"这段话出自《瓦尔登湖》,每当想起这段话,我就想起在桃花吐,和老师朝夕相处的日子,虽然那段时间才不过半年。

老师也要走了。实际上还没等我们正式结业,老师就要走了。记得那天,老师还特地换上了西装。我们从不知道他还有一身西装,年代久远的式样。我们送老师到公共汽车站。走过春水涨满、四处流溢的小溪,走过高高的杨树林,走过开着蓝色勿忘我的田野。我们知道老师是调回北京了,老师本来就是北京的,老师调回北京据说还经过了考试,还给北京寄去了那本《俄国史》的译稿。想到老师回北京竟然是凭借俄语,而不是教我们学了这么久的英语,我们心里感到一种莫名的委屈。

好像就是在送老师的那条路上,我一下子走进了二十世纪八十年代。

是呀，几乎所有人都在怀念八十年代，理想啊，恋爱呀，奋斗哇，成长啊，世界呀，构成了那个年代的基本精神。正是在那难忘的十年间，我和千千万万同龄人一样，读完了大学，改变了命运。但同样是怀念，在细节和格调上，我觉得每个人还是有所不同的。而我的不同在于，我的八十年代开始得更早，它的源头执拗地定格在一九七六年的冬天，那是和春天靠得最近的冬天，和春天有些混淆的冬天。

还有，在八十年代我读了很多书，这也是所有人的共同经历。但有一本小书，大概除了我，不会有人认真读过，那就是歌德的《伊菲革涅亚在陶里斯》。这是歌德所写的五幕歌剧，天知道我是从大学图书馆的哪个角落里发现它的，淡灰色的封面，薄薄的，旧旧的，书名也印得很小，是牛津大学出版社1949年出版的英译本。我之所以要读这本小书，当然是与老师讲的陶里斯神话有关。但是和那个神话相比，歌德的故事显然明亮了许多，不仅增添了爱情，也有启蒙精神。伊菲革涅亚被重新塑造了，她不再是逃离者，因为她终于有一滴眼泪落在了陶里斯的土地上。人与命运的关系，在这里得到了前所未有的调节。还有那片土地，我觉得就像当时农村的联产承包责任制一样，正因为改变了人与土地的关系，才改变了人与命运的关系。

我行走在故乡的土地上，觉得自己的回忆也如同一种歌剧，是对神话的改写，却仍有神话的余韵，但这是没有办法的事，老师所经历的就是这样。而当我遇见老师，那短短几个月的记忆，又多么像那幅《解冻时分》的画面哪——河水破冰，道路泥泞，春寒料峭，一个老人和一个孩子正在走过雪野，而不远处的一座低矮简陋的房子上，正飘出淡淡的、暖暖的炊烟。

寻找男孩克拉克

01

二十世纪八十年代我在长春的一所大学教英语，有个叫奥巴赫的美国外教老太太，送我一套绘本大师谢尔的诗集，还说了一句简略的英语"这里都是些男孩子，没有女孩的事"——那是她任教期满准备回国前的一个下午，她把书递给我，语气中弥漫着美国中部雨季的暗淡与伤感。奥巴赫来自南伊利诺伊大学，而接替她的是来自威斯康星大学的史密斯先生。

我知道，这套书是对我两年来与她合作教课的回报。谢尔出生在芝加哥，也是伊利诺伊州人，参加过越战，后来自学成才，成为妇孺皆知的绘本大师和童书作家。谢尔的书都很棒，据说他很在乎出书，不仅坚持自己做插图，而且坚持只做精装书。每次付梓，都要亲自检查，挑选版型和纸张，包括装帧的细节，从封面到封底，甚至每一个画面和跨页的编排，都力求唯美。

奥巴赫送我那套诗集是哈珀·柯林斯出版社的特别版，封面是彩色的漫画，里面是黑白的漫画，一共七八本的样子，紫色封套上印着烫金花草，精美极了。我记得奥巴赫女士的手指（像几根粉笔似的）划过封套上其实已经很抽象的花草图案，说，你知道吗，这是野紫罗兰，我们伊利诺伊的州花。

奥巴赫对故乡的自豪感让我开始沉浸于谢尔的书，并第一次意识到，世界上除了诗人，还有儿童诗人。照片中的谢尔剃着光头，就像个有幸被谁委托照料孩子的流浪汉，于是就受宠若惊、欢天喜地、多才多艺、奇思妙想、趣味横生地为孩子们写诗。二十世纪八十年代初，那时谢尔的儿童诗应该还没有被译成中文，作为英语教师，就像报春的燕子，我可能是他在中国最早的读者之一。有段时间，我简直迷上了谢尔，每天晚上都要读几页才能入睡，并且一边读，一边想象着他故乡的草原。

例如有一首《橡树与玫瑰》，橡树说："我并没有长得那么高，只是因为你还是那么小。"在我的想象中，这橡树一定又高又白，因为奥巴赫说过，伊利诺伊的州树就是白橡树。还有《谁要一只便宜的犀牛》，说有一只犀牛被拉到镇上叫卖，胖墩墩的，羞答答的，但要是买回家的话，它可什么事情都能替你做。伊利诺伊是"草原之州"，风吹草低的地方，可能到处都能见到这样的犀牛。

02

在谢尔的诗集中，我认识了许多男孩。奥巴赫说得对，这里是男孩的世界，虽然也有女孩，但主要是男孩。比如有这样一个男孩，认为自己是父亲最聪明的儿子，父亲给了他一美元，他跑到镇上去和别人兑换，先换到两枚镍币，接着又换成三枚小币，总之是不断以少换多，换来换去，最后是用一美元换到了"整整五个便士"，回去向父亲炫耀，得意地看着父亲为他骄傲得半天说不出话来。还有一个男孩，整天向天上抛石头，有一次竟然把太阳击落了，世界变得一片漆黑。还有一个男孩，希望自己只有一英寸高，这样他就可以骑着昆虫去上学了。还有一个男孩是斑马的哥儿们，他这样问斑马："你是有白条纹的黑马，还是有黑条纹的白马？"斑马听了，也反过来问他："你是个有坏习惯的好孩子，还是个有好习惯的坏孩子？"这样的对话，真的很有意思，由此我开始喜欢斑马。我觉得一匹斑马的美，就在于它的黑白分明，看上去如同一幅漂亮的中国书法。

英语中的boy，中文可译成"男孩"，也可译成"少年"。反之，中国人所说的少年，很多时候也可理解为"男孩"或"boy"。如辛弃疾的"少年不识愁滋味"，蒋捷的"少年听雨歌楼上"，如果把少年改成男孩，似乎也无不可：男孩不识愁滋味，男孩听雨歌楼上，好像更有一种洒脱别致的趣味。

但谢尔诗中的男孩，既不洒脱，也不别致，而是多少都有点犯傻，有点赖皮，有点顽劣，有点懦弱。可正是这样的男孩，最能让我们找到自己童年的影子。

比如有个男孩是收藏家，整天收集零零碎碎、古古怪怪的破烂，旧门铃、老砖头、锈指环、破船板、坏椅子、烂袜子、猫耳朵、狗尾巴。他是那样珍爱他的宝贝，乐颠颠地去喊他的邻居们来参观，可那些不识货的人，竟然说这些都是垃圾，于是他伤心地哭了。我也曾那样哭过，不是因为人们不识货，而是因为我的宝贝被人偷走过。我出生的村子有一座煤矿，从很小的时候起，到矿山捡东西就是我最大的乐趣。我的宝贝中有阿拉丁神灯一样的旧矿灯，三套车一样的破电闸，还有金光闪闪的细铜丝、蓝光耀眼的小钢锯，以及用电焊条打制的锋利的飞刀。记得我最后一次翻弄这些宝贝是一九七六年，那是我当兵复员之后，上大学之前，在老家小耳屋的角落里，我再次找到了它们。童年时代的阳光穿透记忆的灰尘，恍如隔世，我独自在小耳屋里坐了大半个上午，与破破烂烂的它们举行着为了告别的聚会。

谢尔还写了一首Long-haired Boy，长发男孩，我觉得叫"长发少年"更好。说在一个小镇上，有个长发飘飘的男孩，因为头发长，他每次走到街上，都要遭到人们的哄然嘲笑，有的对他指指点点，有的对他大喊大叫，有的向他伸舌头、做鬼脸，还有的跑回家关上门，从窗口向他窥视。有一天，男孩实在无法忍受了，就坐在街上大哭起来，哭得浑身颤抖，长发旋动，后来男孩就被自己旋起的头发揪着，升上天空飞走了。

　　这个可怜的少年之所以有那么可笑的长发，我觉得他可能有"护头"的习惯。所谓"护头"就是怕剃头，大人一给剃头就躲起来，或大声哭喊。但这个习惯我是在上中学之后才有的。那时候在我们乡村中学，有许多城里去的孩子，也就是当年的"五七战士子女"。农村的男生一般都剃光头，而城里去的男生却留长发。我们几个同村的男生，出于羡慕，就也留长发。只不过我们的长发总是乱蓬蓬的，压得耳朵边儿通红，根本不像城里男生的长发那么文雅、顺溜、飘逸。尽管如此，我们还是坚持像城里的孩子那样留长发，每天村里村外，就像脏兮兮的蒲公英那样走着。

　　也许世界上所有的长发少年都是这样的蒲公英，正是可笑的长发揪着我们上升，并把我们带向远方。

03

　　在谢尔的诗中，我认识的一个最重要的男孩，叫克拉克。

　　这个男孩比较小，而正是因为小，他才怕黑。那年夏天我有时回宿舍很晚，夜风清凉中偶然读到了他的故事。小男孩说他叫克拉克，因为怕黑，每天晚上他总是哭闹着不让大人把灯关掉，而且睡觉前必须要听三个故事，让妈妈亲他五次，还要做两次祈祷，撒几次尿，即使这样，他也还是睡不着，小男孩最后直接恳求读者："请千万不要把书合上，我叫克拉克，我怕黑。"诗的旁边还有漫画插图，小男孩用手抓着盖得很严的被子，仅露出两只大眼睛期盼地看着你，眼神仿佛还会转动，"克拉克、克拉克"地转动。

　　这首诗我印象极深，记得当时真的不忍心把书合上，就那样开着灯等小男孩入梦。而且连续许多个晚上，我都把那本诗集放在床头，并把那一页折起来，就像在书里搭了个小阁楼。我想这样，小男孩就不用怕黑了，同时我也消除了一些寂寞。那时候我们住青年教师楼，一人一个房间。白天上课、开会、跑图书馆，晚上回到宿舍还要备课、看书、记日记、洗衣服，总之是比较孤单，但整个夏天和秋天，谁也不知道，那套谢尔诗集给了我许多特别的乐趣。尤其是那个叫克拉克的男孩，我们之间几乎结下了一种默契和友情，一间宿舍，许多夜晚，书中的小男孩和现实中的我都相依为伴。

记得柏拉图说过："男孩是最难弄的。"这位伟大的哲人不仅经常把男孩和动物相比，据说还训斥过男孩。但谢尔书中的那些男孩，虽然都很难弄，却似乎不该被训斥。不仅不该被训斥，还值得被记住并被想起。

04

许多年过去了，我从一个城市迁徙到另一个城市，并早已离开了大学校园。但谢尔的诗集始终跟随着我，包括那个紫色烫金的封套，不管我搬了多少次家，奥巴赫所说的野紫罗兰都在我书架的角落里静静地开放。不过我很少有空再去翻弄那些诗，也不大再想起那些男孩了。

直到不久前，有个旨在激励青年创业的《身影》在线访谈栏目，让我给他们写几句话，我才又记起了谢尔的诗，记起了那个怕黑的小男孩。我想重新读读那首诗，然后把它译出来。

可是，我从书架上拿下谢尔的那套诗集，一本一本地翻，总共七本，翻了三遍，却无论如何也找不到那首诗了。那个每天晚上赖着不睡觉，名叫克拉克，眼神也会"克拉克、克拉克"地转动的小男孩到哪里去了呢？我问草原上的白橡树，也问了斑马和犀牛。斑马还是那样黑白分明，犀牛还是那样勤劳憨厚，但它们都不知道克拉克的去向，甚至不知道我说的是哪一个男孩，毕竟谢尔笔下的男孩太多了，许多男孩都不知去向，收藏家男孩不见了，长发男孩飞走后压根儿就没再回来。白橡树像个中国诗人，感叹道："最是少年离别时，若离去，便无期。"

这诗句让我顿然感伤。后来我给《身影》栏目这样写道："也许克拉克已经长大了。所有怕黑的小男孩都会长大，变成少年，变成青年。他们不再怕黑，所以也不必继续彻夜不眠地躺在家里。而当他们开始满怀自信、奋发进取的时候，就会在家以外的世界留下他们可以照亮别人的身影。"

05

不管怎么说，怕黑的小男孩是个很有意思的故事，它诉说着恐惧，也隐喻着勇敢，它既是男孩的童话，也是成长的寓言。世界上哪个男孩没有过怕黑的经历呢？我想起一个画面，是在汶川地震的时候，从电视上看到的，一个小男孩被战士们从废墟中抬出来，在担架上举手敬礼的瞬间。地震中的小男孩同样是怕黑的男孩，但骤然的、比夜晚黑一万倍的地震的黑暗，却让他们学会了坚强和感动。或许在地震发生的刹那，他们也曾经恳求——他们来得及恳求吗？以怕黑的名义，恳求千万别合上书，别合上大地的书，田野的书；别合上村庄的书，校园的书……

难道不是吗？世界是一本书，而书存在的理由不是被合上，而是被打开，不断地被打开，并让熟悉光明的眼睛阅读，一遍一遍地阅读。

我在美国芝加哥的同学听说我为找不到一首诗而烦恼，在网络的QQ空间里大笑不止。他说，这件事交给我吧，你的谢尔诗集肯定丢了一本。很快，几天后我就收到了他寄来的国际快件，是一本崭新的谢尔的诗集。正是这本诗集，翻开就找到了那几个男孩——收藏家男孩，长发男孩，让父亲"骄傲"的"聪慧"男孩，还有那个最胆小的、最怕黑的男孩,他完整的姓名是雷吉纳尔德·克拉克。他还是那样幼小,两只眼睛还是那样左顾右盼。

可问题在于,我和我的同学都忽略了版本,原来他用了周末大半天时间从芝加哥最大的书店为我买到的这本书,是西蒙与舒斯特公司2005年推出的青春阅读版,不仅开本比奥巴赫送我那套哈珀·柯林斯版的要小,设计风格也很有差异,虽然封面仍是谢尔自己的漫画,色彩却显得鲜艳而夸张。尽管如此,我还是深感欣慰,找到了男孩克拉克,就如同找到了我似是而非的童年和青春。

美是上帝的手书

01

美国哲学家爱默生有言："美是上帝的手书。"在所有关于美的定义中，我最欣赏这一句。

爱默生是十九世纪的，人称"美国的孔子"。但他是超验主义哲学，对此孔子不知为不知。尤其这句话说得好，证明上帝亦有人文旨趣，闲来无事，总爱把一些美的想法随手书之。不过上帝很少签名，上帝不屑于此。

或许上帝更喜欢中国书法。世界上所有文字皆可手书，但唯有汉字能上升为艺术，即书法。每到春节，看到千家万户的春联，新桃旧符之间，翰墨飞扬璀璨，就想这千年不易的中国风情，有时也恍若神迹。有人说，天堂应该是图书馆的模样，我很认同，"东壁图书府，西园翰墨林"，甚好。只是忍不住想，如果上帝真的喜欢书法，那会不会更钟情于飞白的风格呢？因为几乎在同一本书中，爱默生，这位"美国的孔子"还说过："上帝创造的一切，皆有裂缝。"

02

因为喜欢雪，就喜欢王羲之的《快雪时晴帖》，也喜欢王维的《袁安卧雪图》。这幅画又名《雪中芭蕉》，因在雪地里画了一株翠绿芭蕉，引后世争议，觉得芭蕉傲雪，不合情理，并由此认定王维作画"不问四时"，只求迴得天意而已。其实还可有另一种解释，读陆游诗："扇题杜牧故园赋，屏对王维初雪图。"这里的初雪图，我想即是指《雪中芭蕉》。也就是说，王维画的是初雪。芭蕉正绿，初雪忽临，怎么办？就画下来了。天气有不确定性，美也有猝不及防、迫在眉睫的瞬间，而这幅画，无疑就是美在特殊瞬间的再现。初雪如初恋，猝不及防，一见钟情，不管后来如何，至少那个瞬间是无比清新、无比纯真的。

我还喜欢一幅俄罗斯名画，也题为《初雪》，瓦·德·波列诺夫作，属于十月革命前的巡回展览画派。画面上的山峦、白桦、结冰的小河，让人一眼就能找回初恋的感觉。

初雪，也就是第一场雪的意思，但每年的开春有第一场雪，深秋或浅冬时节，也会有第一场雪。初雪到底是哪一场雪呢？这个几乎不是问题的问题，我却一直想不明白，问了许多人，也问不明白。

读《红楼梦》，总觉得其中的雪景描写很美，逶迤全书，构成点缀，特别是前八十回，无论冬天的雪，还是春天的雪，我认为总有一种初雪的况味。一座大观园，连同那些女孩子的梦境，仿佛都始终飘着雪花，雪意悠悠，雪影淡淡。

03

不论你什么时候摔倒在地，都应该捡起一点东西。

04

有许多写作的人，都讲过看到自己的名字第一次被印成铅字的感受，那种激动心情，几乎不可一世。但我知道还有另一种激动，更不可一世的，那就是当你的名字第一次被你爱着的女孩亲手写出来的时候。好像法国作家加缪描述过这种感受，我和加缪的意思是相通的。

初恋手写的书信，无疑是高于印刷，也高于出版的，对个人而言，其意义或不亚于一篇伟大的文献，那不仅是一颗心对另一颗心的表白，也是一个人向整个世界的宣告。虽然女孩的字体一般是柔弱的，娟秀的，一横一竖，一撇一捺，仿佛都浸着芬芳的汗渍，也仿佛特别敏感，吹弹可破，昙花和含羞草似的。

这种字体，或可称之为初恋体，它会让人无比珍惜生活，彻底相信爱情。德国诗人海涅曾这样写道："你写的那封书信，并不能使我悲伤，你说你不再爱我，你的信却这样长。好一份小小的手稿，十二页，层层密密，人们真是要分开，不会写得这样详细。"

初恋体也是一种书法。只是如今，书信电子化了，变成了转瞬即逝的短信和微信，这世间最浪漫美妙的书法艺术已无从鉴赏领略了，人类失去了一份乐趣和激情。

05

有考古学家曾言：夏朝和夏天一样美丽。那么是否，夏天也和夏朝一样，王乘四载，后乘两龙，典章初具，威仪赫赫呢？夏朝有王后，夏日有午后。而夏日的午后听起来也像王后。夏日的午后很年轻，她戴着金步摇，状如花树，枝摇叶摆，举步生姿，风情万种。夏日的午后母仪天下。

夏日的午后，《牧神的午后》。记得读大学时，我们午后总喜欢到校门对面的公园去，少男少女，风华正茂，一边听这首世界名曲，一边背诵英语诗歌。那些午后真的很年轻，公园里的云杉和白桦苍翠欲滴。有两个中文系男生从我们身边走过，像在争论什么话题，说着晴有林风，如何如何的。当时我们外语系的很高傲，根本没把中文系的放在眼里。就觉得这话说得很傻——晴有林风，多没劲啊。直到许多年后，我才知道这是句很有学问的话，是指《红楼梦》里的丫鬟晴雯，言谈举止颇有林黛玉的风度。

是呀,这就是我的大学时代,夏日午后,晴有林风,以为别人很傻。

06

小学时的同桌女生L,我从小怕她的父亲。L的父亲高大黝黑,是个煤矿工人,因井下事故,变成了独眼,一眼深陷,很吓人。所以我时常担心,这个人会不会因我和他女儿同桌,哪天在路上截住我,把我痛打一顿呢。

但L的样子是对她父亲的彻底背叛,就像一种哗变或造反,在我的记忆中,她的确好看极了,飞来飞去像一只蝴蝶。许多年后同学会上见到,仍是那么美艳,鼻梁的曲线比莎士比亚亲笔书写的英文字母还要优雅。

L虽美,奈何其父。由于她的父亲,我并不很愿意和L同桌,但又不敢不同桌,害怕引来严重的报复。这种心境,多年以后,我在T.S.艾略特的《普鲁弗瑞克的情歌》中找到了印证:"我能把头发往后分吗?我可敢吃下一枚桃子?"少年人往往都那样懦弱。

这种懦弱的克服是在我当兵复员之后,家里要给我张罗对象,当有人介绍L时,被我很矜持地拒绝了。作为一个当过兵的人,我觉得已没有必要再怕她的父亲。L知不知道我的拒绝我不知道,但在近年的几次同学会上,她对我的态度一直很冷漠。

去年从英文转译德国诗人里尔克的诗,偶尔读到一段话,让我顿有所悟。里尔克说:"美在起源处是令人恐怖的,它可以轻易毁掉我们,却又不屑于这样做。"

我想确实是这样啊,美女的父亲就是美的源头,一般来说,这些父亲多少有点令人恐怖,但美女的父亲不管怎么恐怖,也不屑于伤害一个与他女儿同龄的男孩子。于是男孩子就在这种不屑中长大了，并慢慢让自己也学会了不屑。

07

帕慕克《伊斯坦布尔》的扉页上有句题词："美景之美，在其忧伤。"其实又何止美景，我觉得美人之美，也往往在其忧伤。

不是吗？一个女孩，不管她怎样天生丽质，春华正茂，可爱可亲，但如果她既不懂什么是风刀霜剑，也不知什么是长歌当哭，甚至连眉毛像林黛玉那样颦一下都不会的话，那我们往往只能说她漂亮。一个女孩不管多么漂亮，和美相比还是有距离的。维特根斯坦说过："漂亮的东西绝不是美丽的。"

木心先生也写过一首诗，题为《伊斯坦堡》，我怀疑他是读了帕慕克那本书的台湾译本，诗中的句子颇显散淡："阿麦特·拉辛说，他说／一个地方的风景，在于它的伤感。"简洁的译笔和散淡的译笔，效果是大不相同的，简洁的译笔警策透辟，散淡的译笔温和晓畅。记得什克洛夫斯基写过："我们谈论这些形式，偶尔也谈论遥远得看不见踪影的春天。"

08

风吹过草地，草俯首战栗。忽然有一种情愫，让我感动莫名。

09

很少买瓜，却喜欢看卖瓜的。尤其在盛夏，"一片云阴遮十顷，卖瓜棚下午风凉"，是中国北方的一道风景，也是我童年的记忆与乡愁。

那年夏天，我沉迷于美国女诗人毕晓普的诗集，一边读，一边顺手译出来。毕晓普诗风独特，以"高度的客观性"著称，因而有一种清凉的意味。整个夏天，我都躲避在这种清凉里。毕晓普的全部诗作一百零一首，我大约译了其中的三分之一，而且忙里偷闲，写了篇译后记——《伊丽莎白·毕晓普：冷艳的权威》。正是三伏天气，有天晚上，就梦见了卖瓜的。街角树下，一大卡车。那些瓜圆鼓鼓、翠呱呱的，看上去都很清凉、很冷艳的样子，在地上走来走去。我怯怯地问，这是什么瓜呀？他的回答有点傲慢："我们这都是伊丽莎白，也叫毕晓甜。"

非常高尔基的树，非常卡夫卡的车，非常伊丽莎白的瓜。只是我没记清，那答话的是卖瓜的人，还是瓜本身呢？

10

京剧中我最爱听的，可能要数《苏三起解》中那段唱词："苏三离了洪洞县，将身来在大街前。"一个即将要"命断"冤狱的风尘女子，唯一的寄托，就是希望有好心的过路人，会把她今生的思念和来世的许诺带到远方，带给挚爱："哪一位去往南京转，与我那三郎把信传。"每听这句，总想起那首著名的英格兰民歌《斯卡布罗集市》，都是给远方的爱人捎口信，也都有一种令人心痛的美。我曾把《斯卡布罗集市》的歌词译成诗经体，为了唱起来更上口，也更有韵味。如第一段是这样译的："斯卡布罗，海边集市，蕙兰芫荽，郁郁香芷，若至彼乡，代我致辞，北方佳人，乃我相知。"

今天突然想，可否用《斯卡布罗集市》的旋律唱《苏三起解》呢？不过唱词也得改，还是用《诗经》的句式为宜："叹我苏三，几多冤屈，负枷长街，拜诸君子，若至京师，望为传语，嘱彼三郎，来世相期。"

11

"红袖添香夜读书",有一点情色,但意境很美。其实读书本身就是美的。曾在哪里看过这样一个故事,说十八世纪的法国山中有一伙强盗,托人到巴黎,买到了哲学家帕斯卡的《思想录》,行劫之暇读几页,心中快乐。这故事颇可体味,说明不仅盗亦有道,而且盗亦有思。粗犷如强盗,也能从读书和思考中找到乐趣。

但体味之余,又觉得这故事中少了点什么。少了什么呢?直到有一天,偶然读到美国女作家欧茨的一篇书评。这篇书评是对十九世纪美国作家麦尔维尔代表作《白鲸》的解读,那部小说主要是写了一艘捕鲸船,亚哈船长及其船员们的故事。故事波澜壮阔,细节也颇吸引人。比如关于读书,船上清一色都是男人,没有女性,但船上绝无仅有的一本书却是女性写的,那就是《艾米莉·狄金森诗选》。

欧茨敏锐地指出,有了这本诗选,整艘大船就平衡了。艾米莉·狄金森为这个男人的世界增添了一抹轻柔和艳丽,船员们与骇浪惊涛搏斗之暇,读几页狄金森的诗,其快乐,显然要比法国山中的强盗更多些。

12

喜欢吃草莓。草莓麻子脸,但颜色好看,像裹着茜红的纱巾。更重要的是,草莓的甜很明丽,是那种春光烂漫的甜,而且你吃的时候,会在舌尖上发生一种炸裂感,仿佛星光璀璨,若出其中。真的,每当吃到草莓,我都会想起星空,甚至会想到哲学家康德所说的:"我们头上的灿烂星空,我们心中的道德律令。"草莓虽小,却能独与天地精神往来,其口感可谓浩瀚。丹东的东港盛产草莓,是地理标志产品。我有个学生曾在那里任乡长,既是乡长又是诗人,而且诗写得相当好。乡长在文学院学习的时候,还是个副乡长,回去之后,就当了乡长。每到春天,乡长都会亲自或派人给我送几箱草莓来,九九草莓,令我回味久久。但没想到,这个学生后来"进去"了,为了什么我不知道,到现在也没出来。

不管怎么说,我还是很感念这个学生和他的草莓,无论如何,他喜欢过文学,也写过诗,并因此到文学院学习过,听我讲过康德的星空与草莓之关系之类的文学废话。

13

清明时节,人间四月天。有朋友发来微信,和我讨论T.S.艾略特的长诗《荒原》,说《荒原》中有些句子惊世骇俗,却似乎不够美,像这句:"去年你在花园里种下的尸体／抽芽了吗?今年它会开花吗?"朋友认为这是译法的问题,太直白了,问我可否重译一下,添上点中国风韵。我知道微信交流,只能当逗趣而已。但次日醒来,我记得已在梦中煞有介事地译过了,既然译过了,就发给朋友吧——"去岁园中种亡灵,今春可知花发否?君不见细雨纷纷清明节,年年岁月万山红……"

朋友回信说:"尚可尚可,风韵犹存。"

第三辑

我的心在高原

第一次到呼和浩特,第一次到内蒙古大学,就赶上了一个小座谈,和文学院的老师们一起交流。有位年轻的女教授,谈起了张炜的长篇小说《你在高原》,说仅这书名就够好,"你在高原"是一种距离,一种仰望,一种追寻。高原被赋予了象征意味,是一种叙事高度,也是精神高度,代表了现实中的我们对形而上的向往。

我赞同。我知道脚下就是高原,蓝色的蒙古高原,遂想起彭斯的诗:《我的心在高原》——

> 我的心在高原,
> 追逐着野鹿,
> 追逐着云团,
> 追逐着群山,
> 无论我在何方,
> 我的心,在高原
> …………

罗伯特·彭斯,出身农家,生活在十八世纪下半叶的苏格兰乡村,以种田为生,被称为农民诗人。可能就因为他这样的身世,我对这位诗人怀有特殊的感情。彭斯啊彭斯,好像一提到彭斯,就站到了高原上,站到了麦田里,看到一位年轻结实的挥镰者,身上带着泥土、汗水和酒的气息,正从桶里舀出晶亮的泉水,一半喝掉,一半洗脸。记得大学时代曾读过一篇《论彭斯》的文章,作者也是英国诗人,别的都忘了,只记住一句话:"在所有诗人中,彭斯最像个真实的人。"

喜欢真实的人,也喜欢真实的诗。像那首《我的恋人像一朵红红的玫瑰》,总觉得很真实,很真诚,仿佛真有一个高原女孩,脸色红红地站在你面前。据说彭斯十五岁的时候,有一天在打麦场上干活,当他甩一把汗水,直起腰来的瞬间,恰好有个少女站在旁边,穿着薄裙,打着赤脚,满头长发比金黄的麦穗还亮,羞红的脸上还有两个迷人的酒窝。这就是彭斯的初恋,一朵美丽的高原红。

"红红的",英文是"red,red",我的大学老师说这种叠字的用法在英文中很少见,倒像是我们中国的汉语。当年和我一起学英语的同学,有一位后来也成了诗人,听说他有一个名句"我的恋人像一株红红的高粱",想想不禁莞尔。

英语诗人中,写高原的似乎很少,只记得华兹华斯有一首《刈麦女》,是写一个高原上的女孩在割麦子,感觉是那样孤单。高原太辽阔了,高原女孩,就往往是孤单的。彭斯的恋人也是这样,十五岁的初恋,似乎没有结果。彭斯与另一位名叫吉恩的女子的相爱历程也充满波折,然后是玛丽,与他倾情相爱的姑娘,却又在分娩时不幸辞世,未成美眷,魂归大地——

　　草何其绿,土何其冷
　　盖住了我的高原恋人
　　…………

这首《高原玛丽》,被视为彭斯的悼亡妻之作,感人至深。尤其这两句,是王佐良先生的译笔,简直也可以说草何其绿,土何其冷,译何其好。仅凭这两句,《高原玛丽》足可传颂了。就像歌德《浮士德》中的"永恒之女性,引导我们上升"那样,别的什么都忘记了,这两句却能留下,传之久远。

突然有一个联想:是不是高原上的女子,也更接近"永恒之女性"

呢？因为她们站在高原的高度上，所以顺着她们的目光，我们也能看得更高更远？

其实还有一个故事，也和彭斯有关。埃德蒙·威尔逊的《到芬兰车站》是一本很有影响的书，像一幅历史长卷，从马克思写到列宁，涉及诸多先驱性人物及其人生轨迹，细节之处，尤其感人。比如恩格斯，作为马克思的挚友和一个伟大的思想家、革命家，他的爱情生活也同样不同凡响。恩格斯的妻子玛丽·彭斯，只是个普通的纺织女工。作者并没有过多描写恩格斯对妻子的感情，只是提到了这样一个细节，说恩格斯一直有个想法，认为妻子玛丽·彭斯可能是苏格兰大诗人罗伯特·彭斯的后裔。为了这个诗意的猜想，他曾多次前往苏格兰，在那个开满蓝铃花的高原上，行行复行行。

> 高原上的蓝铃花，
> 美丽谦逊的花朵，
> 在这寒风凛冽的北方，
> 你以一串串歌声，
> 不屈地将我陪伴，
> 就像高原儿女的爱情
> 泪眼向天，而低头看着泥土
> ……

这是彭斯笔下的蓝铃花，其实也不妨这样说，彭斯的诗恰如他所讴歌的蓝铃花，美丽谦逊，一直在那片高原上不屈地开放生长。此刻，我手边正好有一本英文原版的《罗伯特·彭斯诗选》，一九九六年的企鹅本，随手翻开，看到了这一行——"要是你在麦田里遇见了我，请向我微笑，看我一眼"，是呀，在那片风光迥异的土地上，伟大的恩格斯，不管他走到哪里，心中一定都会摇曳起这些动人的诗篇——"我见过高原的群山，也到过广阔的平原，斐米是最美的姑娘，她走过草地和我见面""在柯尔河的对岸，南茜姑娘让我思念，我想是她纯净的笑容，迷住了我的梦幻"……也许在当时的条件下，恩格斯的几次苏格兰之行不乏艰辛，但那同时，不也是饱含深情与爱意的形而上之旅吗？虽然恩格斯最终并没有为妻子玛丽·彭斯寻找到其家世的线索和证据，他的寻找本身却被意味深长地写进了历史。

这是历史的闲笔，历史的留白。一个伟大的思想家在思想之外，一个伟大的革命家在革命之外，也有他别样的诗意和远方。

或许还有篝火。

贝尔坦篝火——这是我在 J.G.弗雷泽那本著名的《金枝》里读到的，这位也是在苏格兰出生的著名人类学家写道："苏格兰高地的篝火，以'贝尔坦篝火'最为闻名，十八世纪作家蓝穗对此有过描述，称其为'幸运之火'。蓝穗是诗人彭斯的保护人，也是小说家司各特爵士的朋友。"

我们不说蓝穗也不说司各特了，仅弗雷泽这种如数家珍的笔调就令人感动。多么神奇的篝火，多么壮丽的篝火，多么亲切的篝火，而我们不妨联想，伟大的恩格斯，以我们在他的肖像中早已熟悉的那种温文与深邃，穿着那身惯常的格子呢西装，当年是否也会在这神奇的篝火旁站了很久很久呢？

是的，恩格斯与玛丽·彭斯的爱情故事已流传很久了，但假如你不知道恩格斯的高原之行，那这个故事显然不够完整。实际上，正是恩格斯那不辞艰辛的旅程，为他和玛丽·彭斯的旷世之恋增添了圣火般的一笔。就像一幅画，一道镶着红边儿的金黄色在燃烧，一股巨大而恢丽的溪流穿过天地。

总之，蓝铃花开，篝火明亮，风笛悠扬，恩格斯，这个参与起草过《共产党宣言》，撰写过《自然辩证法》和《家庭、私有制和国家的起源》的伟大先驱，他为了爱情和诗，对那片高原一往情深的仰望和追寻，我觉得毫无疑问，早已提升了世界上所有高原的高度，叙事的和精神的高度。

桃花女子

美国有本杂志叫《巴黎评论》,其实并不怎么发评论,倒是发了不少小说和诗歌。有一次我浏览后选译了一首,是美国女诗人希乌·塞德琳的《桃花女子》——

　　从前在中国,有一次比赛,
　　看谁的桃花,画得好。

这真是件很有趣的事情,桃之夭夭,遍被中国,灼灼其华,最宜丹青,更何况还有一场比赛呢?中国是桃花的故乡,它与中国文化、中国美学的关系无与伦比。从《诗经》开始,多少诗词歌赋,民俗神话,历史传闻,名人逸事,都有美丽的桃花点缀其间。因此前人品鉴,多称其为"花中第一"。且桃之为木,随处可长,据传宋代有个叫石曼卿的人,在他被贬谪的地方以弹弓射桃核种之,也能"不数年,桃花遍山谷"。

自古画桃花的人无疑也多,但为此举办赛事,我孤陋寡闻,不知有否记载。当然这毕竟是诗,而且西方人的中国想象,有所杜撰也是常事,不必太认真。卡尔维诺的那本著名的《美国讲稿》,其中讲了一个庄子画螃蟹的故事,似乎也属于杜撰,关键是故事很美,让人喜欢。同样,塞德琳这首诗中的画桃花比赛也特别美,尤其第二段,女性出场了——

　　于是林太太,或者陈太太,
　　就从花粉上站起来。

这就是中国独有的"桃花女子"了。她们本来是坐在满地的花瓣上，花粉上，听说要比赛，于是就站了起来。她们是一些年轻的太太，虽非豆蔻年华，妙龄少女，却也正是三月桃良，面若桃花。她们是参赛者，是擅长画桃花的人，却又似乎是桃花本身。

中国的桃花文化与女性有着不解之缘。桃花是春天的象征，也是女性的象征。春秋时期有个息夫人，因容颜端丽，就被称为"桃花夫人"。还有许多与桃花有关的女性传说。至于诗词佳句就更多了，唐诗中"人面桃花"的比喻尽人皆知。但以桃花来比喻美丽的女人，既指其姣好和端丽，也暗含着青春易逝乃至红颜命薄的感伤之意，如李贺诗："况是青春日将暮，桃花乱落如红雨。"所以《红楼梦》中的女孩们，曾结桃花社，而林黛玉被推为社主。林黛玉是最懂桃花的人，不仅她的《葬花辞》是悲悼桃花之作："明媚鲜妍能几时，一朝漂泊难寻觅。"后来还写过《桃花行》，也是自叹身世，落红满纸："凭栏人向东风泣，茜裙偷傍桃花立。"

当然，塞德琳笔下的林太太或者陈太太已经进步了，她们应该是西风东渐背景下的民国佳丽，身穿旗袍，不是大学生也是女子师范毕业，或许也都会几句英文。这样，她们虽以桃花自许，却没有了林黛玉式的感伤，更多是充满了对自身颜值与艺术的自信。所以在这场以桃花为主题的绘画比赛中，她们只是温文尔雅地站起来——

> 接着又小心翼翼地坐在，
> 雪白雪白的白纸上。

是呀，这些会讲英文的桃花，大家闺秀的桃花，旗袍楚楚的桃花，她们坐在白纸上，自己表现自己，自己描画自己，就像在初春的雪地上绽开，她们变成了自己的艺术品。

作者塞德琳，1939年生于瑞典，家乡离北极圈很近。后来移居美国，和她的先生一起，住在农场和市郊小镇。塞德琳多才多艺，既是诗人、作家，也是雕塑家和插图画家，还做过儿童电视节目制作人。十分可能她对中国文化也很感兴趣，包括中国诗和中国画，所以《桃花女子》才写得这样传神，一共三段，简洁而灵动，很中国，很桃花，很有趣。

实际上，桃花在中国文化中的象征性是多重的，它既是报春花，也是美人花、爱情花，还是吉祥花和美好生活的象征。《桃花源记》就代表了中国人对美好生活的向往。在通常的意义上，桃花还象征着故乡和我们的家园。有一首歌叫《在那桃花盛开的地方》。在网上看过一张图片，一个从贫困地区移民外地的农民，又返回故乡，挖出并背起老家那棵正在开花的桃树，再独自踏上移民的路。这幅图片我看了多遍，感动无言。

现在又是春天，桃花开了，新鲜而纯净。我到公园散步，有时会看到一些年轻的女孩，站在路边的桃树下正等什么车或什么人，这时我就会想到"桃花女子"这个词，想到桃花的诗意和种种象征。但女孩们却似乎无动于衷，她们站在桃树下，既不关心桃红也不关心柳绿，她们只是在漫不经心地打电话或看手机，一点也不觉得她们被桃花象征了。她们不在乎整个春天。而桃花也很漠然，也不认为作为女孩们的象征和背景，是一件多么值得骄傲的事，反正再过十天半月，它们就该谢了。这让我感到一种文化象征正在解体，女孩和桃花，就这样很后现代、很解构主义地分开了，而且彼此都是很不屑、很不在意的样子。

三月末

美国女诗人毕晓普几乎是无可比拟的,她一生只写了一百零一首诗,却以精确别致、清新冷艳的诗风确立了她在美国和世界诗坛的地位。几年前我开始译她的诗,一百零一首,我大约译了三分之一,其中包括那首我并不太喜欢的《三月末》。

之所以不太喜欢这首诗,是觉得它太散文化了。三月是放风筝的季节,而《三月末》是写几个人在海滩上寻找断线风筝,他们有一搭无一搭地走着,东拉西扯,并因天冷风大而缩头缩脑,中间穿插着散乱的观察和回忆。这样的诗,即使当成散文看也是没什么意思的,而我之所以决定把它译出来,可能仅仅是因为在诗的结尾,毕晓普用了一个惊人的比喻——"太阳狮"(the lion sun)。

诗人设想风筝没有找到,是被太阳这头老狮子拿走了,留着它自己玩耍。也许说老狮子是不恰当的,它实际上更像是一头小狮子,是属于"儿童放学归来早,忙趁东风放纸鸢"的那种贪玩的童狮,或是属于"人人夸你春来早,欠我风筝五丈风"的那种顽劣的幼狮。总之,他拒绝责任、拒绝成长,他就那样天真烂漫,狮头狮脑,圆圆滚滚,兀自在天空中前蹿后跳、跑来跑去、乐不可支地玩耍,差一点忘记了要落山回家。

不管怎么说,在联想的意义上,这只"太阳狮"真的很有趣。但我没想到的是,有一天它还会跑到学术领域,在大陆和台湾学者的一次交流中,给我留下了更难忘的记忆。

那是二〇一四年在北京,也是三四月份,中国作协组织了一个活动,旨在加强两岸文学评论界的交流,二十几位来自台湾和大陆的学者与评论家参加。我当时是《当代作家评论》杂志主编，和其他几家刊物的主编一起被邀请出席，任务是选稿。主办者提前收集好两岸评论家的论文并寄发给我们，但作者是匿名的，让我们当场选取并发表评审意见。我选了五篇，其中一篇是关于诗歌的论文，作者对大陆某位诗人的诗作《一头熊》给予了赞赏并展开评析，认为诗人把秋天的太阳比作一头熊，并进而隐喻在田野上劳作的父亲的形象，表现了突出的想象力。我很喜欢这篇文章，但在发言中也顺便指出，觉得作者的材料准备不太够，比如，既然他分析的是"太阳熊"的意象，就不能不提到毕晓普的"太阳狮"，因为前者显然是对后者有所借鉴的，即使不是有意的借鉴，作为比较也应该提到等等。

我是即兴发言，并没考虑到作者是否在场。休息时，一个十分年轻、儒雅、秀气的年轻人找到正在外边吸烟的我，非常谦逊地鞠躬行礼，自我介绍说他叫蔡明谚，是台湾成功大学的副教授，并且正在读博士。然后就不好意思地说那篇评论就是他写的，而他确实不知道"太阳狮"，甚至也不知道美国女诗人毕晓普。他这样说，也让我有些不好意思了，我说这不过是个知识性问题，很简单，回去上网就可以查到"毕晓普——Bishop"，我把汉字和英文都给他写在纸上，并提示Bishop在英文中还有"主教"的意思。

几周之后，我陆续收到了五位作者重新发来的文章，而其中，蔡明谚的修改是最认真的，他不仅添加引证了毕晓普《三月末》一诗，对"太阳狮"的意象做了阐释和发挥，而且还在注释中郑重地提了一笔："此条材料由《当代作家评论》主编高海涛先生指出，特此致谢。"坦率地说，这位来自台湾的年轻学子让我感动，也顿生敬意，"通灵深眷想，青鸟独飞来"，一瞬间，我觉得这条注释就像一只美丽的青鸟，伴随着中国古人的太阳传说翩翩飞过。

文章排版时，我想删去这条注释，以避开自我炫耀之嫌，但又想，作者远在台湾，不便联系，在这种情况下还是尊重作者的原文为好。

况且，保留这条注释，可能更会凸显这位年轻人谦逊真诚的品质，他那种仿佛传承于清代"乾嘉学派"的严谨求实、彬彬有礼的风格，对于我们周围普遍存在并日益严重的矫饰虚夸的学术风气，或许也不无反省和参照意义吧。还是美国批评家布鲁姆说得好，他在《伊丽莎白·毕晓普：太阳狮》一文中这样评析：诗人设想"太阳狮"把纸鸢抛上天空，以便自己玩耍，是说明太阳有比孤零零地站着更好的事情要做。

我想同样，保留这条关于"太阳狮"的注释，也是为了它有更好的事情要做。

按辞典的解释，"狮"与"师"是相通的，但何以是相通的，却语焉不详。从语源学的角度，可能与佛教有关。不过要换个角度，我觉得也不难理解，那就是狮子比较可爱与好玩。苏东坡有诗曰"天真烂漫是吾师"，天真烂漫，这本身就值得学习，本身就堪为师表啊！

塔山风琴引

走进辽沈战役纪念馆，我在一架破旧的风琴前驻足很久。事实上它是整个纪念馆的第一件展品，破旧得像一件木质的黑色棉袄。讲解员说，在辽沈战役打响之前，苏联红军在东北收缴了日军大批武器装备，但移交给谁是个问题。当年我军服装混杂，也几乎没人会说俄语，与苏军交流很困难。事情发生在冬天，辽东半岛，海风猎猎，苏联人都穿着军大衣，长及脚踝，衣袖平整而简单，与伏尔加乌云同源的款式，前胸和后背都透出冷漠。当此之际，我军有个指挥员急中生智，叫人从小学校里搬出这架风琴，弹奏起著名的《国际歌》，那低沉、激昂、雄浑、辽阔的旋律立即引起了苏军共鸣，他们认出了这是中国共产党领导的军队，是他们的同志和兄弟，于是高喊着哈拉少哈拉少，一车车的武器棉服移交给衣着单薄的我军这支部队。

这件事的象征性可能更大于实际意义。记得列宁说过这样的话：革命者无论走到哪里，都可以凭借《国际歌》的曲调找到自己的同志。而早在大革命时期，毛泽东也说过：国际悲歌歌一曲，狂飙为我从天落。确实，一架普普通通的脚踏式风琴，就其象征性而言，简直就是为即将席卷东北大地的辽沈战役奏响了胜利的序曲。

有位研究世界战史的美国女士叫苏珊·维勒，于二〇〇五年到中国东北考察，在锦州的辽沈战役纪念馆，她和我一样，也被那架破旧的风琴深深吸引了，她觉得不可思议，一架旧琴，一首老歌，怎么会具有那么大的感召力、震撼力？至少在军事外交史上，这几乎是没有先例的。那次她拍了很多照片，稍感遗憾的是，没有人能说清那位风琴师的家世和姓名。最后她在纪念馆的留言簿上用英文写道："风琴师走了，只留下这架风琴，让整个战役充满了音乐性。"

离开锦州，南行约三十公里，就到了塔山。我们到达时，天空正下起蒙蒙细雨。塔山塔山，其实只是个村名，当年这个地方，是既没有塔也没有山的，但就是在这个荒草迎风的小漫坡上，一九四八年，我军连续六天六夜，绝地扼守，成功地阻击了国民党驰援锦州的"东进兵团"，创造了震惊中外的"战争奇迹"。也许塔山之名，就是为了这一决胜之役及英烈们准备的，因为塔山后来有了塔，高高的纪念塔，如今雪松环绕，知了声声，人们至此肃立，两只海鸥停在塔尖回忆往事。

塔山阻击战纪念馆的规模并不大，但我们参观了很久，因为这里的每件展品都太珍贵了——炮火穿过的战旗，那破洞似可容下远山的落日；当年发烫的枪管好像仍未冷却，上面还留着战士们的手印和汗渍；纪念馆的留言簿上，写满了从将军到作家和诗人，从普通百姓到外籍参观者的留言与签名，包括国防大学二〇〇二年外籍班学员用英文写下的一段话：这是一次伟大的战斗，它将不断赋予我们灵感……我翻到二〇〇五年的留言，没发现那位美国女士的名字，或许她当时只到了锦州，与塔山失之交臂。

所以诗人般的苏珊·维勒女士并不知道，塔山也有风琴。我的身边，走着一位农民模样的老人。顺着他的手指，我一眼就看见，一架手风琴放在展室的角落里，不知是展品还是非展品，附近没有任何解说词。

老人说，这风琴是我家捐献的！他用手指着手风琴，颤巍巍的，声音不高，但那种不容置疑的自豪感立即传给了所有的人。

老人其实已跟了我们很久了，也许说"跟"是不准确的，从我们走进纪念馆开始，他几乎就一直在引领着我们。纪念馆是免费开放的，据说每天都有当地群众来自发参观，我们去的那天也不例外，多是老人带着孩子，时而也有几对年轻的恋人，不过他们都自行其是，走走停停，指指点点，并不跟随我们，但这个老人不一样，自始至终，他都和我们一起走，而且走在最前面，非常认真地听讲解员说话，还不时点头微笑，表示赞许。年轻的讲解员也微笑着，也许从她的角度看，这个老人很像我们这群人的领导，而这未免太特殊、太别致了，我们看样子都是文化人，还打着一面旗子，写着"三大战役采访团"，而这个老人的年纪，没有八十也差不多吧，一看就是质朴的辽西农民，面色黑红，衣着简单，腿脚利落，精神矍铄，总之，他走在我们中间的样子显得很不寻常。也许是觉得太不寻常了，几个当地的摄像记者对老人进行了几次劝阻，但收效甚微，老人到后面转了一圈，很快又跟了上来，直到他发现了手风琴。

可我们没来得及和老人交流，就被喊出去上车，还要奔赴下一个参观点。我们这个采访团共二十多人，一路从天津到沈阳，再从沈阳到辽西的黑山、锦州、塔山，然后还要从辽西去苏北和皖北。但行程不论多紧张，我们都不愿放弃任何一个与战事有关的地方，包括战壕和工事，以及临时指挥所旧址。

大巴车继续前行，有人传来刚拍的照片，大家看了都不禁莞尔。因为几乎每一张，都是那个老人和我们一起听讲解的场景，看上去就像是罗立中笔下的"父亲"和我们站在一起，似乎不和谐，却又有一种让人感动的美。塔山现属葫芦岛市，市文联负责人也在车上陪同我们，见我们在笑，也过来一起看照片，然后说：是他呀！那可是我们的"老馆员"了。看我们不解，他说这个老人叫程海，是当地的村民，也是当年亲眼见证过塔山阻击战的为数不多的老人之一，他曾多次到老人家里采访过，程海家老房子的房盖曾被国民党"东进兵团"的炮火掀翻过，至今前檐的木梁上还留着炸弹擦过的痕迹，那还是美式的飞机炸弹呢。

程海之所以被称为"老馆员"，是因为自从纪念馆免费开放以来，他三天两头就过来一次。特别是当听说有上级领导或外地专家来参观的时候，老人更是非来不可，无论下雨天还是下雪天。老人不仅跟参观者一路听讲，跑前跑后，有时还插话，执拗地发出邀请，让参观者都到他家去看看：去我家吧，去我家吧，离这不远，我家的老房子可是个见证啊！

那手风琴，的确是程海家捐献的，但拉手风琴的人却说不准，因此解说词一直没法写，程海只记得那是个年轻人，土改工作队的，喜欢拉着手风琴教妇女和孩子唱歌。那时候程海只有六七岁，他最喜欢唱的歌是"解放区的天是晴朗的天"，他觉得那朴素明快的音色像是秋天地里的庄稼都熟了，人们在阳光下唰唰地磨着镰刀。

而秋天很快就到了，炊烟迈着踉跄的步伐，从屋顶上走过。这其实是个渔村，离打鱼岛不远。农历九月，村子里开始过兵，共产党林彪的兵穿土黄色，国民党廖耀湘的兵穿墨绿色。小程海不喜欢墨绿色，墨绿色的兵站在院子里发饷，每人两块大洋，几个乡亲也被叫过去充数，可发饷的刚走，当官的就把乡亲们的大洋收去，揣到自己怀里。塔山战斗发生的时候已经是深秋时节了，庄稼都已上场，田野布满寒霜。这时人们听到了激烈的枪声和炮声，辽西的男孩子都是傻大胆儿，纷纷站到自家的房顶上去看。小程海家靠近火车站，隔一条小河，就是铁路桥头堡，而那正是塔山阻击战的主战场，在后来大半生的经历中，他曾无数次地向人们讲述他当时所见到的场景：一块土黄色在强有力地坚守着，一堆墨绿色正疯狂而绝望地在向土黄色反复冲击，后来这两种颜色甚至搅在一起，迸发出鲜红的线条和斑点，构成了难以言说的印象派画面。当然，程海是不懂得印象派的，他只觉得像一个梦，或者他就是刚刚中枪死去的某个战士，用一种亡灵般的角度在看那场激战，如同在看野花盛开的山坡，天上的云影在飞，又似乎静立不动。他还看到一群海鸥，连续三天三夜，扑闪着硕大的翅膀，沿着铁路线，朝着天边的某颗星星飞翔，三天三夜，那些鸟就悬在空中，翅膀不曾触及海面。

塔山之战一共持续了六天六夜，小程海在房顶上看了三天三夜。第四天清晨，小程海刚刚爬上房顶站好，一颗飞机炸弹呼啸而来，将他家的房盖像掀被单一样掀起来，然后稳稳地平移到他家的猪圈上，小程海一愣神，才发现自己站的地方已是猪圈，而猪正在下面狼一样奔窜。那天晚上，拉手风琴的年轻人来了，说塔山那边吃紧，战士们伤亡很重，他要随工作队连夜顶上去。年轻人把手风琴放在他家露天的土炕上，说你们替我保管着，等我回来，估计锦州也解放了，我还得用它去参加庆祝呢。

其实锦州第二天或第三天就解放了，但年轻人一直没有回来。如今，年近八十的程海还记得那天晚上，在只剩下一角房盖的家中，他怀抱手风琴，冻得无法入眠。他怀恋年轻人教他们唱歌的样子，想到碧蓝的大海和辽阔、苍翠的山峦，他思念被国民党军队抓走当兵的二叔，想到二婶只身去葫芦岛，顺着码头朝大海喊叔叔名字的传闻，他想起房顶上的星光与白云，房顶对于像他这样的孩子是多么重要，他哭了，但不知为什么，他觉得那是一种土黄色的哭泣，不像个七八岁的孩子，而是强有力的。

这就是程海老人的故事，市文联同志的讲述是如此生动，让我们都听得非常入神。我突然想到，虽然老人没来得及邀请我们，但他的家也许真值得去看一看。可是我们的大巴车已经到了另一个参观点，按行程，还有几个地方需要参观，返回去肯定没时间了。市文联的同志说，留个机会也好，以后还能见到。他说那房子还基本是当年的样子，半个多世纪了，老人一直住在那里，中间虽翻修过两次，但那段留下过弹痕的小叶杨木梁却保存完好，一进院就能看到，在屋檐下很显眼。老人喜欢种瓜果蔬菜，他家的樱桃特别好吃，红透时连海鸥都会前来啄食。老人虽然年纪大了，却保持了上房顶的习惯，他站在房顶上，等待可能的参观者，也巡视着他的家园，村外的庄稼，村口的孩子，菜园里的樱桃，以及天竺葵、土豆藤和胡姬花。他说只要站在房顶，他就能听到一种来自远方的声音，那声音既不是战歌也不是什么别的歌，而是像流传了几百年的辽西小调，其中提到了许多城市的名字，村庄的名字，战士的名字，也包括那个拉手风琴的年轻人的名字，他极力想记住那个名字，叫张什么、李什么或王什么，但最后那名字还是如风飘逝。

音乐性，我觉得苏珊·维勒女士说得很对，战争也有音乐性。锦州纪念馆的脚踏风琴，塔山纪念馆的手风琴，你可以说它们没有关联，但那种内在的关联、精神的关联是无可否认的。所以当你一看到它们，它们就会遥相呼应，轰然奏响，从《国际歌》到辽西小调，从战斗的信念、革命的理想到老百姓沧桑无倦的家园，交汇成某种初始的、朴素的、潮水般的旋律。在采访团从北到南的整个行程中，我心中始终有这种浩荡而别样的旋律感。不仅是"起来饥寒交迫的奴隶"，也不仅是"解放区的天是晴朗的天"，还有风的旋律，从大海深处、草原深处、历史深处、人心深处刮来的风，仿佛隔着十万八千里那样悠悠吹来。是呀，许多牺牲者都是无名无姓的，就连风琴师、风琴手，也同样无名无姓，但他们确实创造了奇迹，战争的、军事的、历史的、风的奇迹。

秋天想起郭小川

01

多年之后,我的学生们依然记得,我在那个乡村中学给他们讲《秋歌二首》时的情景。那是一九七六年冬或一九七七年春,学生们看见我穿一身有些褪色的绿军装,手拿一张报纸走进教室,站在讲台上说:我们今天先不讲《三元里抗英》了,讲两首描写秋天的诗。因为报纸只有一份,我在黑板上写下标题——《团泊洼的秋天》,郭小川,然后就气宇轩昂地朗读起来——

秋风像一把柔韧的梳子,梳理着静静的团泊洼;
秋光如同发亮的汗珠,飘飘扬扬地在平滩上挥洒。
…………

气宇轩昂,是呀,许多年后,我的学生们坚持用这个词来描述我当时的样子,而我认为这是不确切的。至少那首诗前面的几段,是应该用缓慢、深情、平心静气的语调去读的,而不是气宇轩昂,气宇轩昂的读法不仅是可笑的,也会对诗的意境造成破坏,对那种恬静的美构成惊扰——

蝉声消退了,多嘴的麻雀已不在房顶上吱喳;
蛙声停息了,野性的独流减河也不再喧哗。

大雁还没有南去，水上只有默默浮动的白净的野鸭；
秋凉刚刚在这里落脚，暑热还潜藏在好客的人家。
秋天的团泊洼啊，好像在香甜的梦中睡傻；
团泊洼的秋天啊，犹如少女一般羞羞答答。
…………

这秋天的田园大地，歌德曾说："美啊，请停一下。"可能郭小川也想这么说，但他的意思不一样，郭小川是把美搁置在那里，因为他还有别的话要说。在那个秋天的日子里，他心中的某种清醒、某种预感、某种追问，好像已经变得不可遏止——"团泊洼，团泊洼，你真是那样静静的吗？"这句话问得很轻巧，却举重若轻，一下子推动了全诗，由抒情的慢板转入了激情的奔放与喷发。所以学生们对我的描述也并非没有道理，这首诗读着读着，你的情绪自然会调动起来，气宇轩昂、铿锵有力是无可避免的。特别是后面的几段告白，可以说感人至深，仿佛一个饱经磨难的人的形象、战士的形象，迸发出压抑已久的呐喊，踏歌而行，从秋天的小路上向我们走来——"战士自有战士的性格：不怕污蔑，不怕恫吓；／一切无情的打击，只会使人腰杆挺直、青春焕发""战士自有战士的胆识：不信流言，不信欺诈；／一切无稽的罪名，只会使人神志清醒、大脑发达"……

02

二十世纪七十年代中后期，"四人帮"被粉碎，国家开始新的历史进程，但对我个人来说，仍是人生最低潮的一段时间，从部队复员回家之后，一直在乡村中学做民办教师。而且，由于在课堂上给学生们讲《秋歌二首》，我还被校领导找去谈话，说我随便讲课外的材料，是对学生不负责任。总之，我那时看不到什么前途，心绪很茫然。记得有许多次，我坐在故乡的山梁上，心里默诵着郭小川的诗句——战士自有战士的抱负，战士自有战士的爱情。我想自己虽然复员了，但毕竟也曾经是个战士，于是就努力振作着。特别是当国家恢复高考的消息传来，我开始反复地问自己：你真是那样静静的吗？仿佛自己就是团泊洼似的。

我的眼前正是秋天，记忆中，那两年基本上都是秋天的印象。天空是浅蓝的调子，或细雨蒙蒙，田野里的庄稼不多，打成捆也不丰盈。当你的目光扫过田野，有时真的想哭。你太喜欢这样的图景了，男孩子倒卧在收割一半的田垄间，他的镰刀正对着一丛白色的九月菊，而村里的打谷场上，女人们的发丝随着簸谷的风飘扬。到处是成熟的气息，清醒的气息，满山的树叶都在准备燃烧，一颗颗露珠硕大如落地的苹果。

对了，那段时间我还看过一本小说，是苏联作家瓦西里耶夫的《这里的黎明静悄悄》，很薄，灰色封面，并注明是供内部参考的。这本小说给我最大的感受，就是和《团泊洼的秋天》一样，开始很静很美，然后就是激烈的战斗，年轻的女战士们踏着硝烟，前仆后继地牺牲了。静谧与不安，美丽与残酷，青春与死亡，构成了那样鲜明的对比。

03

一九七八年我考上了大学。在长春，读的是外语系。但和同学们第一次去新华书店，我除了买《许国璋英语》和《张道真语法》，还额外买了一本《郭小川诗选》，那是人民文学出版社1977年的版本，至今我还完好地保存着，天高云淡的封面，一个战士诗人的形象在大山上临风站立。整本诗集都读了一遍，而其中许多篇，又反复读过几遍。喜欢《闪耀吧，青春的火光》，喜欢《春暖花开》，喜欢《厦门风姿》，喜欢《乡村大道》，喜欢《刻在北大荒的土地上》，也喜欢《祝酒歌》《青松歌》和《大风雪歌》，但最喜欢的，可能还是《团泊洼的秋天》和《秋歌》。我觉得郭小川作为诗人，与俄罗斯大画家列维坦有一点相似，那就是善于描绘秋天。这不仅是说他写秋天的诗多于写春天的诗，而且在于，他写秋天的诗更有味道，更让人感动，感慨，感怀。包括这本诗集的封面，诗人站在群山之巅，浩荡的秋风正吹起他的衣角，他仿佛正在吟诗，是哪一首呢？我揣摩很久，觉得应该是那首《秋歌》吧："我曾有过迷乱的时刻，于今一想，顿感阵阵心痛；／我曾有过灰心的日子，于今一想，顿感愧悔无穷"……

大学二年级的时候，系里聘请了几名外教，有英国的，也有美国的。给我们上课的是一位非常年轻的美国外教，弗朗西斯·史密斯小姐，中文名字叫范畹珍。这名字不知谁起的，让我想起一篇中学课文《冯婉贞胜英人于谢庄》："女婉贞，年十九，自幼好武术，习无不精。"教我们口语课的范畹珍小姐虽然不好武术，却十分喜好文艺。她经常组织我们开各种晚会，有时还在课堂上哼起小调，或者教我们唱英文歌。我至今会唱的几首英文歌，如《很久以前》哪，《克莱门泰》呀，《将来怎样就会怎样》啊，好像都是她教的。

范畹珍小姐也喜欢诗，有一次她讲起了美国诗人朗费罗的《生命礼赞》，说这首诗曾拯救过一个女孩，那女孩本来悲观绝望，是要跳海自杀的，却恰好在海滩捡起一张旧报纸，读到了这首诗——"别对我，用忧伤的调子／说生活不过是春梦一场／因为灵魂卷了，就等于死／而事情并不像表面那样……"于是，女孩热泪盈眶，放弃了自杀的念头，重新振作起来。

这首诗真的很棒，连同那女孩的故事，一下子把我们镇住了。范畹珍说，你们中国是有很多诗的，有没有这样的诗呢？我跃跃欲试，举手站起来说：Yes, we have（是呀，我们有）！然后就用英语译出了《秋歌》中的几句，"人民的乳汁把我喂大，党的双手把我育成，／不是让我虚度年华，而是要我永远参加伟大的革命"。我知道自己的英语可能很笨拙，范畹珍的表情有点困惑，但她最后还是点点头说：Wonderful（好极了）！那么这首诗也有故事吗？关于拯救的故事？我说是呀，这首诗拯救过我。同学们都笑了，范畹珍也笑了，问也是在海滩上吗？我说不是在海滩，是在乡村，这首诗鼓舞过我。

04

一九八四年，我以一个外语系教师的身份考入中文系读研究生，现当代文学专业。为什么要这样选择？自己也说不清。这种说不清的感觉很像郭小川的那首《望星空》。《望星空》的思绪很复杂，可以说前半部分迷惘而深远，后半部分坚定而空泛。我的导师说这首诗当年曾引起过争议，受到批判和责难，有人说此诗宣扬了人生渺小、宇宙永恒的思想，是一种虚无主义。看我对郭小川的诗很感兴趣，导师就建议我写一份读书报告。为了完成这份报告，我又买了一套新版的《郭小川诗选》，分上下两册，封面是诗人的正面剪影，绛紫色的，我觉得这种色调就像星空的照耀，而诗人仍是那么质朴，与其说他在仰望星空，不如说他仍在凝视大地。

二十世纪九十年代，我在《当代作家评论》杂志当编辑。大约是一九九二年的秋天，一天中午在单位食堂，领导走过来，叫我到另一张桌就餐，说过来见一位北京客人吧。这是一个非常朴实的男人，真诚的面孔，坚毅的嘴角，谦逊的微笑，自我介绍是《中国作家》杂志的编辑，好半天我才弄明白，他就是大诗人郭小川的儿子郭小林。在座的还有其他几位辽宁作家，于是就聊诗歌的话题。有人谈起郭小川当年到辽宁的鞍山和抚顺采访，风尘仆仆，与工人促膝谈心，夜间赶稿子，写出了著名的《两都赋》的往事。还有人谈起了朦胧诗，提到了顾城、北岛、舒婷，感慨着时代和诗风的变化。我看到小林始终微笑着，很少说话，就接过话题，说舒婷还写过一首诗——《致郭小川》。小林说是吗？我说是呀。然后我又接着议论，说朦胧诗也并非没有渊源，比如郭小川的《望星空》，这首诗就可以看作朦胧诗的某种发轫，尽管现在的诗人们未必都读过这首诗，但在当年，《望星空》的写作即使不是勇敢的，至少也是坦诚的，它不仅第一次为政治抒情诗引入了形而上的维度，而且没有掩饰一个战士的迷惘，从而也在某种程度上捍卫了诗人在迷惘中思考世界的权利。我的这段话，基本上出自当年那份读书报告，实际上没什么创见。但我能面对郭小川的儿子说出来，并看到他点头认可，心情是十分畅快的，就仿佛自己终于对诗人郭小川有了一点精神的回报。

05

二〇〇四年随一个作家采风团去莫斯科，我在马雅可夫斯基地铁站流连很久，为那样辉煌的设计感叹不已，站台上的白色大理石中间，嵌一条红色大理石的路面，直抵大厅两端，如同马雅可夫斯基奔放的诗句，尤其你会想起他那句"天空红得像马赛曲"。走出站口，对面就是这位苏联大诗人站立的雕像，好像手臂上还搭了件衣服，仆仆风尘、沧桑无倦的样子，而我们与雕像之间，隔着一条十分宽敞的大街。同行中有人说，马雅可夫斯基的诗影响过许多中国诗人，比如郭小川。我说是呀，但郭小川的有些诗还是不一样的，那完全是我们中国的风格和气派，比如《乡村大道》——

> 乡村大道呵，我生之初便在它上面匍匐；
> 当我脱离了娘怀，也还不得不在上面学步；
> 假如我不曾在上面匍匐学步，也许至今还是个侏儒。
> 哦，乡村大道，所有的山珍土产都得从此上路，

所有的英雄儿女，都得在这上面出出入入；
凡是前来的都有远大的前程，不来的只得老死峡谷。
…………

十多年了，那次一起去俄罗斯的作家们始终保持着联系，他们还栩栩如生地记得我在莫斯科的大街上（有人甚至记得那是涅夫斯基大街）背诵《乡村大道》的情景，在微信群里夸我的记忆力真好，郭小川的诗也真好，几乎概括了中国革命的历程。但他们不知道，这首诗我后来在北京也背诵过。那是二〇一六年十一月，中国作协第九次代表大会期间，我在首都大酒店的一楼大厅，有人介绍我认识一位女士，她就是郭晓蕙，郭小川的女儿，在北京第二外国语大学工作，这次也是来参加作代会的。因为彼此都是学外语出身，好像又有更深一层的亲切。晓蕙谈起了她的童年和经历，也谈到了她心目中的父亲形象以及父亲对她的影响，还有她亲手编写的那本《一个人和一个时代：郭小川画传》，说父亲的照片中，她最喜欢的那张摄于延安，是20世纪30年代的某个秋天，还有摄于北大荒的，也是秋天。总之，那个晚上我主要是听她讲，只是中间有那么一会儿，我们一起背诵了郭小川几首诗的片段。晓蕙的讲述给我留下了很深的印象，尤其她对父亲的记忆，还让我想起了另外一首诗，是美国诗人惠特曼的《在夜晚的海滩上》——"在夜晚的海滩上，一个孩子和她的父亲站在一起，面向东方，凝望秋天的长空。"

06

我也曾凝望过秋天的长空。多少个秋天哪！如今，距离我在莫斯科大街上背诵《乡村大道》已有二十年，距离我站着面对范畹珍小姐翻译《秋歌》已有四十五年，距离我在课堂上给学生们讲《团泊洼的秋天》则有四十七年或四十八年了。那时候我还是个年轻人,用郭小川的话说,属于"年轻人的精力／能够叫饥饿的人一看就饱"的那种,虽然自己当年时常处于吃不饱的状态。而正是在那个时候,郭小川的诗鼓舞了我,我觉得他几乎是用全新的语言,创造了一种坚强,发明了一种勇敢,并且给所有相信生活的人起了个新的名字,叫作"战士"。

是呀,你鼓舞了我,就像荷兰人马丁·赫肯斯在街头翻唱的那首英文歌:"当我失落时,灵魂如此疲惫／我面临艰辛,心情多么沉郁／于是我一言不发,静静地等在这里／直到你走过来,和我同坐一会……"这首歌据说赢得了亿万人的喜爱,而我的喜爱更是由衷的。尤其这位赫肯斯先生好像与我是同龄人,也已经走进六十岁了。

我曾经问过郭晓蕙,当时网上流传一首《走进六十岁》的诗,说是郭小川的女儿写的,是你写的吗?晓蕙说,你相信网啊?不是我,我肯定不会写那种诗!

那种不屑的神情我此刻还记忆犹新。

是呀,世界上总会有更好的诗,无论是关于十六岁还是六十岁。有人说,每到春天,都会想起江南。而对我来说,每当秋天重回大地,都会想起诗人郭小川。而心情也会随之变得清爽,仿佛又再一次看到了年轻的自己。夏日曾经很盛大,秋天不仅继承了这种盛大,而且增添了壮丽的清醒。我觉得自己仍坐在故乡的山梁上,目光穿过收割后的田野,能看到诗人从远方迎面走来,像拾穗人越过小溪,昂首背着谷袋,故乡在蟋蟀声中显得更辽阔了,溪水因白石的闪烁更清冽了。秋光微甜,让人想到酿酒。秋天栖息在农家里,野大黄和山茱萸谈兴正浓,苹果已变得丰满,充实而光辉,一两天南方的气候将迫使它们成熟,在阳光下闪耀着它们天鹅绒般的粉红面庞。每当这时候,我就醒着,读着,渴望着给谁写一封长信。我知道果实成熟了,但自己还没成熟到可以采摘它们,我不安地游荡,时而在山脚沟头,采来一束淡蓝色的翠菊,把它重新向你奉献。

听芭蕉，忆杭州

在中国的许多地方，我都见过芭蕉，比如在武汉，在厦门，在南京，在西双版纳。感觉武汉的芭蕉是晴川历历、芳草萋萋的样子；厦门的芭蕉大而葱郁，有海风气度；南京的芭蕉小而飘逸，像六朝佳丽；而西双版纳的芭蕉，似乎普遍有种淡金色，如透着泼水节沐过的佛光。但给我印象最深的，还是杭州的芭蕉，杭州的芭蕉适合听雨。

二〇〇八年夏天，我携家人到中国作协杭州创作之家度假，半个月时光，终日徜徉于荇水荷风之间，流连在芭蕉树下，特别是创作之家小院里的那株芭蕉，就像英国诗人济慈所说的"一整杯南国的温情"（a beaker full of the warm South），让我们每天晚上都流连不已，如饮甘醇。

杭州创作之家的小院虽不算大，却诸景皆备，回廊幽静，天井落星，下雨时潇潇飒飒，池中小鱼奔窜，观之悦目。出门到院里，则有一树古樟泼荫，树下有石桌石凳。对面的月亮门旁，就是那株芭蕉，状如高脚杯，叶子皆如长形荷叶，田田的，绿绿的，格外清爽文静。就连雨声，落在这蕉叶上，也显得文静，无论瓢泼大雨还是涓涓细雨，听起来都如书生夜读，一派文静。

晚上睡觉前，我们就坐在那古樟下的石桌前，纳凉、听雨、聊天。经常和我聊天的是老叶，南方某大学教授。聊着聊着，会有一枚樟树叶落在石桌上，仿佛也想加入聊几句似的。而"书生芭蕉"在那边兀自夜读，似乎各不相扰。

老叶是教外国文学的，尤其对美国文学有研究，张口海明威，闭口福克纳的。但雨声如潮中，我突然有个感觉，就是每当老叶谈海明威的时候,好像雨声就比较大,而只要他一谈起福克纳,雨声就变小了。福克纳是美国南方的文学大师,似乎美国南方的故事,中国南方的雨也爱听。比如,老叶谈到《押沙龙,押沙龙!》,就情不自禁地朗诵起小说主人公的话:"给我讲一讲南方吧,说说那里的气候,说说那里的人们,他们为什么住在那里?或者,他们为什么活着呢?"一瞬间,我觉得雨和芭蕉都没有了声音,仿佛被问的是它们,而它们一下子都被问住了似的。

　　对了,需要说明一下当时的背景。那是个不同寻常的雨季,后来我在一篇文章中这样记述:其时四川的特大地震仍有沉沉回响,而南方的洪水又滔滔欲泛,包括杭州在内,几乎每天都有暴雨或大暴雨的预警。那些天,住在距西湖不远,位于灵隐寺旁、北高峰下的创作之家小院里,我偶或想起鲁迅先生当年在广州编校《唐宋传奇集》时写下的几句话,遂戏仿之:时大震惊天,煌煌众志,洪水遥叹,余在杭州。

形而上下五女山

01

从前有个叫形而的人，他上山就是形而上，他下山就是形而下——忘了是谁，何年何地，曾说过如此貌似高级而有趣的话。

而这次登五女山，却发现恰恰相反，上山时，山是形而下的，蜻蜓偷眼，石阶如线；下山时，山是形而上的，雄鹰俯掠，草木含颦。并且山中无寺，却时有钟音。离山越远，这种印象越清晰。就觉得真是，形而上下五女山哪。

到桓仁已经是第二次了，两到桓仁，皆为五女山。上次是为其"申遗"成功，博物馆建成，来参观，而这次，应该是为山本身吧。我们一行四个人，乘车从沈阳出发，自北而东南，先到桓仁住下，然后就去了五女山。

山本身并不高，主峰海拔也不过八百二十四米，但无论从南或北，横见侧出，却颇显气度。山势遥望平缓，如覆翠锦，而环绕之间，又簇拥出一派陡峭，霞壁如屏，蔚为壮观。"霞壁"一词在我记忆中，可能出自明清小品，用在此处，应是最恰当不过了。询之同行的当地作家，说此山主体，确属丹霞地貌，这在东北是不多见的，可能整个长白山脉，也只是偶见而已。

为什么偶见呢？这是地质学问题，无须探讨。这恢丽而出的丹霞色屏风却令人遐想无限。唐诗有云"五女乍敧，玉华独踊"，面对此景，似格外形象。还有两句宋词"倚银屏，春宽梦窄"，更形象，也更美。设若真有五个女子,联袂站在这丹屏霞壁之下,那她们眼前的春天,该是多么宽阔而辽远,就连她们心底的梦想,衬着这样的春天,也仿佛变窄了吧。

五女山五女山,古道十八盘。记得上次来,走的是盘山道,这次说走石阶吧,就走石阶,但中途还是走了几处盘山道,是为了让脚步慢下来。这样一共九百九十九级石阶,我们大约走了八百八十八级。盘山路是古高句丽人的车马路,也许对他们来说,这不是山峰,而只是道路——高城在望,句丽花间的道路,如今虽壮歌远去,却留下一个民族开启历史的背影。

那这道路上,也曾走过传说中的五女吧?总之第二次到五女山,仅这个山名,就占据了我许多的思绪。山上有杜鹃花开,而虽然已是初秋,也仿佛还能听到几声杜鹃鸟的叫声,超凡脱俗,深沉邈古。我一路都在想着那几句诗词,觉得无论其本义如何,都应该与这座辽东的大山,北方的奇山,有着某种形而上下的关联。包括那座石头山城,都知道这是公元前,由北扶余王子所建,被誉为"东方第一卫城",并因此荣登世界文化遗产名录,但不可否认的是,这山城也曾是五女的居所。如果有谁要作一幅《五女山居图》,那最好的题款,我认为还是这句"倚银屏,春宽梦窄,断红湿,歌纨金缕"……

五女山,是"玉华独踊"的山,也是"春宽梦窄"的山。

02

"相传古有五女屯兵山上,因以得名"——这是五女山最早的传说,仅存一句。至于这五女是什么出身,五女之间是什么关系,她们为何要屯兵于此,后来又发生了什么故事?均不得而知。进山前,我们在县城经过一处广场,有人指看,说那是五女雕像。仰望之,忽想起前年,现代出版社曾约我为台湾蒋勋先生的新书写评,书中谈到东西方女神像的特征,作者特意提到了"宽厚的肩膊",并指出其所表现的承当、包容之美。我写评时借此发挥,说其实与西方女神相比,中国女神的"肩膊"或稍逊于圆润,却更显出勇毅坚韧的力量感。原因就在于中国女神大都出于底层,所以更能承当吧。

听博物馆人介绍,五女山距县城约八点五公里,南北长一千五百米,东西宽约三百米,山体"略呈靴形"——不知为什么,这个"略呈靴形"让我心动,一下子记住了。宋诗有云"遗靴存故事,碑断不知名",也许这座大山,既是传说中五女的居所,也是她们脚下的靴子吧。当然她们不能只穿靴子,还有鞋,靴子其实也是鞋的一种。查手机"百度",与鞋和靴有关的古诗还真不少:"小头鞋履窄衣裳,青黛点眉眉细长"(白居易);"自履藤鞋收石蜜,手牵苔絮长莼花"(李贺);"黄花白酒无人问,日暮归来洗靴袜"(苏轼);"绣靴画鼓留花住,剩舞春风小契丹"(范成大)……站在点将台,望着一棵棵红松、紫杉和小叶杨,我却独自想着鞋或靴子对这座山的意义。

中国的鞋文化源远流长,而正因为有这样的鞋或那样的靴,那"屯兵山上"的辽东五女才会找到精神的落脚点,从而塑造了自己勤劳质朴、勇于担当的形象吧。或许,她们曾是稻田里插秧的农妇,直起腰来,眼中会颤动着天边的暮霭和炊烟;或许,她们曾是大湖中撑船的渔女,隐身苇丛,颈间会有一串贝壳无声滑落,而当秋天有强敌进犯,她们又能拉起队伍,挥手进山,就是在这山一样的鞋上或鞋一样的山上,她们联袂创造了历史,当枫叶落在她们流水的心灵,她们让大地充满了爱和勇气。

03

有了五女山,桓仁就是一片勤劳、勇敢的土地,而这片土地也是"通灵"的。站在霞壁西崖边的太极亭,你不仅能看到辽东广袤的田野，北方无边的松林，还会绝无仅有地看到一幅天然的太极图形。千里浑江如练，至此与哈达河汇流，顾盼回转间，"双鱼"并现，最早的桓仁县城，据说就坐落其上。城内市井俨然，合成八卦，城外青山如画，隐现四象。这种天地人文的际会，的确是中外鲜见，足可叹美，就连当地人一提起来也目光炯然，说他们这里不仅森林覆盖全省称冠，自然生态全国一流，还是"中国易学标本地"，无论《中国国家地理》还是《美国国家地理》，那可都多次发过桓仁的风光摄影啊。

当地作家说，五女山因在县城之北，其实只是四象中的玄武，言外之意，桓仁不仅有五女山，甚至也不仅有四象，好看的地方还多着呢。要漂流，可以去大雅河；要泛舟，可以去桓龙湖；要求仙，可以去万乐岛；要探险，可以去望天洞；而现在是秋天，要看满山红叶，你可以去枫叶谷。

真的，西谚说：人创造了城市，神创造了乡村。——但有时候，神也可能以其非凡的灵感，特殊地创造一个县份。桓仁就是这样的地方，确可谓天地灵秀，独钟于此。

于是就选择性地去了几个景点，比如枫叶谷。虽然因是初秋，枫叶还没开始变红，但翠色扑人、瀑声如潮中，你会感到那些叶子都在等待时机，野大黄和山茱萸谈兴正浓，天女木兰也在精心显示自己的特质，天上的云影在飞，又似静立不动，地上的胡姬花如稚气学童，附身青苔，或在倾听大野初霜的消息——这时我想起梭罗的那本书，他在其中这样写道："其实枫叶早就开始燃烧了，它们只是需要训练的时日……"

04

小住桓仁三日，没忘记随身带一本书。这是习惯，虽然未必有时间读。但这次带的书不一样，是梭罗的《四季独语》。

梭罗，伟大的自然主义作家，《瓦尔登湖》的作者，他其实不仅钟情于丛林和田野，也倾心于大自然的每个季节，对平凡事物发自内心的推崇与赞美，对简朴生活自始至终的迷恋与激情，伴随着他整个生命历程。《四季独语》是一本梭罗日记的选编，当我在桓仁的宾馆里翻阅此书，觉得简直是太恰当了，都说桓仁宜读书，而最宜读的，也许莫过于梭罗的书。以下就是我读书的随感。

"一年四季，"梭罗说，"是由许多成序列的感动和思念构成的，而这些在大自然那里都有独特的语言标记。"他相信，世界上许多地方之所以令人难忘，就是因为一年的每个季节，都能在那里的风景中找到独特的语言标记，比如他的家乡康科德就是这样的地方。

而这样的地方，如果让我在中国找一个最好的例子，我想那就应该是桓仁。按我们中国的历法，不仅春夏秋冬，甚至每一个节气，都会在桓仁的山水田园草木中，找到其独有的音节和色调。

梭罗说他有三个乐趣，一是夏日，在僻静的水塘里站立一天，让下颌保持在水面之上，饱嗅甜蕨和覆盆子的阵阵幽香；二是秋天，在树林里走错了路，可以安静地坐下来，一个人玩纸牌游戏，这样肯定就会有人现身，告诉你如何用红桃J压住黑桃K，诸如此类；三是冬季，下雪天出门，看雪花会落在四处奔跑的松鼠的身上，并一路照亮远方的河谷与山峰。

这三个乐趣，我觉得在桓仁也同样可以实现，而且可能更令人向往。比如夏日站在水塘里，你不仅会嗅到甜蕨和覆盆子的幽香，还会嗅到更醉人的荷花的清香。因为荷花是桓仁的县花，许多泡子里都随处可见。还有秋天的迷路，桓仁这季节千峰竞秀，万木流丹，是很容易迷路的。玩纸牌的主意也许不错，但这里还有更简便的方式，那就是打太极拳。据说桓仁会太极拳的人太多了，高手漫山遍野。如果你迷路时打太极拳，打几下就会有人现身，告诉你这只是简化的太极操，还应该练太极推手，诸如此类。

至于冬季的乐趣，我也喜欢雪天看松鼠奔跑，但最好能在大雪纷飞时邀三五好友，一起临窗而坐，按我们东北的习俗，支起老式铜火锅，一边看远山有谁踏雪寻梅，一边共品浮光跃金、静影沉璧的"五女山冰酒"。桓仁是闻名中外的冰葡萄产区，不饮此酒，岂不辜负了这里神奇的纬度？都说桓仁是"塞外桂林"，但有两点，一是冬景，二是冰酒，其实是桂林所远远不及的。

05

桓仁三日，历历难忘，确可谓山好水好人好。不仅当地的作家们待人真诚，包括为我们做讲解的几个女孩子，也是特别本分，无论她们的引路还是讲解，给人的印象，仿佛都有一种劳动的快乐，她们微笑挥手的样子，就如同做完了一件农活，一边殷殷叮嘱着：如果各位冬天来，那可要穿棉鞋呀。记得有个女孩还眉眼弯弯地说：我们的五女山，也叫乌拉山哪。

"乌拉"是东北话，指里面是乌拉草，外面用牛皮缝制的一种特殊样式的鞋，独属于东北人的历史记忆。在我们乘车返回沈阳的路上，远眺五女山，我再次想起了古诗中的鞋和靴子，并豁然有新的感悟与升华——是呀，乌拉山，这简直是一座山最好的别号。尤其当你从远处看，那奇异的山峰，西高东低，玉屏如鞯，坚实平缓，践水不湿，的确是像极了一只鞋或靴子，或者说，它就是一只偌大的乌拉鞋，偌大的农妇鞋，偌大的、质朴的、凡·高名画般的农妇鞋。

桓仁，你因此不仅是"中国易学标志地"，也将是世界名画标志地。

这北方的山之鞋，它就那么铿然一踏，我觉得，不仅让五女山的传说变得有根有据，也让桓仁乃至辽东这片钟灵毓秀的土地变得踏实和沉稳了。

凡·高是荷兰画家，他的《农妇鞋》作于一八八六年，本来只是一幅默默无闻的画作，但在凡·高去世后，因德国哲学家海德格尔在他的《艺术作品的本源》一文中对此画的独到阐释，让《农妇鞋》蜚声世界，成为不朽的艺术作品。海德格尔这段话有很多版本，在我的记忆中大致是这样的："这硬邦邦、沉甸甸的鞋，凝聚着寒风料峭中劳动者步履的艰辛，从其磨损的内部黑洞洞的敞口中，回响着大地无声的召唤，显示着大地对成熟的谷物的宁静的馈赠，表征着大地在荒芜田野那朦胧的冬冥。"

和许多人一样，我也非常喜欢这段话，它让我想起土地，想起母亲，想起本本分分的劳动。我崇敬女神，崇敬五女山，我想在冬天再去那里，感受一下寒风料峭中的乌拉山是否会像乌拉鞋一样温暖，或看看雪落在霞壁上是否有伟人所说的红装素裹之美。当然，还要品冰酒，据说这是很高雅的乐趣，就连松鼠，如果懂得这乐趣，那它一路的奔跑就不仅是可爱的，也会显出别样的气质吧。

原点上的荷马哥

01

从地图上看，大海比陆地更显得平静。这是美国女诗人毕晓普的发现。大海不管怎样喧嚣，表现于地图就是一湾碧蓝，而陆地就不同了，其山川城镇，高原平地，阡陌交通，在地图上要远比大海更波涛汹涌。实际上，世界上有些地方是酷似地图的，比如挪威，那里山海相连，此起彼伏，有时就连野兔都会感到茫然。所以毕晓普说，挪威的野兔往往会心神不宁地奔向海边，然后又急急地收住脚步，再回头往山里窜去。

毕晓普不愧为桂冠诗人，在现实与超现实之间，她创造了一种新奇有趣的地图美学。而不久前的七月，我和几个朋友到绥中看海，有一刻恍然觉得，我们真可能是一不小心，走到了毕晓普的地图上。

这里是渤海湾的最西端，一片浩大的海域，却仿佛可以压在玻璃杯下，静谧如画，栩栩生动。海岸边，几个辽西意境的小村镇逶迤错落，一个个神清气爽、风物高闲的样子。因为彼此都离海很近，如果要把它们的名字标上地图，我想可能就得标在海面上了。地图的规则就是这样，有的湖泊的名字需要举在山峰上，有的山脉的名字需要印在河谷上，有的河流的名字需要写在草原上，而海边的城市和村镇，有的就需要把名字标在海面上，看上去就像跳出海面的方块鱼。

绥中素称"关外第一县"，南襟渤海，北枕燕山，向西不过数里，鸡犬之声相闻的地方，就是山海关。一道山海关，两边都是千里沃野，但进进出出,你都得在绥中落脚。

山也在这里落脚,海也在这里落脚。

德国诗人荷尔德林,曾为其家乡是"祖国最具乡村风味的城市"而骄傲,而这里,则可能是中国最具乡村风味的海岸。夏天,浪碧沙白,滩缓潮平,"东飞燕从海上来,南归雁向沙滩落",你沿着上百公里的海岸线,可以骑马走大半个上午,一面看海,一面看山。到了秋天,大鳟鱼会游到浅海中央,宛若伊人,而远方起伏的丘陵上,鼠尾草正闪耀着大片的银灰色。即使在冬天,大雪漫天飞舞,你仍可以在海边小立片刻,然后走进屋里,一边换上干净衣服,一边拿出半瓶老酒,坐在窗前邀海共饮。

这田园风的海,恰如《诗经》里的《蒹葭》篇,一片清风白水,足可澡雪心胸。还有一句英文成语 plain living and high thinking,译过来就是"平淡的生活与高远的思想",我喜欢这句成语,觉得此刻它就蕴含在每一朵浪花中,并显得陌生而别致。

漫步海边,我忍不住对同行的人说,觉得这里有点像挪威。大家因摸不着头脑,都笑而不答,但行走间不知谁突然喊道:快看,野兔——真的有一只野兔,在一丛马蔺花下扑朔着,它东张西望的样子煞是可爱,但很快就窜入草丛不见了。它是来印证我的话,或是来印证毕晓普的诗吧。它的眼神似多少有点难为情,意思是说:你看,我们绥中的野兔,有时也分不清哪是山哪是海了。

02

这里不是我的故乡,却是我的名字诞生的地方。

那是在我童年的时候,许多年前,一个在辽西乡间久负盛名的盲人住到了我家,他是我的堂兄,名叫修河。之所以叫这个名字,可能是为了要记住一个事件,据父亲说,修河哥清秀的双目就是在某次修河中失明的。失明后的修河哥自谋生路,不仅学会了算命,还学会了唱曲,背着一把三弦琴,走遍了整个辽西边地。当年家里有一本破旧的《诗经》,每当读到"有瞽有瞽,在周之庭",我就想起修河哥的样子,有瞽有瞽,辽西独行,修河哥毕生都哼哼呀呀地走在路上。

　　修河哥那次到我家的时候,正赶上家里要送我去上学念书,父亲和五叔在商量给我起大号,也就是学名。修河哥甫坐炕上,用湿毛巾擦拭两遍黄净的脸,一句话就定了乾坤:听咱兄弟小嘴叭叭,五音洪亮,跟大海波涛似的,我看不如就叫了这名吧。五叔说:你一个盲眼人,能知道海是个什么样!修河哥用盲眼翻了他一眼,说五叔你这是瞧不起侄子,我不能看,还不能听吗?你是没到过绥中啊,那海大了去了,咚咚的,没日没夜地响,活像二郎神敲天鼓呢。

　　那是我第一次听人谈起海,准确地说,是听一个盲人谈起绥中的海。就在修河哥眉飞色舞的描述中,我的名字呱呱坠地,它是我的另一个我,在概念的意义上,来自绥中的海岸,伴着天鼓的声响。

　　年轻的修河哥,那些年他每年都要去两个地方,一是北边的科尔沁,一是南边的绥中。绥中有大海,科尔沁有草原,它们不仅让风华正茂的修河哥心驰神往,也让童年的我多少次耿耿难眠。我曾梦想过有一天自己也变成盲人,跟着修河哥南来北往地走,要不就像前村的义州哥那样,给修河哥领道也行。长大后我读惠特曼的《草叶集》,最喜爱的就是其中的《大路之歌》——

> 走啊,带着力量、自由、大地、暴风雨,
> 健康、勇敢、快乐、自尊和好奇……

　　我想,走在路上的修河哥至少是快乐和自尊的,或者,像他的名字所昭示的,他就是一条河,从辽西边地流向草原,再从辽西边地奔向大海。

实际上，有一段时间我们真的只叫他河哥，那是在"文革"岁月，听见到处有人喊"反帝反修""斗私批修"，修河哥闭门思过，沉吟不语，三天后主动提出要简化自己的名字，让我们直接叫他河哥。这样宣布的时候，我们看到他脸上有一抹庄重得近乎绚烂的表情。

河哥——许多年后，我发现这个断简残编的名字更让我感到心动，"昨夜微霜初渡河"的河哥，"回望高城落晓河"的河哥，正是他，让我对丘陵以外的世界充满了向往。更何况，河哥带回的海螺是那样奇美，带回的海梨是那样甜脆。海梨就是绥中特产的白梨，河哥每次从绥中回来，都要当稀罕物分给大家。这种白梨的滋味是老家的山梨无法比拟的，老家的山梨里面酸酸的，外面麻麻的，而且皮厚得像层布。因为有了山梨，白梨就被我们称作海梨。山梨是黑的，海梨是白的；山梨是酸的，海梨是甜的。这在我当年的联想中，就仿佛山是黑的，海是白的，山是酸的，海是甜的一样。记得有一次过中秋节，母亲把一颗海梨放在一堆山梨中间，让我和姐姐说说考试分数，结果姐姐的分数高，得到了那颗王冠似的海梨，而我却只能啃山梨，差点把牙酸倒了。不过牙酸倒了也不怕，吃一口海梨就能把牙扶起来。

03

在绥中，我发现自己很难掩饰如归故里的亲切感。其实我的老家离这里还远，如果跟随那只从海边窜回山里的野兔，至少要翻过十五个山头，才能找到我童年的足迹。但不管是因为我的名字，还是因为修河哥，初次到这里的我，心中却充满了浓烈如酒的乡愁。

你好吗，故乡的海？

七月正是渤海湾的低潮期，海水普遍显得浅而透明。我们住在海边的度假村，这是一个梨花院落，而且房间的果盘里就放着白梨。品尝这久违了的白梨的滋味，想起童年往事，眼睛不免有些湿润。出门不过二百米，就是大海，虽然海水不可能是甜的，但浪花确实很白，还有修河哥所说的天鼓之声，仍在那里不舍昼夜地轰响着。

早晨打开窗帘，你会想到一句古诗："帘穿海燕惊飞去。"

绥中的鸟就像是鸟中的模特儿，环肥燕瘦，各具风姿。汹涌的海面和轻软的海滩，都是它们表演的舞台，在天空低翔时，又肖似动画中的角色，显得夸大而逼真。甚至有时连它们的眼神都楚楚可见，海燕的睫毛秀美，眼神里充满了热切的渴望；海鸥似架着一副黑边眼镜，需要不断用翅膀去扶；而沙鸥的眼神，则如凝了一汪清澈的秋水。

它们所背负的青天，美得就像从前时代的羊脂玉。

海燕落处，海滩就像雪白的沙洲，缓缓地伸向海里，四百米之内，水都高不过少女的腰际，波浪就在那个高度上嬉戏，使整个大海显得言近旨远，风情万种。

浪碧沙白处，一个男孩裸身伏在那里，正勤勉地雕塑着哈利·波特的城堡，刚见规模，就被哗哗涌来的潮水淹溃。于是男孩换个地方，又开始雕塑一条童话船。如是再三，男孩都是沧桑无倦的神态。而离男孩不远的地方，一只非常好看的青花瓷瓶在阳光下静静地斜倚着，也是一副潮来不惊，潮去不语，与男孩比着耐心的样子。

那只瓷瓶蓝白相间的色调和哲思飞动的气质，我觉得恰可以象征这里的海。海和海是不一样的，正如蓝和蓝也是不一样的，有的海像景泰蓝，有的海像青金蓝，而这里的海，则像极了中国的青花，它很蓝，却蓝得像被水漂洗过似的，沉静而清雅。

我随手捡起瓷瓶，对着阳光端详了半天，然后把它原样放回到沙洲上，又随手想起一首很早的英文老歌——Thank you, so blue, 意思是"谢谢你，这样蓝……"

可这样的蓝色，这样的美景，当年的修河哥能领略得到吗？我不禁这样问自己。作为一个盲人，他大概只能坐在沙洲的一角，像古希腊的荷马似的，静静地听着海浪拍岸的天鼓之声，包括近岸的树，他也只能凭借树上的鸣蝉，捕捉一丝半缕南风或西风的消息。

修河哥——河哥——荷马，想到这里我突然了悟，那个为我找到正确命名的人，他的正确命名应该是荷马。荷马哥，从现在开始，我决定就这样称呼你，从现在开始，从故乡的这片海开始。

04

在绥中的历史上，荷马哥肯定不是第一个到这里打卦唱曲的盲人。绥中在清光绪二十八年建县，而早在明代已是要塞，六分青山，三分碧海，农桑渔业，逐水而兴。盲人们从关内关外来到这里，自然都是为混口饭吃。在辽西长大的荷马哥也如此，与众不同的只是，荷马哥比所有的盲人都更像荷马。

盲人说唱，自古有之，民国诗人郁曼陀《小院》有云"三更灯影风廊寂，静听盲人说鼓词"，可见当时风气之盛。新中国成立后虽力倡移风易俗，民间却仍不乏喜好者。而在整个辽西地区，说唱最有名的就是荷马哥。

荷马哥开始唱曲的时候，先闭起眼睛（盲人也会闭眼睛，就那神态），并把双手静放在琴弦上，这种姿势，我怀疑他是在科尔沁草原上，向蒙古族的歌手们学的，就像史诗《伊戈尔远征记》所描述的那样，"歌手把双手放在琴弦上，如同放苍鹰去追捕猎物"。然后，声如裂帛，歌手才高贵而苍凉地说唱起来——

研研墨膏膏笔无从下手，
闻听说关东城地面太宽……

这段唱词叫《一枝花捎书》，我小时候在老家听荷马哥唱过。是说有个山东或河北的小媳妇，丈夫闯关东多年不归，她想托人捎封家书，却又不知捎到哪里，于是就点出了许多关外的地名——

出了关你就先到绥中县，
中后所王宝镇大海连天，
锦州城义州城不通御路，
有杏山和松山紧紧相连，
小凌河大凌河土默特右，
科尔沁吕阳驿广宁平山，
十三店中安堡小黑山镇，
半拉门新民村巨流河宽……

唱了半天，还没到当时的奉天如今我家住的沈阳，到了沈阳，可能这信也得继续往北捎，经铁岭、昌图一直到吉林、黑龙江，如果不限制，还可能再捎过中俄边境，搞不好就到莫斯科了。

这段唱词没有情节，魅力就在于点地名。而对于偏远乡村的百姓来说，唱词中有没有祖辈居住的村名县名，或这个村挨着哪座山，这个县流过哪条河，听起来都格外动尔丹心，热我碧血。而且，只要自己的村县州府被提到，地名点得越远，他们就越感到骄傲。这情形有点像查地图，比例尺越大，你能查到的地名就越显赫。

05

中午海边最好看的景致是树，中国民俗有"赏午"之说，赏午就是赏树。周邦彦《满庭芳》词"午阴嘉树清圆"，是夏天独有的审美情趣。绥中的果树多，苹果、白梨尤负盛名。四五月间，梨花千树，那雪白的梨花有时都会吹落海中。但此时是七月，七月绥中最可观赏的是槐树，城里村外，远山近岸，到处槐花飘香。我对槐树一向情有独钟，是因为古诗中有"落叶添薪仰古槐"的名句，也因为在英文中它叫Chinese scholar tree，译过来就叫"中国学者树"。这是比较典型的中国树种，而且它和西方的橡树一样，喜欢独自生长，村子里有一棵槐树，就撑起了整个村子；山坡上有一棵槐树，连庄稼都显得风雅。

海风比阳光还要干净。风吹过来，树影婆娑；风静止了，树影还在摇曳。不知道这种景象是否普遍，都说树欲静而风不止，但在海边，即使风停下来，所有的树却似乎还在配合着海的波浪，轻轻摆动。这让人感到，树与海的关系，有时会超出树与风的关系，或者说，海是吹动树的另一种风。

七月的海风带着咸味，偶尔透着丝丝清凉。远处几个姑娘的裙子被风挑逗起来，相互嬉笑着捋平，想起古诗乐府中就有"罗裳易飘扬，小开骂春风"的句子，不禁感动，无论什么时代，风总是风的样子，女孩总是女孩的样子。

这里是绥中的万家镇，一组石门状的巨大礁石，也如淡蓝浅海上一树紫荆的，就是闻名中外的"碣石"了。根据当地人的说法，碣石是孟姜女的化身，对此他们祖祖辈辈都深信不疑，称为"姜女石"。

碣石，学名海蚀柱，英文是columnar inscription。远观碣石，与其说它像一组门，真不如说它像一棵树。这孟姜女化成的树，忠贞爱情的火炬，它燃烧的枝叶披拂如燕山紫荆，更像古代神话中会唱歌的绛树。有关绛树的记载，最早见于《淮南子》，后人有"绛树摇风软，黄鸟弄声急"的诗句，也有"绛树无花叶，非石亦非琼"的诗句，究竟是神木还是珊瑚，已无可考。但绛树在魏晋初年又成了一个歌女的名字，则有史录可证。"绛树摇歌扇，金谷舞筵开"，据说她唱歌时能同时发出两种声音，史称"绛树两歌"，传奇至今。

魏武帝曹操应该听过绛树的歌，因为歌女绛树就生活在他的时代。说不定绛树所唱的就是他的千古名篇《观沧海》："东临碣石，以观沧海。"这么壮美的诗句，让绛树以神奇的歌喉唱出，那才叫风华绝代呢。不过在中国历史上，曹操只是继秦始皇、汉武帝之后来这里巡游的第三位帝王。

离海边不远的地方，是一座气象峥嵘的山丘，上面有著名的"碣石宫"遗址，而所谓的"碣石宫"，据说就是秦始皇、汉武帝和后来的曹操当年到此"驻跸"的行宫。秦始皇的时代没有绛树，但是他在这里遇见过孟姜女。孟姜女只会唱一支歌，那就是她与范喜良的爱情。

06

许多年前，荷马哥就在这里说唱过孟姜女的故事。那时他每次从绥中回老家，都要给我们讲许多海边见闻，讲得云山雾罩，就像是李白诗中写的"海客谈瀛洲，烟涛微茫信难求"那样。比如关于海鸥，他说这种鸟能预报天气，落在沙滩上，定是晴天；落在田地里，必是雨天。还有关于女人，他说海边女人最奇怪的是头发，不论晴天雨天，总是湿漉漉的，从你身边一过，水珠子就会甩到你脸上。

我们不信，他就让我们问义州哥。义州哥不仅点头认可，还低头红脸地补充了一句，说姑娘们的眼睫毛也是湿漉漉的。后来我们才知道，义州哥已经在绥中处上了对象。

再后来，义州哥结婚了，我们看过那姑娘的照片，颇有海岛女民兵的风采。就和义州哥开玩笑：新娘子的头发湿不湿呀，不过眼睫毛倒挺湿的呀等等。义州哥脸红不语。我们这样嬉闹的时候，从来都不去想荷马哥的心情，毕竟，荷马哥是个盲人。

有一回，荷马哥拿出一副写好的对联，说是让人从山海关什么地方抄下来的，问我和姐姐该怎么念——"海水朝朝朝朝朝朝朝落，浮云长长长长长长长消"，结果我和姐姐谁都没念对。那时我们都在读中学。

借着对海水和浮云的感慨，荷马哥给我们讲起了孟姜女的故事，如何千里寻夫范喜良，如何哭倒长城万里长，后来又如何碰见了秦始皇等等。虽然都是家里人，荷马哥也忍不住要唱上两句"十五的月亮圆又圆，孟姜女生得赛天仙"……现在我知道，这可能就是他在绥中说唱的版本："大雁南飞也有北归日，你为何一去不回家门""三百里黄沙八百里坡，拼死拼活要见我喜良哥"……少年的我，与其说是被孟姜女的故事感动了，不如说是被荷马哥那年轻而又苍凉的声音所震撼，就像美国诗人朗费罗曾被一首拉普兰歌谣所震撼那样，"少年的意志是风的意志，年轻的思想是悠长的思想"——这歌谣让诗人铭记了一生。

孟姜女的意志是风的意志，秦始皇的思想是悠长的思想。一边是秦砖汉瓦的碣石宫，一边是"碣然而立"的碣石，我们在那片海滩上流连了很久。忽然想出上面这两句话，觉得不太合适，却又挥之不去，就那样执拗地让我想着。

我曾经问过荷马哥：孟姜女真的被秦始皇逼得跳海了吗？荷马哥不说话。实际上在他的讲述中，孟姜女最后是逃掉了，就像白毛女从黄世仁手里逃掉那样。不仅如此，按他的说法，范喜良在修长城的过程中还被允许回家探过亲。这显然是荷马哥自己编造的情节，但我们非常喜欢听，特别是范喜良回家见到孟姜女的那几句唱词，让人心里又辽阔又忧伤——

> 红苹果香来海棠果脆，
> 孟姜女的脸蛋儿梨滋味……

许多年后读卡夫卡的《中国长城建造时》，我发现，这个从未到过中国的犹太小说家比荷马哥走得更远，他写道：中国皇帝在修建长城时，其实是以"旅行施工"的方式进行组织和动员的，民夫们在某个地方完成修建后，会被派到很远的地方去完成新的任务。这样他们就加入了空前壮观的旅行，而在此之前，他们还从未看到过祖国是这样辽阔、富饶、美丽。更重要的是他们还可以中途回家探亲，与妻儿团聚，在田园生活中得以恢复体力。不仅如此，参与如此旷世工程的荣誉感，父老乡亲对他们的钦佩和恭敬，也都让他们干劲倍增。于是，他们就像满怀期待的孩子，重新投入伟大事业的心情已变得急不可待，往往假期未满就提前返回，虽然与故乡和妻子告别的时候有点依依不舍——

  沟里头下雪沟外头白，
  孟姜女穿着一对水红鞋……

  这是内蒙古那边的爬山调，是荷马哥从科尔沁草原上学来的。荷马哥盛年独处，以歌为伴，年复一年，总是春夏到海边，秋冬到草原。秋冬的草原已不见了风吹草低的景象，但荷马哥反正视而不见，他怀着微弱的爱情，坐在牧人的马车上，用歌声搅拌着草原和大海，并试图以这两种元素，重新讲述他在幽暗中所理解的历史和生活，包括孟姜女和秦始皇的故事。

07

  我从未见过荒原，
  也从未见过海洋，
  却知道石楠的样子，
  也知道波涛的形状。
        ——艾米莉·狄金森

  上大学的时候，老师给我们讲这首诗，说狄金森是一个闺秀式的女诗人，生活在十九世纪美国的马萨诸塞州，平生足不出户，所以她可能真的没见过大海，甚至也没有过爱情。在这首诗中，她实际上是以一个盲人的视角来想象荒原和大海的。

我可以这样理解老师的话：没见过大海和没有过爱情在某种意义上是相等的。但问题是，像荷马哥这种情况，连续二十年（这是我们的大致估算），每年都如期来到海边，他到底是见过大海的人，还是没见过大海的人呢？

连续二十年，这需要一种怎样的痴迷。英文中有个词sea fever，中文可译为"海瘾"。我想荷马哥就是一个有"海瘾"的人，他每年都和大海有个约会，就像他每年都和草原有个约会一样。

这片土地一定清楚地记得，那些年每到四月，当渤海湾的潮头和燕山荣荑的花瓣像刚被烟头烧过，还未真正被点燃的时候，那个丘陵边地的年轻盲人就如期而来。他点划着一根细长的盲杖，走着荒草丛生的小路，而被他走过的小路，倏忽之间，就在他身后变绿了，就像是一条条绿色的小河。

荷马哥走遍了绥中的山山水水，随时随地，都可以"驻唱"几天。调儿是现成的，二人转、爬山调、大鼓书，随心转换，而且他还有个绝活，能现编词，不管走到哪儿，都能唱出那里的风物与传说。比如在九门口，他就给乡亲们唱明代蓟辽总兵戚继光如何修筑这段水上长城的往事，中间穿插一片石、点将台、望海楼的传说，再感兴几句陈亮的《水调歌头》："尧之都，舜之壤，禹之封。于中应有，一个半个耻臣戎"……声如金石，感动着千古英灵，万顷风涛。而到了永安堡，他就唱小河口长城的来历，以及那块"孤石镇远"的将军石的故事。这时可能会有个女子站起来说：先生，给我们讲讲义乌人吧。荷马哥说好，沉思片刻，就唱起了义乌人从江南来此筑城戍边，美眷如花浩荡随行，后来奉旨留守关外，子孙繁衍昌盛的历史——

  望海楼底通着大海，
    前卫斜塔证着姻缘。

义乌人来自江南地，

修长城刻下连理枝……

这就是当年的荷马哥，他能讲述金戈铁马的历史，也会歌唱缠绵悱恻的爱情。但他自己是否经历过爱情，却从来没有人知道。

想起法国画家莫奈的故事。说莫奈在一座桥边写生的时候，不经意地发现了池塘里的睡莲，而此后的二十年间，他年年都要回到这里，就为了画那些梦幻般的睡莲。这给人一种意象，仿佛他毕生都是和睡莲、池塘、云朵在一起似的。

很长时间我一直喜欢这个意象，不知在绥中的大海上，是否也有让荷马哥魂牵梦萦的睡莲呢？

黄昏时的大海波澜不惊，夕照下的湾水，与其说漂浮着梦幻般的睡莲，毋宁说其本身就有某种睡莲之美。

第二天清晨，告别绥中的时候，我们看到一些设计别致的海景房、豪华气派的商务楼已经在海边矗立起来，而不远处仍是大片朴实茁壮、日益成熟的庄稼，三十六陂正在开花的高粱，二十四桥正在抽穗的玉米。还有那些辽西意境的小村镇，四十多年过去了，仿佛荷马哥仍在那里走村串户、哼哼呀呀地唱着："出了关你就先到绥中县……"他的样子还是那么年轻，就像雕像一般容颜不老，而且虽然是个盲人，却会有时闭上眼睛，有时目光炯炯。

毫无疑问，最欢迎这段唱词的是绥中人，因为不管关东地面上有多少村县州府，首当其冲的总是绥中，就像一群大雁往南飞，绥中就是那只领头的雁。可以说，这里不仅是闯关东的起点，也是东北历史文化的一个原点。而当年的荷马哥，就是坐在这个原点上，目送归鸿，手挥三弦，欢度着他幽暗而奇异的青春年华。这个深受爱戴的盲人歌手，他歌唱的时候全神贯注，对大海看都不看，但谁都知道，他心中装满了对大海的爱。

第四辑

八月之光

小时候一进入八月份,也就是农历六月末七月初的时候,我就开始盼望立秋。

立秋不算什么节日,却是个重要的节气。记忆中每到立秋这天,父亲就会走出家门口,坐在村路旁的老榆树下,一边吸着旱烟,一边念叨着与年景和天气有关的农谚,和左邻右舍及过路人搭话,像"有钱难买秋后热"呀,"七月秋样样收,六月秋样样丢"哇,"立秋拿住手,还收三五斗"哇,仿佛他们是乡村的先知,大有流年在手,尔汝万物之慨。

天道立秋,毫厘不爽,一立秋,虽然还是在伏天,但人心已经透亮,预感到天气正面临一场变局。"七月了。"父亲以农历的语气这样宣告。因为念过几天私塾,父亲不仅会说农谚,还会背诵《诗经》里的句子:"七月在野,八月在宇,九月在户,十月蟋蟀入我床下。"语调低昂,意绪高古,既像宣告,也似召唤,给我的感觉,还没等父亲的话音落地,田野就传来了蛐蛐的长鸣,金丝般的,凉意悠悠,从此不绝如缕,秋天的列车正从远处的山谷开来。

蛐蛐就是蟋蟀,我从小喜欢听蛐蛐的叫声,有时去地里捉来放在笼子里,夜里听着入睡,觉得很美。但蛐蛐跳来跳去的,要捉住并不容易。而少年的我,听母亲说,也是跳来跳去的样子。尤其立秋那天,我总是院里院外地跳着跑着,一会儿跑到父亲的老榆树下,听他和村里人闲聊天,一会儿又跑回院子,提示和敦促母亲:晌午吃什么呀?因为按照风俗,立秋是要吃秋膘的。还有啃秋,总要吃些瓜果。但当时家里穷,往往会把这两个风俗结合在一起,即使包饺子,也是瓜菜馅儿的，用冬瓜或西葫芦，没有肉，油水也很少，就算那个意思了吧。

吃过这种"瓜菜代"的饺子，我当然意犹未尽，往往会拿本书到后园子，坐在墙根下看，期待着一个女孩的出现。这个女孩的名字叫王明琴，干干净净的，穿着青花布的小褂。

——这是我关于立秋的记忆，它的重新浮现，是在二十世纪八十年代，在大洋彼岸的伊利诺伊，听詹姆斯教授讲课。那是七月最后的一周，詹姆斯讲起了福克纳的小说《八月之光》，给我的感觉，似乎是对八月的一种预告。而且，我们刚看完福克纳小说改编的电影《长长的盛夏》，詹姆斯讲起《八月之光》，也似乎意味着夏天的终结。所以他先讲书名的来历，说是这样的，每到八月，在密西西比河流域，总会有那么一两天，忽然会有一丝凉爽，空气中有一种特别柔和的光，仿佛那光不是来自天上，而是来自古老的神话和传说。——就这几句话，连同他的语气，让我一下子感动起来，我想这美国人传说中的"八月之光"，light in August，不正是我们中国的立秋吗？伟大的立秋，古老的立秋，小时候当成节日过的立秋，那田野的风色，那蛐蛐的鸣叫，以及在我家后园子准时出现的女孩，毫无疑问，就是一种很美很美的光啊。

王明琴和我是小学同学，也是邻居。她家在后街，我家在前街。小时候上学为了陪她，我经常走后园子，跳墙而过，从后街绕到前街再往南走。这种舍近求远的做法曾受到母亲的严厉申斥，说我跳来跳去，大概也是指这种情况。但母亲不知道，我之所以变成个蟋蟀少年，并非是没有原因的。王明琴家孩子多，也很困难，并不比我家好多少，但穷归穷，她家大人孩子出来都很有样。王明琴不仅长得好看，眼睛大大的，衣服也穿得整齐，记忆中总爱穿一件青花布小褂，布是家织布，青花也是土法印上的，穿在她身上却显得很高级。就连她裤子上的补丁，也显得别具一格，干净熨帖，透着一股文气和志气。总之，我对王明琴好是有原因的，主要是她对我也好。有一次写作业我借她的钢笔用，不小心把笔尖弄坏了，她趴在桌子上悄悄哭了，但好像回家没讲，最后也没说让我赔。还有一次她告诉我，说她奶奶要过生日了，就是立秋那天，让我在后园子等她。一连好几年，这成了我们之间的默契，立秋的下午或晚上，我都去后园子看书，她总会来，隔墙伸过小手，用手帕包着，送三五个饺子给我。她奶奶过生日，叔叔大爷都过来，所以立秋这天，她家能吃上最好的饺子，猪肉馅儿，白面皮，水灵灵的，似乎看着就能解馋。这才是贴秋膘哇，我想，仿佛吃了这几个饺子，不仅我自己，整个世界都贴上了秋膘，变得充实、明亮而余晖脉脉。

——詹姆斯约我去他的办公室，问我：听说你在讨论时说过，在中国也有"八月之光"吗？我说：是呀教授，是这样的，我的意思仅仅是，按我们中国的历法，八月份有个很重要的节气，我们称之为"立秋"，当天的景象，就如同福克纳先生和您的说法，突然不怎么热了，而且有一点凉爽。詹姆斯说噢，真的吗？简直不可思议！他问我"立秋"的英文应该怎么写，然后在纸上飞快地写下这几个英文词：the beginning of autumn（立秋）、solar terms（节气）、Chinese calendar（中国历法）。一边感叹着：古罗马人曾把一年分为六个季节，印第安人把每个月看作一个季节，而你们中国人最阔气，一年有二十四个季节，当然你们说是节气，太奇妙了！

詹姆斯建议我写份读书报告，就写《八月之光》和中国的立秋。我写了，除了天气，我还写了王明琴的故事，好像那个女孩本身就是对这个节气的一种赞美。为了把文章写好，我还特意去图书馆借来了英文版的《八月之光》，从头读起，而读的过程中，我始终都记着詹姆斯的教诲，他说这本小说的主题是：一个人本来只是要寻找另一个人，而找到的却是生活的价值和意义。

当时对我来说，读英文小说还很吃力，但没有汉译本，只好硬着头皮看英文的，所以有些重要的情节，我都要先给自己译出来。比如小说开头写的——马车艰难地爬着,天很热,拉车的骡子梦幻般向前移动着。这时,马车夫才看见路上坐着一个年轻的姑娘,她戴着蓝色的遮阳帽,身上也穿着蓝色的衣裙。虽然衣着破烂,但遮不住她那张年轻诚恳的脸。她就那样在骄阳下坐着,纹丝不动,行李放在膝盖上,没穿袜子,也没穿鞋,两只笨重的男人的鞋子放在她身边……

这个年轻的姑娘,就是小说的女主人公莉纳。莉纳出身乡间,家境贫寒,有一天她发觉自己怀孕之后,就一个人上路,到一个陌生的小镇去寻找孩子的父亲。这中间发生了很多情况,有人杀人,有人越货,但莉纳始终都是在寻找。这个年轻的姑娘,她走了很远很远的路,前面还有很远很远的路。

——"你还要走多远?"车夫问。"天黑前还要赶一段路。"姑娘回答。她站起身,拿上那双鞋子,不慌不忙地坐上马车,把鞋子放在座位下边。马车继续移动。"谢谢您了。"姑娘说。

鞋子是很重要的,那是她哥哥的鞋子,莉纳一直不舍得穿,实际上她几乎是光着脚在赶路。我觉得这个细节太感人了,简直就像我们童年的再现。不是吗?小时候我们也经常穿不起鞋,上学放学都光着脚,包括王明琴。我记得她是有一双鞋的,圆口布鞋,很好看,可上学时一走出村外,她就脱下来放在书包了,等翻过山梁,快到学校时再穿上。天天如此,不分冬夏。山上有蒺藜,记得有一次她的脚被蒺藜扎了,我要帮她拔刺,她却满脸通红,说什么也不让我碰,一直硬挺着,坚持走回村子,再穿上鞋,走回家。

"在福克纳的小说中读到过你"——二十世纪八十年代还有一首英文歌,好像是乡村音乐,歌名忘了,调子也忘了,只记得其中的这句歌词。谁知道呢,小时候那么熟悉的女孩,却要在许多许多年后,在很远很远的地方,读出她的价值和韵味。

詹姆斯对我的文章很满意,也很有兴趣。他说蒺藜原产于英国,不拔出来是会中毒的,那个女孩为什么不让你拔呢?我说不知道,当年我们只有十几岁。他说那是天性中的高贵，乡村女孩都很了不起，虽然贫穷，但是和莉纳一样，她们干什么都从容不迫，充满坚信，单纯而执着。她们身上闪耀着"八月之光"，也就是grandeur of natural humanity（自然人性的光辉）。

是呀，立秋之后，我的故乡到处都是"八月之光"，村路、田野、矿山，这种光辉甚至会持续整个秋天。

矿山是故事的结局。离我们村子不远，当时有个国营煤矿，我们就在那里告别了童年。记得小学毕业不久，好像刚过了几个星期吧，王明琴就去矿山了，因为当时有政策，矿工子弟可以接班。王明琴家里虽然是农业户，但她有个大爷是矿上的职工，不知什么理由，反正王明琴以接班的名义去矿里上班了。她第一次穿着工作服回家的样子惊动了全村，但我没有跑去看，不知道为什么，心里空落落的。后来我去公社的中学上学，很少能见到她。有时候矿山放电影，见到她穿工作服的身影，也不好意思上前打招呼。实际上穿工作服的王明琴不仅出落得更好看，而且已像个大姑娘了，但在我心目中，还是她穿青花布小褂的样子更像她，她以童年的形象定格在我的记忆中，一个隔墙伸过小手、送给我东西吃的女孩，一个舍不得穿鞋、光脚在山路上走着的女孩。

许多年过去了，说实话，小时候的许多事都已淡忘，而关于立秋和王明琴的往事却多次重现，直到新世纪之后，我从省城回老家，中学同学说一起聚聚，在镇上的饭店，总共十几位。大多是同届的，但也有几个相对年轻，说是下两届的。其中一个女生很特别，她穿着朴素，举止大方，还没等别人介绍，就站起来对我说：我叫王明慧，咱们一个村的，我姐叫王明琴，和你是同学，我早就知道你，你家住前街，隔着后园子，就是我们家。我有点窘迫，赶紧站起来，表示认可。

同学聚会自然很乱，相互敬酒，玩笑喧闹，所以听明慧说她姐的情况也是断断续续的——小时候过立秋，你忘了？我姐给你送饺子，有两次还是我陪她呢。——你不是在省城工作吗？我姐去过你单位。——不是，你别误会，我姐结婚早，我姐夫也是煤矿的。——后来矿上效益不好，我姐下岗了，就前几年哪。——我姐从小要强，一狠心，就去你们省城打工了。——满大街走哇，找事干，有啥活干啥活。——我姐可不显老，孩子扔家了，看着比我年轻，走路噌噌的。——嗯，有一天我姐走哇走哇，抬头看见了你单位的牌子，对，挺高的楼。——听人说的呗，本想进去见见你，看能不能帮着介绍点活，可我姐多要强啊，瞅了半天又走了……

我感到惶惑，原来自始至终，王明琴都在路上，就像那本小说，直到结尾，莉纳还在路上，依然是那么沉静、安详、柔和。历尽艰辛之后，她只对自己略感惊奇：哎呀，人可真能走，才出来几个月，现在就到这么远的地方了。

又过去了这些年，又是秋意初临，八月新凉的时节，此刻，我几乎不知道该怎样结束这篇散漫的文字。我想对所有人说一句八月好，更想给当年那个女孩送去立秋的问候。但我不想惊扰。她走了很远很远的路，她前面还有很远很远的路。也许她现在走回了故乡，也许她走在另一个城市，而更有可能，她依然走在我所在的城市和熟悉的街巷，但我不想联系，不想见面，更不想见证岁月侵蚀她的芳华。我忘不了童年的立秋，父亲在那里以深沉的语调感叹：天地有节气，人间有气节！也忘不了青春的八月，詹姆斯教授讲《八月之光》时的感怀：人的一生中，总会有那么一段神奇的时光，让你得到提升或拯救！

是呀，那是在伊利诺伊，校名是伊利诺伊，州名也是伊利诺伊。我记得詹姆斯教授在讲课中，好几次都把莉纳叫成了伊利诺伊，他笑着说这不是口误，而是一种强调，莉纳的名字本来就该更长一点。现在我明白了，确实如此。很多女孩，如果她们的名字更长一点，她们身上的那种仿佛来自古老神话的、自然人性的光辉，也许同样会更长一点，再长一点，照亮八月，照亮秋天，照亮我们岁岁年年的记忆。

普罗米花

夜里躺在床上，四肢舒展，忽然觉得自己很像普罗米修斯，被缚的普罗米修斯，自由的普罗米修斯，床面就像他所背对的硕大岩石，而脚下则是大海无边无际的声音。

这种联想不乏荒诞。卡夫卡曾在他的笔记中写道，普罗米修斯是为人类而背叛了众神，被钉在高加索的岩石上，任凭苍鹰来袭。但数千年后，他的背叛却逐渐被遗忘了，众神遗忘了，苍鹰遗忘了，他自己也遗忘了。

在普罗米修斯被遗忘在群山的日子里，我们可以做自己的普罗米修斯。

法国历史学家米什莱说过："人是他自己的普罗米修斯。"我不太熟悉米什莱，但非常欣赏这句话。后来读美国学者威尔森的《去芬兰车站》，才知道米什莱也是共产主义思想的先驱者之一。关于普罗米修斯的这句话，出自他的《法国史》序言，按常理，他所说的"人"应该是大写的，或指人类，或指民族，但妄断一下，我觉得这个"人"也不妨理解为生命个体。特别在现代社会，可能正是生命个体，才会更经常地面临困境，一个人在黑暗中，一个人在荒野上，一个人在无助的状态里，这种时候，你就只能做自己的普罗米修斯。

很喜欢美国作家福克纳，如《八月之光》《喧嚣与骚动》，那种情感的复杂性和故事的寓言性，令人心绪别样。还有他的中篇小说《熊》，在大学听老师讲过，所以印象更深。那个独自寻找大熊的孩子，善良而勇敢，他一个人在深夜的荒野上过夜，后来生起了一小堆火。汉语说"生火"，英语说"to build a fire"，是"建起火来"的意思。

火是需要建造的,老师说这是英语的惯用法。

老师姓傅,是我们读外语系时的系主任,权威而博学,他的英语泛读课讲得最好,举凡英美经典,信手拈来,触类旁通。我之所以还记得这篇小说的细节,就因为他的讲述。他说其实汉语也有很多惯用法,比如形容火势,就会说熊熊燃烧,让人想象火烧起来的样子,很像一头熊,既有憨态可掬的毛茸茸的温暖,也有不可逼近的激烈、暴躁、吞噬的姿态。当然这只是汉语内在的隐喻,你不能用来分析英语作品,所以《熊》这篇小说,你就不能说火烧起来的样子恰好象征了孩子正在寻找的那头大熊,但你可以说,在火燃起的那一瞬间,孩子的形象被照亮了,他正在完成自己的成人仪式,他是自己的普罗米修斯。

于是我们知道了普罗米修斯的神话,他从天上盗火给人间,宙斯震怒,将其缚于群山大海之间,任苍鹰袭之。进而知道了马克思的名言:"把工人钉在资本上,比赫斐斯塔司的楔子把普罗米修斯钉在岩石上钉得还要牢。"还知道了我们中国的鲁迅,也曾以普罗米修斯自况。

多年以后读木心,读到"半夜时分,有两个人送我回家,一个举着蜡烛,一个吹着笛子",孤零零的一句,前不着村,后不着店,顿觉奇异。想那举着蜡烛的,必是普罗米修斯,而那吹着笛子的,可能是牧神吧,总之都应该出自希腊神话,却又都非神话了,很人间,很中国似的。

有什么不同呢?是除夕之后发生的很多事让我感动,这种感动像"黄鹤楼中吹玉笛"那样古远,也像"江城五月落梅花"那样温润,而成千上万的医护人员逆行荆楚的壮举,也似有韩愈笔下颖师弹琴的悠长韵味:"呢呢儿女语,恩怨相尔汝,划然变轩昂,勇士赴敌场。"当然,更值得感动的还有许多无名的逝者,以及面对悲伤和死亡默默守在家里、刚强而坚忍的广大市民。

于是忽然觉得,人作为生命的个体,仅仅做自己的普罗米修斯也许是不够的。人生在世,像《熊》中的孩子那种境况不是没有,但更多的时候,你还有责任去温暖和照亮别人。这也更贴近神话的本意,毕竟普罗米修斯不是为自己,而是为人类去天上盗火的,其心之所善,九死犹未悔。

想起了大学时代的另一件事。那是圣诞之后元旦之前的一个雪天,洁白的校园,明亮的灯火,我们英语专业师生正在开新年晚会,忽然停电了,整个教学楼一片漆黑。当时傅老师也在场,但并不着急,好像所有的人都并不着急,喧闹中只听他慢悠悠地说:Where is the Prometheus——普罗米修斯在哪儿呢?话音甫落,我们看到五位女生,每人手捧一根点亮的蜡烛,陆续走了进来,翩若天使,矫若女神,大家于是就欢呼起来,晚会达到了高潮。

这是许多年前的事了,可我一直没弄明白,那五位女生是经过排练呢,还是碰巧准备了蜡烛?于是打开手机,给我大学时代的同班女生文蒂发了条微信,记忆中,文蒂即那五位女生之一。她很快回信,先发了几个笑脸,说那就是一个节目,烛光舞,是史密斯小姐组织的。

史密斯小姐是我们的外教,来自美国波士顿,全名弗朗西斯·史密斯,年纪不大,甚至比我们许多当学生的还要小,这对刚刚恢复招生的大学来说是可以理解的。史密斯教我们口语课,每次她走进教室,气氛就活跃起来。她在我们中间没大没小,金发垂肩,快活的蓝眼睛,讲课时往往会坐在讲台上,有时还嚼着口香糖。在我的印象中,史密斯不太像老师,倒像个偶然来到中国大学的一个波士顿女孩。

但女生们对史密斯小姐是很崇拜的,文蒂说新年晚会之后,史密斯小姐还特意请她们五个到专家楼吃饭,夸她们演得太好了,就像五枝普罗米花。

普罗米花?我从未听说过,就问有这种花吗?文蒂又发来一串笑脸,说你忘了?当时傅老师夸我们是普罗米修斯,史密斯觉得那太威武雄壮了,说我们应该是普罗米修斯花,简称普罗米花。

——那么实际上有这种花吗？我继续问。我猜也许是指芦花，因为根据神话，普罗米修斯从天上盗取火种，是藏在一根芦苇中的，所以，我觉得只有修洁静美的芦花，才有资格和普罗米修斯的名字连在一起。但温迪说不是，至少史密斯小姐认为不是，她说在史密斯回美国之前，女生们陪她一起去植物园，曾问过她这个问题。

——那她怎么说呢？

——她说，普罗米花，也许就是勿忘我吧。

也许是勿忘我？我想不出这是出于怎样的理由，但既然是也许，那就有多种可能，也许是蓝铃花，也许是杜鹃花，还也许是梅花杏花樱花兰花菊花桂花海棠花牡丹花芍药花紫薇花荼蘼花。总之，普罗米花很美，以至我们可以这样理解，凡是能照亮人心的，凡是能温暖人心的，凡是能在某个时刻让我们惊喜一下、欣慰一下、振奋一下、流连一下、感叹一下的花，就都可以称作普罗米花。

不过我真的很喜欢这个花名。史密斯说得对，普罗米修斯是神话中的英雄，他的形象太威武雄壮了，精神之宏大不是普通人所能仿效的，只有用一种花来说他，才是可亲可敬的。那就还是勿忘我吧，比起别的花来，也许它更合适。勿忘我貌不出众，但很耐看，每到春天，就开出蓝色小花，像一个个小女孩仰面而立，并喃喃自语：勿忘我，勿忘我。

是呀，春天的勿忘我，是小女孩，也是一种特殊的光。她们是相互照亮的花，也是当之无愧的普罗米花，静静绽放，一蓝一片，每一枝花，都像奋力举着小小的蜡烛或灯笼。

尤其是这个春天，在武汉、湖北，乃至全国，勿忘我花可能都开得最好。勿忘我，勿忘我，勿忘谁呢？白衣天使、出租司机、年轻的志愿者、社区平安的守护者，所有这些人，不管是让我们感动的，还是让我们沉思的；不管是让我们振奋的，还是让我们悲痛的；不管是让我们欣慰的，还是让我们忧伤的，在这个春天的记忆中，似乎都是某种勿忘我。

包括平凡到无以复加的我们，也不该遗忘这个春天的自己。

联想到此，我觉得前面说的卡夫卡那句话有点"卡"住了，虽然过去了数千年，普罗米修斯被诸神遗忘了，被苍鹰遗忘了，但在远古荒野中学会燃起第一簇篝火、升起第一缕炊烟的人类不会遗忘，这是毫无疑问的。

因为有一件事足以证明，每到春天，这个世界的许多地方，都会有蓝色的勿忘我——普罗米花，静静地绽放。

美国的桃花

大学时的同学好友Y，到美国已经二十年了。他的故事是这样的，开始是被公派到美国进修，学语言，学着学着他却进了神学院。具体什么原因不知道，但我知道他是个学习狂，反正是学呗，学什么不是学呢。而后来又听说，他在神学院虽然成绩极好，信仰却不够虔诚，好像总惦记再学点别的，比如美国文学什么的，并不准备从事神职。美国人多聪明啊，院方早已看出他心怀异志，就想出办法，做了精心安排。这样Y在大洋彼岸的学习生活就变得很寂寥，可谓"寂寂寥寥神学院，年年岁岁一床书"。他前后负笈美国六年，仅神学院就有五年，在此期间，他年轻的妻子携年幼的女儿多次申请赴美陪读或探亲，都被大使馆以种种理由婉言拒签。直到最后一年，寂寥的Y以十分引人注目的成绩和十二分不同凡响的论文在神学院毕业。毕业典礼上，当他正要从院长兼地区主教的手中接过荣誉证书的时候，他的妻子和女儿，就像一大一小两个天使，在鲜花和掌声中被簇拥着来到现场。那一刻，Y仰起头，泪光闪闪地大声说：主哇！从此坚定地皈依了基督，并留在美国当牧师。

神学院的那些牧师政治家，他们把整个事情安排得像一朵桃花。

这些都是我在十年以前听说的，偶尔想起，心里总替这家伙泛起一抹乡愁。乡愁这个词的英文是homesickness，法文是mal du pay，希腊文是nostalgia，据说希腊文的原意是"难归之痛"，可以追溯到荷马史诗《奥德赛》，说英雄尤利西斯怎样在外漂泊，历尽艰辛，二十年后才回到故乡。二十年，这和Y是一样的。因此Y也就多少像是我们同学中的尤利西斯了，至少在我心目中，他是。

也许二十年是乡愁的极限吧,今年春天,他突然在网上找到了我。大概是先看到了我博客上的信息,有天夜里很晚了,他用"特拉华"的网名给我发来字条:我是Y,多年不见,你是H吗?——简直难以置信,尤利西斯竟是以这种电子的方式归来的!而虽然是电子,我也似乎听到了,他那行驶了二十年的老船和疲惫的水手们悄然靠岸的声音。

——特拉华,你为什么网名叫特拉华呢?

深更半夜,我们就这样聊了起来。不,应该说他那里是中午。大洋彼岸的中午,我看见阳光正照在Y很中国的脸上,他无声地笑了——哈,还以为你知道。Delaware,特拉华州,我就在这个地方,别看面积不大,可是美国的"第一州"呢,他们的议会是最早批准承认《独立宣言》和联邦宪法的。

——啊,那不是德拉瓦州吗?还有德拉瓦河。当然译法不同,是趣味问题,说到趣味无争辩。特拉华也很好听。你为什么去了那里呢?

——不为什么,我就喜欢这儿,我妻子也喜欢。我们住在这儿已快十五年了,也可能是因为桃花吧,你忘了那首歌吗?在那桃花盛开的地方。

多么诗意的理由,因为桃花。

查资料可知,特拉华州位于特拉华半岛,大部分地区属于大西洋海岸平原,气候相当温润。州花是桃花,州鸟是蓝母鸡。Y说,他从纽约的神学院毕业后就直接选择去了那里。莫非那里是美国的桃花源,或是美国的桃花岛?总之那里一定很美,特别是春天,从远处看,蔚蓝的海岸线上桃林簇簇,桃花朵朵,像极了原住民的印第安神话;从近处看,大西洋那没日没夜的波涛,到此也似变得文静和羞怯,或竟有点"桃花流水鳜鱼肥"的风韵了。桃林边往往是广阔的农场,一群群驯良的蓝母鸡,赤脚站在大地上;桃林深处,一匹白马静静地望着一辆淡绿色汽车的地方,那就应该是Y工作的教堂了吧。Y对我说过,他的汽车是淡绿色的,而他常去讲道的教堂却常有一匹比他的汽车更漂亮的白马。他猜想马的主人应该是某个信众,来自附近的农场或林区,但好几年了,马就在那儿,马的主人却从未出现过。他的教堂很大,信众很多,"白人中男的女的,黑人中老的少的,华人中穷的富的",他们都喜欢听他讲道,桃花朵朵地传扬主的福音和真理。Y作为牧师是很成功的,原因就在于他自信。这家伙干什么都非常自信,上大学时他曾宣称自己将来也能编一本英语教材,超过"张道真语法",这事虽然至今未见实现,但他那种豪情满怀的样子仍历历在目。

有时候,他甚至自信到这种程度,认为那匹白马也是他忠实的信众之一。他说他最难忘的一种美,就是在雪天,看到有几瓣硕大的桃花,轻盈而匀称地落在那匹马的颈部和背部。怎么会是雪天呢?我问。他说你不懂,有雪地芭蕉,也有雪地桃花。他说,其实桃花落在他那辆淡绿色汽车的引擎盖上也很美,不过那匹马充满耐心的、异常俊美的眼睛更让他心动,简直就像诗人布罗茨基说的,仿佛"它在我们中间寻找骑手"。

这么多年,他还一直保持着对美国文学的热忱。他对美国诗歌尤其熟悉,从惠特曼、弗洛斯特到狄金森、毕晓普,皆能记诵。狄金森有一首写草原的诗,他仿照下来,写了一首《制作故乡》发给我。

> 制作故乡,需要一只燕子:
> 一只燕子,一些桃花,
> 假如没有燕子,
> 只有桃花也行。

我说,难道美国没有燕子吗?他说,这是诗,你不该这么问。

其实他没理解,我主要不是关心燕子,而是考虑那匹马,既然桃花的垂落已经把它显得很美,要是再有一只燕子飞落的话,岂不就更美了?"马踏飞燕",那匹马说不定就会腾空奔跑起来。我觉得正像世界上许多事情一样，燕子，有时也能成为马奔跑起来的动力和原因。

Y在美国是用英语讲道，这是规则，必须的。除了和华人私下交流，他基本上不能用母语诉说，只能用继母语。这是我们大学时代的一个幽默，说中国人学英语，汉语是母语，英语就是继母语了。Y的家住在威明顿，每周末自己开车到那个教堂去。只有在家里，他才能和妻子尽情地用汉语表达。这种情形很怪诞，就好像母亲躲在家里，而外面的世界都是让继母管着。但我说过，他是个非常勤奋好学的人，有学习癖，在大学我是班长，他是学习委员。这样慢慢地，华裔牧师Y在美国宗教界就显得很有出息，就像是有的继子比亲生的更有出息一样。不仅当地的信众都敬重他，在牧师同行中也颇有威望，被看作学者型牧师，经常有人向他请教。有一年春天，他们到威明顿附近著名的白兰地酒溪游览，有个当地牧师指着正盛开的桃花说：看哪，peach blossom，我们的州花，Y牧师一定知道它的希腊词源吧？

这本来很正常，学者型牧师就该像哲学家一样，词源学是很基本的学问，而且那位牧师的语气也不乏谦恭。但这一次Y却显然有点问题，他站起身来，目光中不无睥睨，一字一顿地用汉语说："桃——花！"见众人无语，过了一会儿，他又旁若无人地背起了中国古诗——李白的：桃花潭水深千尺，不及汪伦送我情；杜甫的：桃花一簇开无主，可爱深红爱浅红；高蟾的：天上碧桃和露种，日边红杏倚云栽；徐俯的：双飞燕子几时回，夹岸桃花蘸水开；李贺的：况是青春日将暮，桃花乱落如红雨……

可以想见，众人最终还是无语。他们后来觉得他多少有点民族主义倾向，而这对于神职人员是不恰当的。实际上，Y说，他付出了一个很小的代价，是为了证明一个很小的事情，那就是：并非一切东西的词源都在希腊，至少桃花，它的词源在中国。"桃之夭夭，灼灼其华"——中国关于桃花的诗句早在两千多年前的《诗经》里就有了，而在他看来，这说不定还是他如今在大洋彼岸安身立命之地的词源呢。

所以他别出心裁，把 Delaware 译成了特拉华。特拉华，就是"桃之夭夭，灼灼其华"的意思。

我和Y毕竟二十年没见了，总的看，他的话语不像以前那样多了，但亲切感还在，想象力还在。他让我看到了一种远离故土，也远离尘嚣的特殊生活，可因为那是一个桃花盛开的地方，这生活又似乎并不太远。后来我突发奇想，Y，他这名字，本身不就很像是一株桃树吗？一株中国北方的桃树，怀揣信仰，头顶乡愁，在美国大西洋海岸的桃林深处行走。春天也好，冬天也罢，他心里的桃花都会涌出，有时落在别人的马上，有时落在自己的车上，有时，就像现在，又落在我作为他的老同学，写在电脑上的字里行间。

美国的银杏

很长时间了,你一直想把那段经历写出来。但每次打开电脑,又觉得为难,毕竟那段经历对你来说,是短暂而特殊的。好在你还保留着当时的日记。说是日记,其实也是笔记,基本上每天的主要事情和听课读书的基本内容,都在那个本子上了。

哦,大洋彼岸,南伊大学,真是很远很远的校园,很久很久的从前哪。

你翻阅着当年的日记,零星的记忆开始苏醒和复活,你想起了校园的轮廓和风貌,校园周围一个个的打字房,校园中心的伊利诺伊大道,想起了"小草湖"、塔楼和图书馆,想起了《埃及人》报和狮身人面像,想起了别开生面的"驴球比赛"和"西瓜节",想起了吉米,那个黑白混血的跛脚少年,他总在两棵银杏树下等你。

两株银杏何时栽

南伊大学的校园很大,不用说那片连着市郊的野生保护区,仅校园本部,就足够流连。特别是那些紫色的楼群,深沉优雅,与大幅的绿玉般的爬山虎相得益彰。你知道许多大学都崇尚紫楼,但这里的紫楼还是不一样,吉米说过,那是野紫罗兰色,伊利诺伊州花的颜色。一群穿紫色校服的女孩子走过来,吉米说你瞧,多像我们的野紫罗兰!他说她们都是护理学院的女生,全校最漂亮的女生。吉米对护理学院感兴趣,可能是因为他的左脚有点跛吧。

吉米的左脚是被马踏跛的,他说从小爱骑马,他的老家就在草原上。所以他从早到晚,最爱唱的就是那首《草原上的家》(*Home on the Range*),还总习惯把Home这个词拉长,听起来就像刮风,吼吼的,呼呼的。

其实吉米的跛脚很轻微,也就是有点"踮脚"而已。在南伊校园,他还是"驴球"队的队员。那可能是南伊州特有的运动,骑驴打篮球。吉米骑在驴上,好像还是主力。每次打完比赛,他都要牛气好几天,说没时间陪你了,他要和女友约会。当然是护理学院的女生。

吉米是奥巴赫女士给你找的"学伴",这是通例,初到南伊的国际生,一般都要有个学伴。奥巴赫介绍说,吉米是工商学院的研究生,以前也给来自中国台湾的学生做过学伴,他喜欢中国,会讲点汉语,将来说不定是个汉学家呢。奥巴赫六十多岁,几年前曾受聘在你国内的母校任外教,这次你能来访学进修,和她的帮忙是分不开的。所以你对她很信赖,说定了,吉米辅导你英语,你教他一点汉语,石油换食品,算是合作。你记得奥巴赫笑着说:吉米有些小毛病,但他是本地人,哈丁县的,爸爸像卡本代尔的煤炭一样黑,妈妈像哈丁县的棉花一样白。

吉米的汉语水平真不错,第一次见面,他打电话,说就到"银杏餐厅"吧,旁边有两棵树,都是你们中国的ginkgos(银杏)。你找到了,确实有两棵很高大的银杏树,而且旁边那个餐厅也是中国人开的。你觉得吉米想得很周到,在这个地方会面,既可让你聊解乡愁,也有那么一点平等的意思。而吉米的肤色,看上去既不太黑也不太白,色调其实恰到好处。

他自我介绍,说叫本森特·吉米,还有个中文名字叫"半山堂",是他原来的学伴给起的,起这名字是因为和他的英文名谐音,此外还因为他比较贪玩,经常上半堂课就跑出来,然后到处闲逛。

这世界总有些事会让你忍俊不禁,不管在多远的地方。

半山堂·吉米指着那两棵银杏,说你知道吗,银杏是十八世纪从中国传到欧洲的，传到美国比较晚，应该是十九世纪中期。伊利诺伊有位医生去中国访问，回来时就带回了银杏的种子。而且不仅如此，吉米说，这位了不起的医生还是本校的创办人——首任校长。这让你更加肃然起敬了。吉米说在校园的某个地方，一个旧址上，刻有这位首任校长的名字，但只是听说，一直没有找到，也许土地是移动的。

银杏树旁还有一座小雕像，看上去像一只狗，也像一只獾子。从环境上看，或许更像獾子，即鲁迅先生所说的"一匹獾"，它可能爱吃银杏果，一年四季在树下等着。吉米就跨在这匹獾上，说银杏树，图书馆那边也有，春天是银绿色，秋天是银黄色，是该校独有的风景。这是很中国的风景啊，你不禁感动，如归故里，地老天荒的那种。

十九世纪，当时的中国还是清末，正值西风东渐，而银杏却姗姗西来。晚上睡不着，开灯写日记。你想银杏西来，一路上应该走得很慢，因为银杏叶子很像鸭脚，"鸭脚叶青银杏肥，双鸠和梦立多时"，你随身带了一本《古诗分韵汇编》，查到了这两句古诗，准备第二天告诉吉米。

但第二天的日记里没有他什么事，第三天也没有，直到周末，吉米才再次出现。还是在那两棵银杏树下，脚一跺一跺的。你这才意识到，在吉米面前，"鸭脚叶"是不该说的。幸亏你还准备了另外两句："燕居亭前石子台，两株银杏一时栽。"吉米伸出左手大拇指，说挺有意思，那以后这个地方，我们就叫"燕居亭"吧，只有我们两个知道。

燕居亭——银杏餐厅并不大，后来你和吉米多次在那里用餐。记得餐厅里挂着一些照片，多是中国江南的风景。有两个黑人乐师，总在那里吹奏民歌和蓝草音乐。

送君南伊，快如之何

五月的风色真好，早晨起来，一个个白天就像一件件干净的白衬衣，纤尘不染。吉米陪你去熟悉校园，边看边讲故事，特别是对南伊大的校史和一些"地方性知识"，更是如数家珍。保护区有个面积很大的水域，吉米说叫小草湖。他坐在湖边的空地上，抬头眯着眼睛说："你知道吗？我出生在这里。"一边说着，一边随手捡起一块石子向湖中掷去，"我的母亲曾告诉我，如果你在湖边埋下什么东西，比方玩具汽车或小锡兵什么的，两星期后你就会找不到它们。她说因为土地总是移动的，周而复始，你看到树下有块石头，那很可能来自遥远的中国或伊斯坦布尔。所以，我的小锡兵也许还会重现于此地，不过它会稍微有点潮湿。"

当时无论上课还是下课，你都带着录音机。因为老师的语速太快，而你的英语听力不太过关，所以总要先录下来，重复听多遍，才能转化成笔记。与吉米的交流也是如此。但听你说汉语，吉米却很快能领悟，他真的很聪明，记忆力也很棒。

吉米不爱看书，却喜欢看校报，经常拿出来，指指点点。有一次你问他：校报怎么叫《埃及人》(The Egyptian)呢？他说天哪，忘告诉你了，我们南伊州，还有个别称叫"小埃及"呀！

怎么回事呢？

说这是一百多年前了，有个冬天，伊州大雪，北部奇寒，春天迟迟不来，而秋天又提前霜冻，北部人没有粮食吃，就都到南部来买粮食，还有其他东西，终于度过了灾荒。有人熟读《圣经》，就充满感恩，觉得这很像是以色列人约瑟的子孙，在荒年南下埃及的故事。从那之后，南伊州就有了"小埃及"的雅号，当地人也以此为荣，后来还建了许多埃及的标志物。

什么标志？我怎么没见过。

你当然见过，燕居亭前，萨卢基犬就是呀。

你说那个雕像吗？我还以为是一只獾子呢。

不不，有点像獾子，但那是真正的犬，古埃及品种的猎犬，还是我们南伊大的吉祥物呢。

不管什么时候,只要说到南伊大,吉米总是兴致勃勃、满怀深情的样子。他说学校正式创办于一八六九年,真正兴盛却在二战之后。当时整个校园就像兵营,二战后回国的老兵,很多都来这里上学。那时候的校园到处是老兵,到处是伤兵,会经常看到挂拐的。"那是我父亲的年代,但我父亲没问题,他只负过轻伤,很帅气,是历史系的。后来和我妈妈结婚,我妈妈是英文系的,一九五七年他们还没毕业,我就出生了,在一个帐篷里,哈。"吉米说当时许多老兵都刚结婚,连他们的孩子也是在校园出生的,校舍不够用,就在这湖边搭了很多帐篷,也有小木屋,不过被先来的占满了。说着,又随口念起一段童谣——

　　小小印第安,齐齐把排站,
　　数数共九人,又来一个流浪汉。

总之,吉米说他非常喜欢南伊大,甚至感到骄傲,因为这里是他和爸爸妈妈共同的母校。为了分享吉米的骄傲,你也讲起了自己在中国的母校,说来美国之前,有位老师送你一首四言诗:"春草碧色,春水绿波,送君南伊,快如之何。"吉米喜欢中国古诗,尤其四言诗。你说这首诗是中国南北朝时期的一位叫江淹的诗人写的,一千多年了,前两句没变化,形容春天的景色,后两句本来是"送君南浦,伤如之何"。吉米说明白了,你的老师只改了两个字,意思是送你去南伊上学,该多么快乐啊!

你说不仅改了两个字,还改了一个意思。"送君南浦",南浦是要出发的地方,而"送君南伊",南伊是准备去的地方啊。吉米想了想,说那有什么区别呢?总之是改得好。

是呀,梦境般的年代,梦境般的日子,那时候春草咋就那么碧色呢，春水咋就那么绿波呢。老师是把诗写成书法之后送给你的，你一直带在身边。可以说，整个那段时间，在异国他乡，那几句诗所表达的明丽而迷茫的中国情调，始终伴随着你。

草原上的家

实际上，南伊校园中有不少中国风情，比如南山校区，会让你想起《诗经》中"陟彼南山，言采其薇"的句子，还有南亩校区，这名字更少见，"馌彼南亩"啊，"躬耕南亩"啊，"归来南亩上，更坐北溪头"啊，你走在这里，几乎都能听见故乡的杜鹃声。

也有些比较陌生的印象。比如法学院那紫色的大门，上面刻着不知何人说过的名言："正义是一项人类的事业。法律的生命不是逻辑而是经验。"离法学院不远，有个小酒吧，吉米指点着说，这地方很有名，南伊大学历史上曾开除过一个饮酒的年轻人，他就是在这里饮酒被处罚，林肯总统那时候还不是总统，曾为他做过辩护律师。

有一次你们去看运动场。吉米说六十年代，肯尼迪和尼克松都曾来这里做过竞选演说。"尼克松去过你们中国，见过毛泽东，是吗？"你说是呀，那是一九七二年，中美发表了联合公报，恢复了外交关系。吉米的骄傲之情，再一次溢于言表："七十年代，卡特总统也来讲演过。"言毕，他又唱起了那首歌——Home，home，呼呼的，好像远方草原上的风，在吹着奇异的调子。

吉米有时也带一把破吉他，一边弹一边踮脚，这使他的踮脚看上去很自然。

吉米说，你也唱一首吧，我喜欢听中国歌。

好吧，你说，就唱了一首当年国内很流行的《过去的事情不再想》——

过去的事情不再想，

弹起吉他把歌儿唱，

风中的迷茫，

雨中的彷徨，

今天要把它，

把它遗忘……

这是你八十年代最喜欢的歌，或者说，这首歌就是你的八十年代。你尤其喜欢接下来的那句"啊——啊——青春"，像突如其来的感叹，柳暗花明的赞美，既感伤又留恋又迷惘又向往又美好。"啊——啊——青春"，有时候不知不觉，你就唱出了这句，孤零零的，前不着村后不着店的。

你觉得这首歌，足以和吉米《草原上的家》媲美。

除了Home，home，吉米爱唱的另一首歌是《斯卡布罗集市》，但吉米唱这首歌的方式比较特别，更有一种伤心欲绝的味道，而且还经常改词，比如第一句："你们要去斯卡布罗集市吗？"他往往会给改成护理学院："你们要去护理学院吗？荷兰芹、鼠尾草、迷迭香和百里香……"

这很像是和谁在打招呼。而被打招呼的人，就身不由己地变成了那几种花草。

吉米知道许多很怪异的事情。比方说如果给一只黑猫穿上纸鞋子，它就会蹦跳不已，直到死去。你觉得这简直是荒诞不经，所以每次总提示他，换个话题吧，说点别的，比如小说家海明威、索尔贝娄，还有诗人桑德堡，女诗人布鲁克斯，他们可都是伊州人哪。

但吉米很少谈论文学。所以你日记中的笔记部分，有些看上去都缺少趣味。比如他说的：伊利诺伊是美国中北部的一个州。芝加哥是该州最大的城市。这里堪称美国的"中土"，不仅位于中部，面积也恰好适中，总计十四点九万平方公里，和中国的辽宁省接近。土质为黑土地，很类似中国东北，等等。

这种中学教科书式的知识，吉米讲述的时候都非常认真，他就像旅游中临时聘用的"地导"，既有职业的热情，也有土著的自豪。有时怕你记不住，他还编成某种顺口溜——"紫罗兰是我们的州花；白橡树是我们的州树；北美红雀是我们的州鸟，但它可不吃大王蝶，那是我们的州昆虫……"

可是记住这些，又有什么用呢？你在南伊主要进修英美文学，有时老师讲的内容没太明白，只好反复听录音，在这方面吉米几乎帮不上什么忙，而他所讲的那些，你又觉得太地方、太民间、太没用了。

你和吉米的冲突无可避免。在你看来，他讲的东西不仅没用，而且充满了离奇古怪的信仰。更令你难以忍受的是他的手势，好像是对聋哑人说话。有一次在餐厅吃饭，你不小心碰撒了餐桌上的盐瓶，吉米立刻脸色慌张，打了半天手势，还随手撮起一些盐粒，不由分说就弹在你肩上。看你不太高兴的样子，吉米解释说这是信仰，盐是薪水呀，相当于助学金，就像你们中国人，历史上曾经以盐当货币。

"半山堂"——你终于不冷静了，直接喊他的中文名字，好像还说了句我们中国人使用货币的时候你们美国还没建国之类的话，然后就离开了餐厅。你记得吉米摊开双手，很无奈的样子，说这是马可·波罗写过的，在他那本中国游记中……

林肯出生在小木屋里

美国中西部的草原丘陵地带，有时会发生龙卷风。你的日记显示，六月将近的时候，受龙卷风影响，卡本代尔地区连续下了几场暴雨。清晰的雨线从校园中心的伊利诺伊大道上奔涌而来。这样的天气，一般都不会上课，记得只有詹姆斯教授，讲了一上午关于雨的话题。

汛期之后没过多久,也没什么特殊经过,你们之间就恢复了正常。吉米告诉你他回了趟老家,哈丁县的农场。

又到银杏餐厅吃饭,争着付款,彼此之间似乎有了一种新的默契,像鸭酱、芥菜和杜松子酒一样醇厚而陌生。实际上在整个南伊校园,很少有人像吉米那样对中国文化感兴趣。对一个中国人来说,他是很理想的交流伙伴。他喜欢中国古诗,也喜欢中国故事。你给他讲过《红楼梦》和《水浒传》的梗概,显然他对后者更感兴趣,说那些梁山好汉哪,真是太OK了。

另外你慢慢发现,吉米所讲的东西,也并非完全与文学无关,至少他会说许多童谣,虽然简单,却也很有趣——

　　国王在早餐,王后在闲谈。
　　公主在花园,正去晾衣衫。
　　飞来知更鸟,啄了她鼻尖。

他说过的一句最文学的话,至今你仍念念不忘,多年来反复品味,觉得包含了很深的思想——"林肯出生在他亲手建造的小木屋里"。

你说这怎么可能,人没出生就会建房子?吉米说他也不懂,但人们就是这么说的。他又重复了一遍,说这是伊利诺伊的"州谚语"。然后还用左手挥了几下,像用斧头伐木的样子。

他说除了"草原之州",伊利诺伊还有个别称叫"林肯地",是林肯出生的地方。"对了,你见过林肯画像吗?"他问。你说见过,眼睛很深沉,饱经沧桑的样子。吉米说太对了,林肯从来不笑,但有一张肖像是笑的,那是林肯被提名为总统候选人的夏天,有个画家正好捕捉到了林肯微笑的瞬间,于是就画了下来。一共画了三幅,现在仅存一幅,收藏在南伊大学的图书馆。

吉米说,画像的故事是他从校报上看到的。

言必称校报,这就是吉米。而除了校报,你记得他只带过一本书,绝无仅有的,是《老美国志异》(*The Old Weird America*),这本书你回国几年后才看到中译本,写的是民谣歌手鲍勃·迪伦的经历。

吉米说他曾经很向往成为一名摇滚歌手,但因为脚的问题破灭了。你后来才发现,吉米不仅跛脚,还是个左撇子。他说左撇子有很多优势,比如上场打球,很适合做二传手。当然,他的情况不同,只限于打"驴球"。这样说着,一副很无奈的样子。

的确,吉米会说许多童谣,也知道许多当地的民谣,在你的日记中,至少以下这几段,是和伊利诺伊有关的,你看吉米声情并茂的样子,似乎是在宣告他们的"州民谣":

——德拉瓦的蓝母鸡,飞不过伊利诺伊的草原。

——我们不是生活在这里,伊利诺伊,我们只是栖息在你的土地,因为我们是这样贫穷,以至没办法离你而去。

——你经历过人生的浮沉,也见证过好日子,但你不会知道时光的神奇,直到你来到伊利诺伊。

草原和群山的故事

在南伊的时光,真是很神奇的。

最难忘的是那次去雁湖草原。吉米说这是伊州现存的最大草原,离芝加哥很近。因为天热路远,凌晨就开着"灰狗"出发了。那条高速路不乏野趣,时而有一丛丛的款冬花闪过,也能看到类似那种黄色的标牌,上面是英文单词YIELD,是提醒"避让"的意思。

你们在旅行中心停好车,就直接走进了草原小路。有些草实在是太高了,走近时,恍若青纱帐一般,并散发着强烈的湿地气息。吉米说这些有须芒草,也有印第安草和柳枝稷,最高的大米草,超过十英尺。也有视野开阔的地方,那是花的草原。

在小路上走着,有时会出现一湾小池塘,上面是木板桥,简单而古朴。

天太热了,幸亏吉米想得周到,他带了一顶小帐篷,将近中午,找了片空地支开,野餐后小憩,吉米就讲起了从前——

从前,伊利诺伊一半以上的土地都被这样的草原覆盖着,到处可见白尾鹿、海狸和红狐,天上飞着茶隼、乌鸫、白鹭和蓝鹭,水里凫着木鸭、水鸭、绿头鸭和加拿大灰雁。不过现在已经很少见了,特别是珍稀鸟类,如高地沙笛手和亨斯洛麻雀,只有在这里才能找到。

一种麻雀,竟然也是珍稀鸟类,这是你没想到的。真希望能看见这种麻雀,吉米说,那得等到冬天,下雪的时候。

接着他又讲了起来——

从前,有个英国人去圣彼得堡,向叶卡捷琳娜女皇献上礼品,什么礼品呢?一只纯金的麻雀,活灵活现,蹦蹦跳跳,可爱极了。女皇很高兴,就问她的大臣们,我们俄罗斯人该做点什么呢?一个大臣站起来,说请陛下允许我把这只金麻雀带走,和枢密院的同僚们研究一下。女皇应允了。第二天大臣进宫回奏,说他们经过研究,找了最好的雕刻师,把女皇陛下的名字刻在了金麻雀的双足上,刻得十分精美。女皇听了十分开心,刚要嘉许,大臣又诚惶诚恐地说:可金麻雀却怎么也跳不起来了。

这个故事很像童话,你记得有篇小说,写了个女巫般的老太婆,叫《伊吉则尔老婆子》,坐在草原上没完没了地讲故事,讲了一个又一个。

吉米又开始讲另一个故事了——

从前,南伊州有个男孩,家里很穷,父亲开了个铁匠铺。男孩十四岁的时候,有一天来了劫匪,但家里只有他一个人。劫匪让这个男孩给他的马钉掌,并拔出手枪,坐下来监视。男孩很镇定,他一边给马钉掌,一边给劫匪讲故事,故事讲完了,马掌也钉好了,而且干得非常出色。后来，这个男孩长大了，成了密西西比河沿岸最有名、最厉害的劫匪。原来那个劫匪老了，归顺他之后，只配做他的马夫。

起风了，草原上的白橡树在远处随风摇摆。伊利诺伊有二十多种野橡树，白橡树作为州树，是由学校的孩子们投票选出来的。

吉米讲的最后一个故事是女医生安娜的传说，说许多年前，南伊地区出现了白蛇根中毒，许多人不治而死，包括林肯的母亲南希，也是死于这种病。但当时人们并不知道是怎么回事，有许多迷信和谣言。这时候年轻的女医生安娜来了，她发现这种病的元凶是白蛇根草，于是就想出办法，救了很多人。但安娜后来嫁了个丈夫叫毕思柏，这个男人是个恶棍，他和坏人勾结，在安娜走山路去看病人时，将她推下悬崖。

你们开始收帐篷，草原上的金花鼠吱吱地叫着，一大片乌云仿佛与草原平齐般堆在那里。吉米一边装车，一边指着乌云的方向说，那边有座洛克山，山上有个安娜·毕思柏山洞，传说是女医生藏钱的地方。每到夜晚或雷雨天气，就会出现奇异的光，人们相信那是安娜医生的灵魂之光，正在巡视守护她的财产。

这个故事很特别，在返回的路上，雨点逐渐密集，啪啪地打在引擎盖上，你想和吉米谈谈自己的看法，比如安娜医生，她其实只是捍卫自己的私产。可你最终还是没说，因为也许吉米认为很重要，所有的伊利诺伊人认为很重要。那种重要性，大概类似吉米开车的样子，目光肃穆宁静，就像雷雨到来之前的草原和群山，隐现着奇异的火星。

有位佳人，乃我相知

八月份还看了几场电影，教学片，其中有根据福克纳小说改编的《长长的盛夏》。你喜欢福克纳，特别喜欢他的小说《八月之光》。詹姆斯教授说，八月份确实有那么一两天，光线十分柔和，并带有一丝清凉。这又引起了你的乡愁，于是你大胆说出了自己的想法，说中国也有"八月之光",那就是立秋,因为简直太像了,在中国,无论大江南北,一到立秋,天就忽然不怎么热了,而且有一点凉爽。詹姆斯对你这个说法很感兴趣,建议你写出读书报告。

九月份你开始写读书报告,整整一个星期,你都在写。交上去之后放眼校园,真美呀,秋天到了。

南伊校园的秋色有点巴洛克风格,楼群间掩映着五角枫、三角叶杨、橡树、山核桃、鹅掌楸,各成风景,色调斑斓。但不管怎么巴洛克,你最喜欢的还是来自中国的银杏树,绚丽而淡定,一簇簇银黄色,如灼灼的火炬。

吉米过来了,脚还是一踮一踮的。一见面就兴奋的样子,说他要参加"英加外"(EPFL)演唱比赛。这类比赛一般都在秋季举行,所谓"英加外",就是不管唱什么歌,均须用两种语言,除了英语,至少加一种外语,例如汉语。这个活动是东亚学院的翻译系主办的,欢迎国际生及其学伴参加,奥巴赫女士是其中的评委。

经过商量,吉米决定唱《斯卡布罗集市》,由你替他把歌词翻译成汉语。两天后,你把译好的歌词交给了吉米,自己觉得很得意:"斯卡布罗,远方集市,蕙兰芫荽,郁郁香芷,若至彼乡,代我致辞,有位佳人,乃我相知……"

歌词一共五段,这么多,要让吉米唱出来,用汉语,还是有难度的。所以大约半个月的时间,你们几乎每天都见面练习。担心他临场忘词,你还替他把歌词抄到纸上,生僻的汉字还用英语音标注好,建议他先用英语唱第一段,然后用汉语唱第一段和第二段,最后再用英语重复第一段。这样很简洁,也符合要求,效果会更好。吉米点点头,说太OK了。

莫里斯图书馆是个很有历史的老建筑了,楼不高,但衬着门前的希腊式圆柱,显得颇有气势。九月的最后一个周末,歌唱比赛就在这里举行。吉米那天穿上了紫色校服,显得很精神,斜挎着那把吉他。

吉米上场，先介绍说他的中文名字叫半山堂，引起一些笑声。接着又说起你，他的中国学伴，把歌词译成了古老的汉语。是呀，非常古老，吉米说，是中国最古老的《诗经》的句式，两千多年了，那本书是孔子编的。话稍多，但还可以，然后乐队响起，他唱起了第一段，先用英语，再用汉语，他手中的吉他只是被象征性地弹拨着，并不发出实际的音响："若至彼乡，代我致辞，有位佳人，乃我相知……"

效果非常好。掌声。奥巴赫女士在点头。然后第二段"问彼佳人，可知裁衣"——吐字很准。他的声音混合了乡村音乐和黑人蓝调的唱法，伤心欲绝的浑厚中又有西部牛仔的轻佻，尤其和别人不同的是，他唱的不仅是汉语，而且是伟大的中国古汉语，"亚麻一匹，针线不必，裂帛成衫，乃我相知"，这是你译的，但在场多少人能听出其中有"七月流火，九月授衣"的先秦况味、汉唐风调、中国精神呢？

你感动着，并幻想许多人也都这样感动着，直到传来笑声和口哨声。原来是吉米唱错了，当他最后用英文重唱第一段的时候，不知不觉又改了词："你们要去护理学院吗？荷兰芹、鼠尾草、迷迭香和百里香……"又是护理学院，该死的护理学院哪！它让吉米功亏一篑，也让你们半个多月的合作前功尽弃，付诸东流。

半山堂啊半山堂，你可真是个半山堂！

过去的事情不再想

不过事情并没有你想的那么严重。几天后吉米打电话，说要找你庆贺一下，因为他获奖了，虽然不是最高的萨卢基奖，是"最具难度外语演唱奖"。看你反应冷淡，他顿了下又说，还有个好消息要告诉你，你的文章发表了，是昨天的校报，你没看到吧？

你差点跳起来。那篇读书报告，还担心能否通过，竟然发表了。这就像你最喜欢唱的那句歌词："啊——啊——青春！"一共五个音节，第一个"啊"如长笛,引导第二个"啊"如竖笛,而"青春"两个字则如萨克斯加小号,一种突如其来的感觉,柳暗花明的感觉,前程远大的感觉。

你出去买了份《埃及人》报,找到自己的文章,迫不及待地看了起来。比你的读书报告短了许多,保留了关于立秋和中国的节气那几段,而删减了你对福克纳小说的评价。但你还是特别兴奋,觉得真应该庆贺一下。

但第二天你打电话,别人说他又回哈丁县老家了。

那天晚上你有点失眠,梦见一大群女孩子,都在银杏树下面拍照,说着你完全听不懂的语言。又梦见一个画面,深蓝的天空中挂着一轮金黄的圆月,下面是海边的沙地,种着一望无际的碧绿的西瓜,其间有个很像吉米的少年,项戴银圈,斜身坐在一匹猹上,而那猹却将身一扭,反从他的胯下逃走了。

周末前一天,奥巴赫女士说要见你,在她英文系的办公室,老太太正在优雅地喝着咖啡。谈起你的文章,她只是淡淡地说,那是詹姆斯教授推荐给校刊的,并经过他的修改。詹姆斯喜欢简单的风格,你不介意吧?你说当然不,改得好!奥巴赫领首,但她并没有继续赞赏你,而是很快把话题转向了吉米。

吉米那天的表现很棒,她说。如果不是唱错了,本来会得前三名,那可是要提高奖学金的,你知道吗?你说是呀,吉米太粗枝大叶了。奥巴赫说其实也不怪吉米。他妈妈当年,那可是护理系的美人哪!

不是英文系吗?吉米说过他妈妈是英文系的。奥巴赫摇头,说开始是英文系,后来转到护理系了。

这是吉米从未讲过的故事。他的妈妈叫桑妮,是个非常阳光的女孩,与奥巴赫同期入学到南伊大的英文系,她们形同姐妹。但看到当时校园里的伤兵太多,桑妮就自愿申请转到了护理系,也就是现在的护理学院,一边学习,一边照顾伤兵。后来桑妮认识了吉米的爸爸,再后来就有了吉米。等到他们毕业，就带着吉米回到了哈丁县老家，爸爸经营农场，妈妈桑妮在附近的小镇办了个诊所。可是很不幸，吉米还在上中学的时候，桑妮就因感染病毒去世了。

这个故事让你意外，并对吉米有一种空前的内疚。奥巴赫说，吉米这次回哈丁县老家，短期不会回来了，因为他爸爸病了，他要帮着照顾农场。说着，奥巴赫拿出个小盒，里面是一尊小型的萨卢基犬雕像，说这是吉米的奖品，他知道你十月份就要结业回中国了，不能赶回来送你，把这个留给你作为纪念。

接下来的两个星期你不知道怎么度过的，国内一起来的几个同伴开始打点行装，出去买东西。你也随着买了一些。收到家里寄来的茶，是三盒上等的滇红茶，你最喜欢的那种，准备分别送给詹姆斯、奥巴赫和吉米。还有你随身带来的那幅书法："春草碧色，春水绿波，送君南伊，快如之何。"你觉得吉米会喜欢，也留给他吧。南伊曾是你将要到达的地方，现在是你将要离开的地方，迟早也会是吉米将要离开的地方。

你把这些都送到奥巴赫的办公室。

又到燕居亭，独自与两棵银杏树话别。十月份的银杏树正是好看的时候，真是片片如金哪。而树旁的萨卢基犬雕像，看起来也更像一匹猹了。银杏树啊银杏树，美国的银杏很好看，但中国才是银杏的故乡，你想等回国之后，一定要拍到最好的银杏树照片，给他们寄来。据说还有银杏茶，也一定要寄来银杏茶。

就这样，你结束了那段短暂而快乐的生活。值得一提的是，回国这么多年，每年快到立秋的时候，你都会想起从前在南伊校园，想起吉米。"渐行渐远渐无书，水阔云深知何处"的吉米，你知道已经无法让他兑现曾经的诺言，秋天去看安娜·毕思柏山洞，冬天去看雪地上的亨斯洛麻雀。

贝加尔湖与烟斗

伊市河风

西伯利亚是俄罗斯的天涯，贝加尔湖是俄罗斯的海角——在伊尔库茨克机场，甫下飞机，心里就从天而降地有了这句话。

我们那次的俄罗斯之行，就从这天涯海角的"伊市"开始，而随后的旅程，还将有莫斯科和圣彼得堡，像两次更丰美诱人的俄式茶炊在路上等待。但说实话，我觉得伊尔库茨克也不差什么，这座西伯利亚的第二大城，距举世闻名的贝加尔湖不过六十俄里，仅这种位置，就足以让它风韵独具了。既是边城又是湖城，所以它被称作"伊市"恰如其分，伊市者，秋水伊人的城市。我们那次是乘俄航班机，落地时晚上十点多了。虽然正是夏天，却感到夜凉如水，不用导游说，也知道那是因贝加尔湖：蒹葭苍苍，白露为霜，所谓伊市，在水一方。于是大家就兴奋着，到了宾馆也没有困意，时间已过午夜，侧着耳朵听，恍若郊外那大湖正水声动地。

在伊市，夜与昼的温差也许并不特别大，给人的感觉却很悬殊。比如我们去的六月份，夜晚有点秋凉，而白天则一派春暖，并俨然有着滨海城市的清爽温润。早晨起来，沿着横贯市区的安吉拉河漫步，你真的很难相信，这里就是能令天下奇寒的西伯利亚。小时候，每当听广播里预报有西伯利亚寒流，就想起朔风千里、灵怪狂奔的可怖，就想起回家，在冰封老井、雪压柴门的时刻，家里总是春暖花开。在那些特殊年代的白天和夜晚，遥远的西伯利亚是被我们放在炕头上、藏在被窝里的童话，它是北方之神的巍峨居所，是寒流深不可测的源头，是调集风雪、升腾凛冽、运送白色、誓师冰冷的地方，或者说不定就有个叫西伯利亚的家伙，脾气很差，动辄发动气候侵略，它让我们每年的冬天都像战争一样爆发。

而此刻，在远东湖城伊尔库茨克，当六月之光像《胡桃夹子》中的女孩那样用真爱吻过大地，曾肆虐过整个冬天的凛凛寒风早已显得纯洁无辜，泪揩了，血消了，屠伯似的北方神逍遥复逍遥，我们看到的只是被解除了咒语般的绿色，那是西伯利亚特有的绿色，劫后复生，柔情无限，芳草芊芊，连紫丁香、白桦树都睁着绿汪汪的眼睛。

"草何其绿，土何其冷，葬我高原之恋人"，苏格兰老彭斯的诗句，我想用在这里是很合适的。但彭斯还应该想到的是，如果是真正恋人的话，那么不管在多冷的地方，其实都有死而复生的机会。

发源于贝加尔湖的安吉拉河，银质项链般地挂在城市的脖颈上。可能有大半个上午吧，我们就沿着这条项链走来走去。那是一个工作日，但当地的俄罗斯人却似比我们这些游客还悠闲，他们有的夹着书本，有的干脆两手空空，好像他们既不是去工作也不是在回家的路上，而是到河边来思考与此相关的问题——到底是去工作，还是回家呢？这可能是俄罗斯人的特有气质，包括他们引为自豪的每座雕像，眉宇间都仿佛透着类似的追问和思考。比如加加林——我们在林荫道上看到了他的雕像——从那朝气蓬勃的神态上，就不难猜到是某个苏维埃时期的英雄，果然，有位路过的俄罗斯老太太告诉我们，是加加林！她用凝重的俄语几次重复这个名字，手指还微颤地指着雕像，好像不知道这样的英雄是值得羞愧的，不管你来自世界哪个地方。

我们的导游名叫列娜，据她介绍，伊尔库茨克是加加林的故乡，所以当地人是特别以他为骄傲的。在伊市，你最好别说你不知道加加林是谁，那可是人类进入宇宙时代的象征啊。虽然他后来是因飞机失事而不归的，但在俄罗斯，至少在这里，许多人都宁愿相信加加林还是留在了太空，或是已变成了星星。列娜走路的样子很轻，而且能讲猫声猫气的汉语，听起来怪异而神秘。

加加林，你寂寞吗？你想回家吗？在宇宙星空那座人类仰望的最高的高原上，草是否也是这样绿，土是否也是这样冷呢？

不远处的河边，有少男少女正靠着防波墙攀谈，他们每人手把一瓶啤酒，边谈边喝边唱。列娜告诉我们，时下俄罗斯最流行的一首歌叫《嫁人就嫁普京这样的人》，仔细听去，果然可以听见类似"普京"的两个字音被不断重复，既轻佻，又忧伤。而那条河水，实际上更像是旧俄时代的项链，沉实清亮，波光闪闪。

再往前走，白桦掩映的地方，所谓"人在深深处"，我们还分别遇见了两位俄罗斯姑娘。与刚才那些女孩相比，她们显得十分别样，就连她们的出现本身都是那样的闲情偶寄，漫不经心。先遇见的那个姑娘，脚下正牵着一只棕色的小狗，说是小狗，却似小羊，这使她很像昔日的牧羊女，心在高原、歌满青山的那种。第二个姑娘模样像小学教师，穿着制式的淡灰色衣裙，但不知为什么，她身边没有小狗，却会更让你想到契诃夫《带小狗的女人》，因为在她的眼神里，仿佛正有一只远方的小狗，也被她似有若无地牵着，那可是只风筝似的小狗呢。读大学时听老师讲过，《带小狗的女人》就是《安娜·卡列尼娜》的平民版，那么这两位姑娘，该又是这平民版中的山野版和校园版吧。当我们这伙人纷纷请她们合影时，两位姑娘都始终微笑着，像懂事的邻家女儿，前者有一点淡淡的顽皮，后者有一点淡淡的忧伤；顽皮如脚下的小狗左右蹦跳，忧伤如眼中的小狗上下飘飞。

这一大片天然的白桦林，像南迤北折的绿色回廊，连接着这个城市的右岸区、列宁区、居民区。而我们所处的位置，现在却记不清了。干脆就叫"三姊妹"区吧，因为在不到三百米的距离内，除了两位姑娘，我们还遇见了一个推婴儿车的女人。这个年轻的母亲是明亮的，在绿色背景下，她周身散发着印象派的光芒，或者她很像是一株正在成熟的美丽麦穗，她的婴儿则像她分蘖出的小小的金色麦粒。临别时，她还鼓励她的婴儿向我们挥手，那麦芽般的小手，我想总能把两三米的黑土地拱破吧。

  契诃夫的《三姊妹》中没有这样的婴儿，那部经典的五幕剧，从头到尾，讲述一位已故将军的三个女儿，她们在莫斯科长大，后来流落到边远小城；所以她们总是怀念过去，梦想回到过去，直到她们相继老去。她们没有孩子，也许，让她们日思夜想的"莫斯科"就是她们共同的孩子。我相信，在世界上所有的边远小城，都可能遇见这样的"三姊妹"，她们就像小城特有的风景，以寂寂寥寥的怀念，年年岁岁的梦想，为小城的生活提供着批评与鉴赏的尺度，并增添了必要的高贵、浪漫、伤感与童话般的温馨。

  那天的天气特别清爽，云朵也都落落大方，但河面上有风，是那种适于漫步，也挺让人怀旧的河风，淡蓝色的，闻起来兼有海魂衫和勿忘我的味道。就想起一幅油画，是十九世纪俄国画家瓦西里耶夫所作，题为《河风乍起的日子》。六月的伊尔库茨克正是这样的季节，河风乍起，衣袂飘飘。只是河面上已没有画中那样的老式帆船了，而大都是汽船和游艇，在远处闲荡般地驶来驶去。

  不过，那三个我们在路上遇见的俄罗斯女性，却仿佛还是被那样的老式帆船运来的。她们的出现与河风有关，也与这个城市的历史有关。从前，那样的老式帆船在这样的季节，总是让河风把帆胀得鼓鼓的，一副朝发白帝，远道而来的样子。而对于伊尔库茨克来说，不仅船，其实一切都是远道而来的。远道而来是这个城市文化精神的最大特点。教堂和信仰，沙皇和诏书，革命与传闻，甚至连爱情和衣袂飘飘的女人，也是远道而来的。可以说，除了冬天和寒流，除了草原、森林和土拨鼠，伊尔库茨克没有什么不是远道而来的，它从一开始就是个远道而来的城市。关键在于，不论什么，来到这片安吉拉河滋育、贝加尔湖恩养的土地上，虽是天涯海角，却很快就如归故里，芳草萋萎，勃发出新的生命活力。

因为那河，因为那湖，因为那拜占庭风格的建筑与中国风格的街路，这个城市在整体上就显得风物高闲，异于别处了。比如列宁广场，俄罗斯的每个城市都有列宁广场，这位苏维埃缔造者的雕像堪称林立，但在这里，至少我认为，那座列宁雕像的气度却有所不同，似表现着某种随遇而安、泰然处之的神态。这座列宁雕像正对着街角那座具有巴洛克风格的图书馆，那样天长地久的注视，会让人想起关于他的那些老电影，比如《列宁在十月》什么的，其中就有他在日理万机的工作和战斗中仍不忘彻夜读书的情景。可能正因为读书，伟大的列宁才会滔滔雄辩，妙语连珠，他才会振聋发聩地指出：死亡不属于工人阶级！等等，但话说回来，列宁其实又很平凡，本来就平凡，在如今就更平凡了，这是一个不需要读书也不需要雄辩的时代。在列宁广场的街头，车流驶过时，列娜告诉我们一个俄罗斯人的现代幽默，说列宁挥手的姿势仿佛是要打出租车呢。可想了半天，我一点也不觉得这是幽默，因为，你会这样幽默一棵根深叶茂的树而认为有趣吗？

美国诗人惠特曼曾赞美一棵有生命的、活着的橡树，它独自站立着，身边没有任何同伴，却也长出了许多快乐的叶子。二〇〇四年初夏，在伊市，我发现那座列宁雕像就很像这样的树，六月的河风吹过，那些快乐的叶子比安吉拉河右岸的教堂尖顶还要明亮。

木屋往事

在伊市为数不多的几家商店流连，我独看中了一只雕花玻璃杯，它太美了，俄罗斯有幅名画叫《绿色的高脚酒杯》，而这简直就是画中那只的绝配。宋代的晏几道曾有"绿杯红袖"之语，在姜夔的《暗香》词中，绿杯又被称作"翠尊"，所谓"翠尊易泣，红萼无言耿相忆"，多少近于雕琢了，但有人喜欢，如谭献的《谭评词辩》就对这两句十分激赏,评为"深美"。那么,这种老式的俄国酒杯也是深美的,设若其中斟入少量的红酒,有几根白皙的手指把它不无感伤地端起来,碧绿修长,再加上几许西伯利亚的阳光,那情景,还不真让你变得无言而易泣吗?

我希望能买到两只这样的"翠尊",女售货员却用咏叹调似的英语告诉我:Only one——仅有一只。他们怎么会仅有一只呢?我觉得好笑,看价格不过七十卢布,恐怕连工艺品都算不上,难道还真成传世的画了?想别的商店肯定还会有,就放弃了,可后来的情况证明,他们商店里出售的许多东西都是绝版,就连随处可见的套娃,有时也很难凑上对儿。所以可能整个伊尔库茨克,也仅有一只这样的 green goblet——绿色的高脚酒杯,这就像他们的郊外仅有一个贝加尔湖,市内仅有一处十二月党人博物馆似的。

所谓十二月党人博物馆(The Decembrist Museum),其实主要是几座木屋建筑,当我们驱车经过时,落霞满天,其中一座淡灰色的木屋正余晖脉脉,如在朝花夕拾般讲述着某个远方的清晨。旁边不远处,还盛开着一座粉红色的小教堂。列娜告诉我们,这就是大名鼎鼎的"沃尔康斯基木屋"。一八二五年十二月——如果那木屋真能讲述,我想它会这样开始——在当时沙俄的帝都彼得堡,一场注定要让我昔日的主人及其战友名扬千古的事件发生了,具体时间是十二月二十六日,但你们不要以为是刚过圣诞节,因为在俄罗斯,我们的圣诞节按俄历计算,要等过了公历新年一周左右呢。但尽管如此,整个事件还是有某种不同寻常的意味,我相信那是上帝的意旨,小教堂可以做证,我的主人沃尔康斯基公爵也是这样说的,否则,世界上怎么会有贵族起义呢?

在木屋眼中,包括其主人在内那些彼得堡的贵族军官,一定是为了信仰而战的,因为他们当时还那样年轻,都是世家子弟、五陵少年,就像是一整套绿色的高脚酒杯,但这些高贵的"翠尊",却不知何故,非要坚持和粗瓷蓝花碗以及村姑的陶罐站在一起。他们清晨起义，黄昏喋血，一连几天，涅瓦河都是"半江瑟瑟半江红"。后来，他们就像一个古老的部落被迁移似的，被沙皇尼古拉一世流放到西伯利亚边地，在这个当年还形同小镇的湖城落地生根。

十二月党人早期的劳役生活和后期比较安顿的岁月有所不同，"沃尔康斯基木屋"和相距不远的"特鲁贝斯基木屋"显然都是后期所建，不仅木屋分上下两层，院子里还设有门房马厩。这样的居所，是市郊那些十二月党人最早安身的小木屋所不能比的。那些小木屋虽非杜甫的茅屋，不必担心为秋风所破，但现在多少都已显得力不能支，足让人想见当年的风雪之暴虐。简陋的木窗，大部分是以质朴的绿色和温馨的蓝色为主调，这就是十二月党人的美学吧，当他们从一批高贵的生命沦为一群苦难的灵魂，最需要的就是质朴与温馨。

但总有些东西比质朴更沉重，如他们戴过的镣铐，伐过的松木，采过的乌煤；也总有些东西比温馨更隽永，如他们读过的书籍，抽过的烟斗，用过的茶炊，甚至还有他们写过的诗篇——所有这些符号所表征的意义，我想概括起来不过两点，那就是直面苦难，坚持生活，即使墨面蒿莱，也要歌吟动地。因此十二月党人在最初流放中的形象应该是这样的：他们一边抽着烟斗，一边点燃茶炊；他们不得不放下架子，努力学做好木匠、好矿工、好劳力；他们有时也喝酒，或者流着泪在小木屋给远方的妻子写信。

这些大义凛然的贵胄男儿，在西伯利亚的寒城雪野，该怎样表达对远在京师的妻子的思念呢？几沓俄文书信静静地放在陈列柜里，仅有两封是展开的，字体萧疏而枯劲，其中是否说了几分忏悔，几分哀愁，几分痛切，或者更多的还是真理的阐述、信念的雄辩，我们不得而知，但若以平常情理，发皇心曲，我还是愿引姜夔的《暗香》词，那种上重下复、左曲右折的追忆和怅惘，穿越时代与民族，庶几相通，兹录如下：

旧时月色，算几番照我，梅边吹笛？唤起玉人，不管清寒与攀摘。何逊而今渐老，都忘却，春风词笔。但怪得竹外疏花，香冷入瑶席。

　　江国，正寂寂。叹寄与路遥，夜雪初积。翠尊易泣，红萼无言耿相忆。长记曾携手处，千树压，西湖寒碧。又片片吹尽也，几时见得？

当坚强的党人变成了易泣的"翠尊"，耿耿相忆的"红萼"更早是泪飞如雨。于是妻子们来了，十二月党人的妻子，这些俄罗斯历史上最深明大义、最动人心弦的女人联袂而来。她们从风情万种的彼得堡来，从光彩照人的贵族社会来，从春深似海的主流文化来，她们来得倾城倾国。我们知道大诗人普希金写过《致西伯利亚囚徒》，仅有数行，是献给十二月党人的，但他的长诗《波尔塔瓦》，却是献给他所爱慕的一位十二月党人的妻子，即小木屋的女主人沃尔康斯卡娅公爵夫人的。据说，当这位年轻貌美的将军之女决定放弃在彼得堡的一切，毅然奔赴风雪边城去陪伴她的丈夫时，整个俄罗斯上流社会都为之震撼了，在她去西伯利亚的途中，包括普希金在内的莫斯科文化界还曾为她举办了盛大的欢送宴会，那情境，似颇有"易水萧萧西风冷，满座衣冠似雪"之慨。不知道为什么，公爵夫人在宴会上的致辞并没引起普希金的注意，因为他在两年后写出的《波尔塔瓦》及其他诗作中均未提到此事，但公爵夫人在致辞中所说的那几句朴实无华的话，却被后来的一位诗人涅克拉索夫记住了，并使之流传后世："西伯利亚是那样遥远，西伯利亚是那样寒冷，但还是有人住在西伯利亚。"

十二月党人是一首诗，十二月党人的妻子是另一首诗。

除了沃尔康斯卡娅公爵夫人，还有特鲁贝茨卡娅公爵夫人。后者居所的特殊标志，是木屋旁还栽有两棵白桦树。站在那座木屋小院，我心中响彻了涅克拉索夫的威名,至少在表现俄罗斯历史的苦难方面,我认为他可能超过了普希金。他献给十二月党人妻子的长诗《俄罗斯妇女》,甚至不乏马克思所赞赏的伦勃朗的强烈色彩。其中最被人称道的一节,是写特鲁贝茨卡娅公爵夫人在幽暗的矿井中见到久别亲人的情景:"在拥抱我的夫君之前,我先把镣铐贴近我的唇边。"——这样的表现,可能只有俄罗斯女性才会有,或只有俄罗斯女性中的公爵夫人们才会有吧——当镣铐贴近真爱的芳唇,那镣铐会不会被刹那感动,会不会顿时变得柔软,会不会破壁飞去呢?

"八千里路云和月"的流放,挡不住"当时年少春衫薄"的柔情。而镣铐也真就那样破壁而飞了,等着在许多年后化为展品。自从妻子们来到西伯利亚,苦寒之地的边城开始有了冰雪消融的迹象,寒城远眺,大野苍然,小木屋燃起了壁炉和灯火,甚至钢琴的音乐声也随风飘起了。韩愈《听颖师弹琴》的开头,我从小喜爱:"昵昵儿女语,恩怨相尔汝。划然变轩昂,勇士赴敌场。"而对于当年的十二月党人来说,这情景更像是往日重现的悲喜剧,虽然他们仍是戴罪的囚徒,但只要回到木屋,就不啻又回到了往日的帝都家园,还是那样的昵昵儿女,还是那样的软语灯边。妻子们给她们的夫君带来了普希金的诗歌,并一起嘲笑沙皇关于允许改嫁的诏书,说什么破诏书哇,他还算我们的皇帝吗?有一位妻子,还特意给她的夫君带来了精美的白金烟斗,那是荷兰人所制,造型典雅开放,上面还镌刻着风车和郁金香图案。这枚烟斗作为展品,在一堆黄杨木雕的烟斗中显得不同凡响。

以这枚十分"西化"的烟斗为标志,随着妻子们的到来,伊尔库茨克明显进入了"西风东渐"的过程。这些初到伊市的"伊人",以俄罗斯妇女传统的勤劳、干练和知识女性特有的启蒙热情,在这里着手开办最初的学校,出版最初的报纸,设立最初的医院,组织最初的学术团体,扶植最初的艺术人才。总之一切都是最初的,如同她们最初的爱情。这样的爱情,就像一枚枚坚贞的烟斗,耿耿追随,殷殷相伴,不离不弃，点燃了伊尔库茨克，温暖了整个西伯利亚；而这样的烟斗，又像一朵朵火红的玫瑰，迎风怒放，傲雪盛开，不凋不谢，芬芳了十二月党人的名字，并让这段最意味深长的俄国往事在黑夜中传遍大地。

读城如读书，诚哉斯言。而对于伊尔库茨克，可以说，自从有了十二月党人和他们的妻子，这个城市才真像一本书了。所以汉语有时把它译成"页尔库茨克"，也不错，意思是书虽不厚，毕竟有那么几页，可圈可点。其实还有第三种译法——"叶尔库茨克"，我同样喜欢，因为，也许它真的很像一片叶子，譬如古铜色的烟叶，色泽沉厚，回味悠远，不知从何时起，就那样温温润润地垂落在贝加尔湖边，其声磬然，至今回响。

白羽草原

到伊市的第二天，我们乘车去贝加尔湖。

六十俄里的柏油公路，溯晶亮清澈的安吉拉河而上，给人的感觉是一条银链闪烁，一条青练蜿蜒，坐在巴士上，时有深呼吸式的流畅起伏，视野旷远而抒情。近三个小时的路程，最打眼的是两边茂密而修长的西伯利亚松和云杉，挽手矗立，风情万种。间或还有列队迎风的白桦林，营造出某种既明亮又迷茫的初恋格调。也有大片的黑麦，被他们的大画家希施金初步画过的样子，因为还没画上撑起麦田的几棵橡树。

安吉拉河迎着我们一路奔流，越接近源头，那河面就越开阔，河水也越有气势。列娜向我们介绍，说贝加尔湖素有"西伯利亚明珠"的美誉，还被称作世界"第五大洋"，这里的淡水占世界淡水总量的五分之一，比美国五大湖的淡水加起来还要多。这么多的五，还是明珠，真好。怪不连安吉拉这条名不见经传的蕞尔小河，也显得风情迥异，河水那么清，河风那么爽呢。列娜说，安吉拉在俄语中是个阴性词，她实际上是贝加尔的女儿河。为什么呢？我忍不住问。这很好理解呀，她那猫声猫气的汉语透出炫耀，因为有九十九条河都是流进贝加尔湖的，只有安吉拉河是从贝加尔流出来的，就像女儿总是要出嫁嘛。这样的说法，加上她的语气，让全车的人都开怀大笑起来。不一会儿，我们的巴士就开到了湖与河相接的地方，大湖的边缘已清晰可见。这时列娜又站起来，指着汪洋水面上凸起的一块大圆石说，看到了吗？这叫"圣石"，就是贝加尔抛出的石头，因为安吉拉河不听父亲的话，要跟远方的叶尼塞河去私奔约会，父亲气坏了，就攥出来用石头抛她。这越发好笑了，大家就都挤到车窗前去看那"圣石"，列娜也在旁边跟着笑，那神色就像个很高级的画家，在欣赏自己用寥寥几笔就勾勒出的"贝加尔老人"的形象。

这民间传说中的贝加尔湖，不仅特别有趣，也具有全世界的共通性。你看，他性情暴烈可比莎士比亚的李尔王，而那种刚直和倔强又酷似中国北方的农民，他有众多精壮的儿子，却只有一个宝贝女儿，自然要视为掌上明珠。所以，当女儿不顾礼法，自作主张，要红杏出墙，父亲的愤怒可想而知。贝加尔湖，他是一个很要面子的父亲，也是一个很有尊严的老人。相比之下，这出走的女儿则显示了俄罗斯文化独特的性情，那就是对远方的不懈渴望，对边疆的一往情深。美丽的安吉拉河，"西伯利亚明珠"的明珠，这样的女性形象在屠格涅夫笔下，在托尔斯泰笔下，在陀思妥耶夫斯基笔下，我想至少能找出两打左右。还有十二月党人的妻子们，当她们从雍容华贵的涅瓦河畔来到独行荒野的安吉拉河身边，是否也会从后者勇敢的波光中看到自己义无反顾的影子并汲取到心心相印的精神力量呢？

不用说，贝加尔在俄语中肯定是阳性的词。但实际上它是刚柔兼济、雌雄同体的；既像父亲，也像母亲；既是世界上最幽深、最荒寒的湖，也是世界上最温馨、最纯净的湖。站在一望平远的大湖边上，你会顿感一种双重风格的张力，头上长风浩荡，脚下却是柔柔的轻波；

远处的崖岸陡峻峭拔，近处的沙洲却闲闲地散落着白嘴鸦，而待它们飞起时，又仿佛是一群小脸俏皮的海鸥。在有关安吉拉河的传说中，海鸥是一个类似"红娘"的角色，说有一天正是海鸥飞来，告诉待字闺中的安吉拉，说远方有个叫叶尼塞的小伙子，十分勤劳勇敢，少年英俊，而且属于高贵的北冰洋家族。安吉拉就这样被海鸥说动了芳心，从此一去不返，远嫁叶尼塞河，成了北冰洋家族的儿媳。

有人说贝加尔湖应该是海，也不无道理。这一大片古老的水域，真可谓既有湖的风韵，也有海的风神，那湖光山色的秀美中，总似隐曜着海雨天风的雄浑，好像在证明它不愧是北冰洋门当户对的亲家。特别是在船上，那种碧波千顷，横无际涯，气蒸漠北草原，波撼远东诸城的气势，让你明知不是海，也得当成海了。我们租用一艘蓝白相间的游船，十多个人坐在带篷的甲板上，围着桌子开始喝起啤酒，男的女的，脸上都洒着西伯利亚金子般的阳光。船主人通过列娜推荐，给我们每人都上了一条鲜美的烤鱼，说绝对是贝加尔独有的特产，形似鲑鱼却不是鲑鱼，名字说了半天，最后被谁音译为"奥妙"（通译为奥木尔鱼），大家都说好，就叫"奥妙"了。船主人看我们高兴，还主动赠送一大瓶黑葡萄酒。我们就这样在贝加尔湖上，吃着"奥妙"鱼，喝着啤酒和黑葡萄酒，后来还唱起了几首苏联及俄罗斯的老歌。

船开得很平稳，歌也唱得尽兴，但我知道，其实大家的心里都隐隐有一点战栗，毕竟这是世界上最深的湖哇！据记载，贝加尔湖不仅地震频发，而且多有沉船事故，至今湖底还沉着一艘十九世纪的大船，名为"沙皇皇储"号。所以当地居民有个说法：贝加尔湖不归还任何东西。是呀，你让它怎么归还哪？而且它也不屑于归还，什么东西收就收了，沉就沉了，这不可一世的大湖，连"皇储"都敢劫留，你还想让它归还什么？总之想到那深，你就无法不战栗，就像你面对高耸入云的大教堂似的。于是就忍不住去想象整个湖底的形状，还别说，或许它真的像一座哥特式大教堂呢，只不过这教堂是倒过去的，拔天而起,深入地下,但同样值得仰望和敬畏。而如果不是倒过去,还是正过来看,那它又恰像一只硕大沉实的绿色高脚酒杯,被西伯利亚的草原和群山紧紧搂在怀里。

在湖上,我们乘船大约游了一小时,回到岸边,再看那泱泱的湖面,似另有一种天地大荒、风露浩然之感。想这大地的酒杯,这碧澄澄、黑沉沉、深不可测的湖,被造化稳稳当当地放在西伯利亚,倒也真是恰如其分。那片辽阔的土地使它显得盛大,而它则使那片土地显得深沉。远看,群山历历;近看,芳草绵绵。在这样的土地上行走,就连我们的脚也似乎感到了愉快,乐不可支地走,打着口哨走,仿佛走在这样的地方,也算没白当一回脚似的。

俄罗斯作家中,拉斯普京是西伯利亚人,他写过《活着,可要记住》,还写过《贝加尔湖啊,贝加尔湖》。他说你要知道这湖水有多么纯净,可以把一枚硬币投下去,在二三百米的深处,都会清晰地辨认出铸造年份。说此地的民风也像湖水一样纯净,世居湖边的埃文基人,他们很少砍伐树木,如果砍掉一棵小白桦,那可要忏悔很久很久的。

而早在拉斯普京之前,喜欢旅行的契诃夫也到过贝加尔地区,他描述这里的风光,说它是"瑞士、顿河和芬兰的神奇汇合"。瑞士和芬兰都以"千湖之国"闻名于世,不同之处在于前者的山也美,后者的海也蓝,说贝加尔湖兼具二者的风光之胜,当然没问题,但要说这风光中还有顿河元素,却是有点出人意料。河是河,湖是湖,尽管河有时能像湖那样静(小说《静静的顿河》尽人皆知),可湖能像河那样野吗?说不定也能。或许契诃夫想说,河也能作为湖的参照,一个真正的大湖,它不仅可以像海那样气象万千,也可以像河那样奔流不息,从而也可以像马那样,独自穿越在草原与群山之间。

草原,对了,这里的草原倒是真有点像顿河草原。特别是有一种白羽草,湖风吹过,阵阵涟漪,俨然是另一种湖;海风吹过,波浪起伏,又俨然是另一种海了。列娜向我们介绍,说这里的生态环境是最独特的,世界上独一无二的物种就多达一千种以上,比如著名的贝加尔海豹,著名的胎生贝湖鱼,著名的孔雀蝴蝶等,也包括著名的白羽草原。贝加尔周边幅员辽阔,据说分布着许多草原,有苦艾草原、三叶草原、灯芯草原,而最著名也最独特的,还是这种白羽草原,它像是大湖吹响的一曲风笛,悠悠扬扬地让人心动。

实际上,我们看到的那片白羽草,不过有几顷地的规模,但草原再小,也是草原,关键是那份悠扬和纯净,水白如草,草白如风,间或还可以看到高大的黑桦与白榆,闲云般地生长着,它们也是贝加尔湖独特的物种。白榆树下,还正有一对新人在举行婚礼,场面庄重而奔放,真像是来自顿河岸边的一簇簇火,在大湖之滨点亮了一种特殊的气质和风情。而远处,淡蓝苍翠的山间,似飘着几缕羊群,像某个难忘的冬天留下的雪痕。

那是苏武的羊群吗?

终于想起了苏武——"几处吹笳明月夜,何人倚剑白云天。"一个中国人,既然到了贝加尔湖边,无论如何也该想起苏武,那个遥远汉代的使臣,杰出的爱国者,历史上最著名的牧羊人,就是在这里,宣告了他的民族气节和巨大耐心,并从而流芳百世的。苏武,字子卿,生于汉景帝后元元年,卒于汉宣帝神爵二年,即公元前60年。以此推算,苏武出使匈奴,继而被当作人质留下牧羊,"雪地又冰天,穷愁十九年",应该是紧贴公元纪年初始的时候。那时基督教还未诞生,佛教尚在襁褓,荒寒的贝加尔地区,正是匈奴人营帐千里、铁蹄铮铮的胡天胡地,中国人称为"北海",虽胡笳声声,却人烟稀少,苏武就是在这"北海上无人处",哼唱着汉代的牧歌,怀念着汉代的玄鸟,漫山遍野地撒开了他心爱的羊群。

从小熟悉陕北民歌《五哥放羊》,说五哥放羊没有衣裳。不知两千多年前,那位来自大汉朝的放羊的"武哥"有没有衣裳,又有没有一个匈奴女孩,把小袄改了让他穿在里边。那时世界上到处都是牧羊人,希腊的、罗马的、英格兰的、苏格兰的,包括后来的占领者俄罗斯人,那时还远未翻过他们民族的界碑乌拉尔山,也在欧洲一隅的斯堪的纳维亚半岛上牧羊。但牧羊和牧羊是不一样的,整整十九年,把自己雕塑在冰天雪地、风吹草低中的苏武,所代表的是一个文明程度遥遥领先、早已不是以牧业为本的偌大汉王朝,可以说,他放牧的是一种乡愁,一种血脉里的忠诚与信念。他是贝加尔湖乃至整个西伯利亚地区最早的囚徒,在他被劫留这里约一千八百年之后,另一批怀抱信念的囚徒才来到这里,那就是十二月党人。他们是那样不同,但他们不屈的信念、凛冽的信念又是多么异曲同工。在这个意义上,我想,或许可以把我们的苏武称为"十一月党人"吧。

只是,苏武不会有自己的烟斗,他的时代还没有文明到吸烟斗的程度,甚至,他的时代还没有培育出玫瑰。这就像十一月的雪飘飘洒洒,十二月的雪纷纷扬扬,总归是有所不同的。

而我却终于买到了一枚烟斗,在湖边的露天市场上。那个市场规模不大,整齐的摊位上主要出售当地的旅游纪念品和工艺品,接近返回时,列娜让我们在此自由购物。转了半天,我给女儿买了两个桦树皮做的首饰盒,还买了一件可有可无的白银花瓶。正要索然离开时,恰好看中了那枚烟斗。它是用白榆树根雕成的,典型的贝加尔土产,造型虽不甚精巧,却憨然古朴,最让我动心的,是上面刻着的"三套车"图案,其实主要凸现的是三匹马,神态轩昂地扑面而来,而车和驭手是几乎看不见的。于是就买下了。其他几个旅伴也跟着买。临上巴士的时候,看我们这样每人手持一枚烟斗回来,并没有买别的更多东西,列娜的表情有点失望。过了一会儿,等大家基本都在车上坐好后,她才说,你们知道"米尔钻石烟斗"吗?可惜这次不能去,明天我们就要飞莫斯科了。然后她解释,说那米尔也是一处著名景点,也在西伯利亚,原来是个很大的钻石矿,停止开采后供人们参观,形状就像个地下烟斗。过了一会儿,等车开了,列娜像感叹似的又补充说:

我们俄罗斯，可是有世界上最好的烟斗呢。

我们中不知谁接了一句：还有最深的湖——北海。

"北海"这名字真好，是我们中国人给起的，始于汉代，是贝加尔湖的乳名。中国人还给它起过另一个名字"于已尼大水"，始于魏晋，这名字似乎更美。魏晋时什么都讲究美，所以才有"一种风流吾最爱，魏晋文章晚唐诗"之说。

但魏晋时也没有烟斗，竹林七贤肯定不会吸烟斗。

在返回伊市的路上，我觉得手中的烟斗似在静静生长，并变成了一个很大很大的意象。美国诗人史蒂文生说，他在偌大的田纳西州放置了一个坛子；而俄罗斯人，则在偌大的贝加尔湖，乃至整个西伯利亚，放置了一枚烟斗，放在小木屋，也放在白羽草原，仿佛这就足够了。

我要把这枚烟斗带回家，而且，我还要买到绿色的高脚酒杯，无论在莫斯科还是圣彼得堡，一定要买到，并且是两只，回家把它们放在书架上，这样我就等于拥有了两个贝加尔湖，一只倒过去放，是哥特式的湖，一只正过来放，是翠尊式的湖，它们既代表一种历史，也代表一种哲学。有时候，它们还能映出苏武的羊群。

托尔斯泰与勿忘我

那年夏天去莫斯科。

是初夏的六月,天空浅蓝,红莓花山楂树的旋律混杂着烟草气息。一个中国作家团,来自东北。其实我们一共走了三个城市:伊尔库茨克—莫斯科—圣彼得堡。有人说这条路线,就像俄罗斯历史文化的三折屏:伊尔库茨克有贝加海湖和十二月党人博物馆;圣彼得堡有白夜、冬宫、夏宫和普希金的皇村;而莫斯科居中,正如它作为首都的地位。

那莫斯科有什么呢?首先,是钟声和教堂。莫斯科的教堂真是太多了,就连红场和克里姆林宫,整个建筑群也因几座大教堂的簇拥而更显庄严和恢丽。当天有小雨,巴洛克式的,某种嫩绿,某种浅灰,别具格调。一路钟声悠扬,空气中有雨味,钟声也有雨味,我们的中巴车穿过大街小巷,仿佛唐人杜牧的诗句也斜斜飞来:"南朝四百八十寺,多少楼台烟雨中。"

但我们不是为这些而来的,一个喜欢读书写作的人,到莫斯科最大的愿望,还是要看看托翁故居,这是不言而喻的。所以当导游说要去那个小院,一车东北人,都不虚此行似的振作起来,仿佛走亲戚,又近似朝拜。有人讲起美国哈佛大学,说某教授给学生讲俄罗斯文学,先拉上窗帘,霎时昏黑。然后点起一支蜡烛,说此乃普希金也;复又打开灯,说此乃契诃夫也;最后走到窗前,一把拉开窗帘,阳光倾入,光明美好,宣布说:这就是托尔斯泰!

很恰当的讲述,大家纷纷点头,不是吗?这就是托尔斯泰。

01

车停了，一条小街，一个小院。导游说这就是托尔斯泰故居博物馆，街也叫列夫·托尔斯泰街。于是一行人踊跃下车。刚进院子，却被告知：当日闭馆。说小院和后边的花园可以看，却不能走进故居的小楼。怎么回事，因为下雨吗？可这是小雨，而且差不多要停了。导游说她也不知道。有人调和，说要不明天再来吧。导游说不行，明天还有明天的行程。总之很无奈，就像远道而来，却被亲戚拒之门外似的。但想到托翁的博大，只好也博大一回，说那就去看花园吧，小园香径，也不枉到此一游。

小院之小，近乎爱丽丝漫游奇境记，赭黄色小楼，绿色屋檐和窗扉，就连门旁陈列的托翁著作，也都是袖珍本，手掌大小。想到这就是托尔斯泰写出《复活》的地方，那种失落的感觉，什么似的。刚要转身，对面走出一位大学生模样的女士，成人版的爱丽丝吧，衣着显旧，并不时尚，披一条素朴的蓝纱巾，施施而行。Hello，hi——我赶紧上前，试着用英语交流。我学过几年英语，也教过几年英语，那次算是派上了用场。

交流很顺利，她说自己是莫斯科大学的研究生，因为毕业论文写托尔斯泰，是来查资料的，已经来过多次。听我说了不能进入小楼的情况，她笑了，童话般的，那种既顽皮又庄重的笑意，用英语说：Follow me——跟我来吧。

就这样，当所有的旅伴都去了花园，我却近水楼台，跟着"蓝纱巾"潜入了托翁住过的小楼。走的是暗门，过道很窄。进去有个俄罗斯老太婆，神情淡漠坐着不动。"蓝纱巾"向老太婆说了几句俄语，老太婆颔首，指了指旁边桌子上的俄式茶炊，古朴而苍茫。

一些厨具。一架钢琴。托尔斯泰半身塑像，五柳垂胸的样子。许多黑白照片。长长的走廊,十多个房间,一个大餐厅,好像还在怀想当年高朋满座之盛。主卧室,保育室,小教室。大女儿的房间,二女儿的房间,男孩的房间。大客厅,小客厅。托尔斯泰写作的书房。总之楼上楼下,都让人亲切得不行。"蓝纱巾"指指点点,充当解说,给我讲起小楼的旧时月色,托翁的前尘影事。

——托尔斯泰伯爵买下这所房子是一八八二年,是的,全家居住。前后有近二十年。就是在这里,他看书写作,接待客人,还经常到院子里喂马劈柴,有时还要出去打水,远到莫斯科河那边。对,这就是伯爵和夫人。当时来这里拜访的客人太多了,伯爵夫人有时也不胜其烦。

——在俄语中,托尔斯泰有"肥硕"的意思。当然是贵族之家,他姑母能经常见到沙皇尼古拉二世。他父亲的亚麻衣物一定得送到荷兰去洗。他母亲连半个不雅的词都没听说过。嗯,这是他年轻时的照片,谁都年轻过。当年他曾剃掉过自己的眉毛,因为说这样会更浓更密。

——一八八五年他成为素食主义者,身体一直很好。自行车,是的,他六十五岁时学会了自行车,非常喜爱。当然也会骑马,八十二岁还能策马扬鞭,看这张,多像个少年,在马上还随手折下桦树枝。应该是在回波利亚纳的路上——托尔斯泰的故乡,在莫斯科南面,大约一百二十英里。

——是呀,那里有他的庄园和土地。列夫·托尔斯泰喜欢土地,也喜欢亲自干活。每年春天或夏天,他都要返回故乡,经常是徒步,每次要走三天,夜里就住在农民家。有时也骑马。托尔斯泰与农民,与故乡,与土地,有好多故事呢。

——你喜欢这幅照片?很多人都喜欢,我也喜欢,喜欢极了。是在他家乡的田野上,他怀里的花儿是Незабудка——对不起,这是俄语,英语是forget-me-not,你们中文叫什么?哦,勿忘我,俄语中没有这个我，就是不要忘了，别忘了的意思……

"蓝纱巾"就这样边走边讲。

我应该记住她的名字，她告诉过我，是叫薇拉还是丽莎，或者就叫薇拉吧，这名字更贴近她的气质。一个多小时，薇拉陪我转完了那个小楼。最后我们还到厨房坐了一会儿，薇拉给老太婆几个硬币，请我喝了一杯浓浓的红茶。直到听见外面导游的声音，我道谢并告辞出来。薇拉坚持送我。走出院子的时候，旅伴们都已坐在中巴车上，导游的眼神复杂，说要先午餐，然后去看契诃夫故居、高尔基文学院和彼得大帝童年庄园。

02

从那个夏天到现在，已经有快十年了。当时一起去旅行的作家，只有几个保持了电话和微信，偶尔联系，还会谈起那次旅行，意犹未尽的样子，说看到谁写的贝加尔湖了，还有谁写的圣彼得堡白夜了，都感到特别亲切。也有写莫斯科的，但主要是写高尔基文学院，以及阿尔巴特街、莫斯科大剧院、马雅可夫斯基地铁站。我说：怎么没人写托翁故居呢？他们就说：那得你来写呀，你不是没去花园吗？和那个"蓝纱巾"，车都开了，人家还在下面招手呢。

是呀，我应该写一写，那个童话般的小院和传奇的小楼。之所以迟迟没有动笔，是因为事已阑珊，提不起情绪，更何况像托尔斯泰这样的文学巨人，仅凭浮光掠影的印象，也怕说不出什么来。直到前年的秋天，收到一本书，看过之后，好像才重新找到走近托翁的感觉与思路。

英文版的《里尔克的俄罗斯》是大学同学从美国寄来的，作者安娜·A. 塔维斯，任教于康涅狄格州费尔菲尔德大学，该书记述了奥地利诗人里尔克在一八九九年和一九〇〇年两次到俄罗斯旅行，拜访和会见托尔斯泰、高尔基等作家以及与帕斯捷尔纳克、茨维塔耶娃等诗人通信交流的经过和心路历程。本来是随便翻翻,但不知不觉就被这本书平常的视角和简素的笔调吸引了,特别是和托尔斯泰有关的章节,我读着,就仿佛作者是另一个薇拉,也系着蓝纱巾,正在娓娓道来,接续讲述一百多年前托翁的日常起居、亲情纠葛、待客之道、家事悲欢。

比如书中有一节"在托尔斯泰家吃茶",写的便是托尔斯泰在家中接待客人的情形。当时的托翁虽上了年纪,仍每天坚持写作,一般只在下午茶或晚餐时会见来访者。宾客络绎不绝,多是贵族名流、编辑记者,还有远道而来的外国作家与诗人,如里尔克和莎乐美及其丈夫即是。"有客有客,亦白其马",托翁家的待客之道是闻名遐迩的,稍有体面者,据说都会被留下吃茶,与托尔斯泰伯爵共进晚餐。吃茶即吃饭,这几乎是很中国式的表达,宋诗有云:"万事卢胡吃茶去,不知谁主更谁宾。"即是此意。至今在南方,请人吃饭时,也往往会说请吃茶。

但是于客人而言,在托翁府上吃茶却并非都是愉快的经历,相反会时常面临尴尬。首先托翁自己吃素餐,而给客人准备的则是丰盛的正餐,这未免让人感到窘迫。而更觉难堪的是其家中氛围,托尔斯泰和夫人索菲亚往往一言不合,即成风暴。很多人见证,说索菲亚的不近人情已到这样的地步,时常当着客人的面,把家里的书扔得到处都是,并且总是怒气轩昂,甚至对来访者多有抱怨。里尔克就曾亲见过这样的情景,索菲亚正在发火,一个年轻女仆从后屋走出,嘤嘤而泣,后来还要托尔斯泰本人去安抚女仆。还有托尔斯泰的公子,好像也不让人省心,里尔克记得他们那次在托尔斯泰家吃茶,客人们正在举杯,他家的公子进来了,在门厅看到客人们的外套之后,大声嚷道:"唷,这么多人还在这里呀!"这样说话显然是一个信号,所以客人们都知趣地站起来告辞,他们刚走出房子,恰好复活节的钟声响起,次第应和,回旋浩瀚，送他们出门的托尔斯泰还在讲着什么，钟声却淹没了他的教诲，久久才茫茫平息。

03

啊，莫斯科的钟声，好一个在托尔斯泰家吃茶。

想起《安娜·卡列尼娜》的题词："幸福的家庭都是相似的，不幸的家庭各有各的不幸。"托尔斯泰写下这句话的时候，是否也想到了他自己的家庭呢？其实家庭，也并不都是非此即彼的，所谓家家都有难唱曲，托尔斯泰家也并不例外，甚至那种难唱的程度更高，更令人瞩目。没办法，这就是生活。

或许还是里尔克说得对：生活和伟大的作品之间，总存在着某种古老的敌意——这句名言，是他那次在托尔斯泰家吃茶之后有感而发的吗？不知道，但对托尔斯泰来说，这无疑是恰如其分的。

还是说吃茶吧，轻松一点。

我有时想，自己也算是在托尔斯泰家吃过茶的人吗？我知道这样想很没劲，但我真的很珍惜那次走进托翁故居的经历。毕竟我在那个小楼里喝过一杯"恰伊"——俄语中"茶"的发音，和汉语接近。这不难理解，因为茶就是从中国传到俄罗斯去的。那大约是明朝万历年间，中国使节向当时俄国罗曼诺夫王朝的沙皇赠送了几俄磅的茶，从此"恰伊"就在那片土地上流传开来，渐成习俗，下至平民，上至贵族，无不喜好。据说托尔斯泰也对此情有独钟，每天都要喝很多茶，直言茶能唤醒他灵魂深处的东西，没有茶，他就无法工作。

实际上托尔斯泰在世时，要去他的莫斯科家中喝杯茶应该不难，"日高人渴漫思茶，敲门试问野人家"，十九世纪风气好，在莫斯科，想喝茶敲伯爵家的门也没关系。但喝茶和吃茶是不一样的，要真正被留下吃茶，则并不容易。据说当时全莫斯科都知道，托尔斯泰家有两个门,贵族或社会名流走前门,而普通人或当地的农民则需要走后面的暗门。根据安娜·A.塔维斯在书中的讲述,大作家高尔基也曾享受过后门的待遇(想到我和高尔基待遇相同几乎值得骄傲)。那是一八八九年,年轻的高尔基已经很有些名气了,第一次到托翁府上拜访,因为穿着比较简单,或者有点破旧,被当成了附近的农民,不仅是走的后门,而且刚一见面,托尔斯泰夫人就开始抱怨,说她丈夫身为伯爵,就是离不开农民,简直不可救药,一边说着,一边打发仆人送高尔基去厨房吃东西。高尔基朴实纯良,也没做任何解释,就很农民地去了厨房,那里有面包和咖啡,当然也有"恰伊"。我读到这个情节,不禁莞尔,忽又感动至深,想起鲁迅的小说《故乡》,说回故乡搬家的时候,他少年时的伙伴闰土来了,见面只是默默地吸烟,吃饭时,就自己到厨房去吃。

总之,美是难的,虽然难的未必美。大约十年之后,当里尔克和莎乐美来到俄罗斯,也是怯生生的,惴惴之情,溢于言表。"如果运气好,我们会拜访列夫·托尔斯泰。"里尔克给朋友写信这样说。到达莫斯科之后,他们先给画家帕斯捷尔纳克打电话,拜托他帮忙联系此事。这位画家,我们可以称其为老帕斯,因为他不仅是我们熟悉的《日瓦戈医生》的作者帕斯捷尔纳克的父亲,而且和托尔斯泰有着很深的交往,作为一个素描大师和莫斯科绘画学院的教授,他还是托尔斯泰作品的插图画家之一。当时为了给《复活》做插图,老帕斯几乎每天都能见到托尔斯泰。在他的帮助下,李尔克与莎乐美及其丈夫才得到了去托翁府上吃茶的邀请。

04

与他们在莫斯科托尔斯泰家中吃茶的经历相映成趣的,是里尔克和莎乐美夫妇对波利亚纳庄园的寻访。那是第二年,也就是一九〇〇年的五月，当他们再次来到俄罗斯，准备去基辅的路上，恰好于莫斯科火车站邂逅了老帕斯一家。一个小男孩，正睁大眼睛看着里尔克，他就是小帕斯，年仅十岁的未来诗人和作家帕斯捷尔纳克。而老帕斯是温厚的，这位曾帮过他们的大画家主动提出，可以协调安排他们去波利亚纳一游，因为他恰好从一个铁路官员那里听说，托尔斯泰一家刚刚返回他们的波利亚纳庄园。简直是最好的安排，里尔克和莎乐美当即决定，在没有被正式邀请的情况下去波利亚纳看看。在火车站给托尔斯泰发了封电报之后，他们就出发了，一种历险精神为他们的行程增添了特殊的意味。

从莫斯科到波利亚纳的路线人很多，他们按照老帕斯的建议，先搭货运列车到一个小车站，再雇一辆马车去波利亚纳村。终于到了，穿过草木丛生的园林，就是那座闻名遐迩的白房子。按门铃，是托尔斯泰亲自开门，让两位不速之客先进屋，并说那个下午可以陪他们多坐一会儿。但是当索菲亚发现他们之后，却以托尔斯泰身体欠安为由，差点把他们从屋里赶出去。他们解释已经和托尔斯泰说好了，等他休息时再见面。索菲亚悻悻地转身离开，去了旁边的藏书室，一边大声说起什么鞋，意思是她的丈夫忙得连脱鞋的空儿都没有。

尽管有点"五马长枪"（请原谅我用这句东北土语）的样子，但这段记述还是有助于人们对托尔斯泰夫人的同情了解，毕竟索菲亚也是出身名门，年轻时更是窈窕贤惠，属于"屠格涅夫型的妻子"，说到底，她是真心关爱自己的丈夫的。所以我们不应该把托尔斯泰的所有烦恼和痛苦都归咎于女性和家庭生活，那样不仅有失公允，也是肤浅、片面，缺乏应有的宽容、理解、想象力与幽默感的。

还是里尔克，不愧为杰出的诗人和观察者，他对托尔斯泰的认识不乏深刻和超越，他写道，托尔斯泰身上有数不清的矛盾，这正是他作为一个伟大作家的标志，而当这位巨匠试图冲破围墙，他的精神也在痛苦中不断生长，恰如在《复活》的开头，那些从坚硬的石缝中奇妙长出来的春天的小草。

好了，还是让我们轻松一些，回到开头。一九〇〇年，暮春或初夏时节，帕斯捷尔纳克和里尔克，这两个重要的诗人相遇了，却几乎没有人注意。直到许多年后，年轻的俄罗斯诗人帕斯捷尔纳克仍念念不忘，他清晰地记得，当自己还是一个灰眼睛的男孩，跟着父亲老帕斯，在莫斯科火车站见到德国诗人里尔克的那个遥远的五月。于是，出于崇敬和怀念，他开始给里尔克写信，写了很多信，其中第一封追忆年华似水，是这样措辞的——

"您一定还记得莫斯科吧？古老的、迷人的、如今已成传奇的莫斯科……还有托尔斯泰，他的旧家，他的故园……"

不愧是诗人书简，虽然我并没觉得莫斯科有多么迷人，这两句话却很迷人，几乎连省略号都是迷人的。可以说，这样的句式和语气正是我对托尔斯泰故居的感觉，那个小院，那座小楼，都让人感觉亲切而笨拙，并有一种说不出的怀旧感与乡愁，仿佛你正站在时光的省略号上。

05

还有什么呢？对了，一幅照片。

托尔斯泰晚年，最先进的技术和传媒已被用来传播他的形象。美国的托马斯·爱迪生提供留声机来记录他的声音，柯达公司的第一批照相机刚上市就寄往托尔斯泰家中。还有，据说有很多画家、雕塑家、摄影家，都为争夺他的闲暇时间而相持不下。俄罗斯第一张彩色照片和第一张签名照片，都是托尔斯泰的肖像。所以和同时代的作家们相比，托尔斯泰的照片存量是非常可观的，以至于在他身后还引起过胶片所有权的纠纷。

而这幅照片似乎更有独特性，在安娜·A.塔维斯的书中，我发现它在不同的章节被多次提到，如同某种线索和象征。其来历是这样的，说托尔斯泰卜居莫斯科的时候，每年总有一两次，要回到故乡的庄园去。他往往是一大早出门，在春天的田野上，一边和农民们打招呼，一边从地上拾起一簇簇的勿忘我花。有人将这情景拍照下来，画家奥尔康斯基非常喜欢这幅照片，坚持把它用作《复活》的封面。

《复活》的封面，还有什么比这个设想更恰当呢？春天的田野，勿忘我开遍的田野，鹧鸪声声，花影幢幢，花是蓝色的，早晨的雾也是蓝色的，只是深浅不同而已。或许还有几匹马，静立如仪。简直太美了，美得振聋发聩！

而且，那年夏天在托尔斯泰故居，我也见过这幅照片，是呀我见过。我记得薇拉说话的语气和样子，她站在照片前，她的蓝纱巾似乎在强化着照片中勿忘我的色调。

——你喜欢这幅照片吗？很多人都喜欢，我也喜欢，喜欢极了。你看多美呀，托尔斯泰好像对那些花说着什么。

实际上，在莫斯科的托翁故居，许多照片都是拍摄于波利亚纳，其中好几幅我都印象很深，比如托尔斯泰在刈草，托尔斯泰在上马，右脚独立，左脚正迈上马镫，那一定是在回乡的路上，城南春半，风和马嘶。还有托尔斯泰在给孩子们讲故事，在雅斯纳亚村，他创办过学校，还亲自为孩子们编过识字课本……

但所有的这些，显然都不如这一幅：托尔斯泰与勿忘我。它几乎是托尔斯泰整个生命与精神的审美概括。薇拉说托尔斯泰好像正对那些花儿说着什么，说着什么呢？也许是那句吧，《战争与和平》里写到的，关于那个春天般的女孩娜塔莎："生命的本质是爱，爱醒了，生命也就醒了。"对吗？

而此刻，我的记忆也正在醒来。我想起了老家，在辽西丘陵深处，山坡上，洼地里，在漫不经心的春天，往往也能看到一簇簇温暖的蓝花，像举着小蓝灯笼。尤其是林地边上，那针阔混交林护卫的田野，有时会一蓝一片。这种花，乡亲们叫它止血草，或补血草，很亲昵的称呼。谁的手划破了口子，把这草捣碎，敷在伤口上，血就止住了。如果碰见成片的，扶犁人就会吆喝着停下，俯身捡起这些蓝花，生怕碰伤了根茎。补血草拿回家，洗净晒干，状如毛参或粉丝，然后纸包纸裹，收藏起来。听说谁家生了孩子，就提上两包去下奶。坐月子的女人，说用这个是最好的，不仅补血，还能催奶。于是吃奶的孩子，都仰起小脸，憨憨笑着，那是因为母亲的乳汁中，也有勿忘我的香气吗？虽然要等若干年后，等上了中学，乃至上了大学，他们才会知道这个清纯文雅的花名——勿忘我，并试着用它来象征自己生命中的美与爱情，母亲乳汁中的香气反而被逐渐淡忘了。

勿忘我在俄罗斯，据说还叫热草，热的草，温的草，暖的草，也是民间昵称，意思和补血草差不多，很贴切。世界上的许多花都是这样，民间总喜欢称之为草。这是因为草比花更贴近泥土，更贴近大地吧。

差点忘了，薇拉送我走出那个小楼的时候，还说过几句歌谣，她说是俄罗斯的《识字歌》，当时恰好是正午，雨停了，附近教堂的钟声错落响起，叮当悠扬，似乎闲着也是闲着，就无意中充当了薇拉的伴奏——（当）麻雀是一种鸟，（当）白桦是一种树，（当）黑麦是一种粮食，（当）勿忘我是一种热草，（当）俄罗斯是我们的祖国，（当）托尔斯泰是这土地的良心……（当）……

记不太准了，大意如此。

谨以此文感谢莫斯科大学当年的研究生薇拉女士，是她让我走近了托尔斯泰。同时也感谢美国费尔菲尔德大学的塔维斯女士，是她让我重新走近了托尔斯泰。还有那幅照片，它是否按照那位画家的建议，最终被用作《复活》的封面不得而知，但是现在，当我的记忆开始"复活"，我坚持用它作为那次莫斯科之行以及整个俄罗斯之行的封面。

胡塞尔坐在海边的摇椅上

教师节又到了，陆续收到学生们问候的短信。有三十多年前的学生，有二十多年前的学生，也有近些年的研究生和作家班学员。这与其说是证明了我的资格，不如说是提示了我的年龄，已知天命。回想自己的前半生，可以说当学生的经历和当老师的经历相互交替，而时间却差不多相等，都是近二十年。

我当过小学教师，中学教师，大学教师，还在偏远乡村当过近一年的耕读小学校长。后来到作协系统的文学院工作，也算是教师，巴乌斯托夫斯基（《金蔷薇》的作者，曾在苏联的高尔基文学院任教）式的。

我教过的学生很多，教过我的老师也很多，仅正式教过课的，屈指算来也有近百位。他们的名声和地位相差悬殊，有外国人，也有中国人，有知名学者教授，也有默默无闻的乡村代课教师。

老师们现在都到哪里去了呢？绝大部分都老了，有的甚至去世了。可我对他们中的任何人，至今都无所回报。教师节，想对他们说声谢谢，但久无音讯，对谁去说呢？所谓"渐行渐远渐无书，水阔云深知何处"。

上个月大学同学毕业三十年聚会，我因忙于工作缺席，后来看同学传过来的照片，老师们都满座白发似雪了，而当年他们是那样奋发有为，令人倾慕。包括一位美国外教，她当年给我们任课的时候正是豆蔻年华，就像纳博科夫笔下的洛丽塔，而看如今的照片，岁月的风霜也已挂上眼角，就像大自然最写实的铅笔画。记得这位年轻的外教本身就喜欢铅笔画，风格上效仿美国的哈德孙河画派，她曾给我们每个学生都画了张肖像作为留念。

当老师的一般都很少用铅笔,早年的时候中国用毛笔,后来学西方,都用钢笔,而且墨水通常都用红色的,这样批作业,写评语,圈圈点点,就显得很有权威性,不像铅笔那样,只能轻描淡写,并且很容易被一块橡皮擦抹或篡改掉。师道传统,于此可见一斑。

但我知道一位赫赫有名、蜚声世界的老师,他却宁愿选择铅笔。

读英文版的《海德格尔哲学研究》,其中有一段特别提到了哲学家海德格尔和他的老师胡塞尔的关系,感慨系之,随译如下——

被称为"现象学之父"的大哲学家胡塞尔对他的学生海德格尔特别好,不仅教他知识,而且在他最困难的时候还鼎力相助,帮他出版著作,直到获得教授职位。不过,海德格尔的思想后来已悄然背离了他的导师,并且把他的代表作《存在与时间》中献给老师的题词也偷偷删去。但胡塞尔对此浑然不觉,过生日时还让海德格尔来主持。直到许多年后,胡塞尔老了,到海滨别墅度假,这时他躺在海边的摇椅上,听涛声阵阵,才读了他的学生的大作《存在与时间》,也才忽然明白他的学生在思想上已离开他有多远。于是他用颤巍巍的手,拿起一支铅笔,在书的扉页上用拉丁文写下一句话:Plato is my friend, but truth is a better one(柏拉图是我的朋友,但真理是更好的朋友)。

这个情节是令人感动的。海德格尔对世界的影响可能比他的老师更大,但胡塞尔永远是师德的典范。在蓝天碧海之间,他用铅笔写下的与其说是对学生的不满和遣责,毋宁说是辽阔的反省和深远的自责。而之所以用铅笔,是怕碰伤了他们之间曾经有过的师生情谊吧,因为铅笔,写起来毕竟是很轻很轻的。

红楼中人洛丽塔

洛丽塔是一本英文小说中的人物，这本小说也叫《洛丽塔》，二十世纪五十年代出版问世，比《红楼梦》晚了近两个世纪。这两本书一中一外，一古一今，它们之间会有什么联系吗？

可有人突发奇想，偏要写这样一篇文章，论证二者之间的联系。这个人就是我，一个漫无目标的读书写作者，喜欢搞点翻译，尤其是诗歌翻译。

众所周知，《洛丽塔》的作者是美籍俄裔作家纳博科夫，但他不仅写小说，据美国《时代》周刊介绍，他还是个"很专业的诗人"（expert poet）。我喜欢纳博科夫的诗，那种精微的意象，清澈的隐喻，既有普希金的遗风，也有勃洛克的流韵，以及一种从不可见的远方吹来的微风感。

有一段时间，我是一边读中文本的《洛丽塔》，一边翻英文版的《纳博科夫诗选》。这样的阅读让我获益匪浅，可以说他的诗有助于理解他的小说，他的小说也有助于理解他的诗。而当我挑选一些诗，并将它们译成汉语的时候，更有一种别样的况味和乐趣。

但乐趣也往往会带来工作。二〇一七年春天，有位年轻的女博士联系到我，说她要出版一本《纳博科夫长篇小说叙事研究》，特别希望我能为之作序。推辞再三无果，只好放开别的工作，动笔写序。

我是个认真的人，从春到夏，进入了一个仿佛与天气同步，越来越炎热也越来越艰辛的历程。我的书桌上堆满了所有需要参考的书，除了《洛丽塔》，还有纳博科夫的另外几部长篇，以及他的自传《说吧，记忆》，他的《文学讲稿》和《俄罗斯文学讲稿》，当然，也有

《红楼梦》。因为随着写作的进程，我越来越感觉到，《洛丽塔》和《红楼梦》是可以比较的，这两部小说在许多层面上，都有着难以置信也无法回避的相似性。

后来女博士告诉我，她之所以请我作序，只是因为在一本杂志上读过纳博科夫的长诗《剑桥诗稿》，是我译的，并记住了我写的那段评注——"百无聊赖的生活，三心二意的浪漫史，构成了这首长诗的基调，而以女性人物为标记，追寻已经逝去的似水年华，这一独创手法在纳博科夫蜚声世界的小说《洛丽塔》中也可得到进一步的印证。"

除了这首长诗，她还看过我译的另外几首纳博科夫的诗，比如这首："某种嫩绿，某种浅灰／某种条纹，无边的雨。"——简直太棒了，她说，一看就知道你是纳博科夫的知音。

序言完成的那天，窗外也下着这样的雨。

为了一篇序言，花了近三个月的时间，我怀疑现在是否还有人会像我这样干。但也许值得吧，我想。这篇序言还有个标题——纳博科夫：作为诗人的小说家，如果说这个标题不值得，那至少副标题是值得的——兼论《洛丽塔》与《红楼梦》之比较。

01

首先，纳博科夫的身世，我觉得和曹雪芹太相似了。这两个文学大师，一中一俄，隔了将近二百年，但均出身于名门贵族，一个在清代中期的南京金陵，一个在沙俄时代的圣彼得堡，所谓"钟鸣鼎食之家，诗礼簪缨之族"，锦衣玉食，幼承家学，是两人早年的共同经历。

曹雪芹不用细说了，祖父是江宁织造，世受皇恩，富甲江南。同样，纳博科夫的祖父，也是一代名将，卓有战功，沙皇为表彰其勇，曾将一条小河赐名纳博科夫河，河虽小，却标志了整个家族的荣誉。纳博科夫一八九九年即清光绪二十五年出生，据说当时家里仅用人就有五十多个，各种食物和生活用品都是由英国如期送来家中，从不间断。其家世显赫，比之曹雪芹亦不遑多让。

但君子之泽，世远则疏，瓜瓞绵绵，也有被扯断的时候。十月革命爆发，旧俄世家纷然惊恐，纳博科夫从此踏上流亡之途。先到克里米亚，后到欧洲，负笈英伦，寓居德法，其生活之窘迫，心境之落拓，想必也肖似曹雪芹流落到京西黄叶村的况味吧，虽不至"举家食粥酒常赊"，也难免"废馆颓楼梦旧家"。直到后来去美国，他对童年和圣彼得堡，仍然怀有某种秦淮旧梦般的伤心眷恋。

这种眷恋之情，读他的自传《说吧，记忆》就能看得很清楚。据说在剑桥读书的时候，因为担心会忘掉自己的母语，他曾一度很排斥英语和法语。

除此之外，纳博科夫还一直梦想成为普希金那样的诗人。他从少年时代开始写诗，前后近六十年，可以说从未放弃成为诗人的梦想，即使在他转而求其次，开始写小说之后，这个梦想依旧让他耿耿难眠。作为一种情结，这甚至也体现在他的小说中，就像有人指出的那样，看纳博科夫的小说，你总能发现有个诗人的身影，转转悠悠的，不肯从故事中离去。

同样，曹雪芹也应该首先是个诗人，然后才是小说家。虽然迄今为止，尚未发现他在《红楼梦》之外留下了什么诗作，但他的朋友们都证明，他曾经是个很出色的诗人。如他的至交敦诚在《寄怀曹雪芹》一诗中，曾说他的诗才可以和唐代的李贺相比，想象奇丽，意境开阔："爱君诗笔有才气，直追昌谷破篱樊。"而更直接的证明则是《红楼梦》小说本身，其中写了那么多绝美的诗词曲赋，几乎每一首都能让人记住并感怀。也许在此之前，曹雪芹已经有许多诗作，备感珍惜，无可寄托，于是引入书中。这种情况，正如脂砚斋在全书第一回写下的批语："余谓雪芹撰此书中，亦为传诗之意。"

雪芹传诗，一方面是发挥诗的想象，一方面是张扬诗的精神，这其实是中国小说的传统做法，只是在曹雪芹这里被前所未有地提升了，抒情与叙事交织，俨然构成了一种独特的景致。用木心先生的话说："《红楼梦》中的诗，如水草。取出水，即不好。放在水中，好看。"

同样，纳博科夫的书中也有大量的诗。他的小说主人公差不多都是诗人或诗歌爱好者，如《天赋》中的费奥多、《微暗的火》中的谢德、《洛丽塔》中的亨伯特。因此，我在序言中这样写道：纳博科夫的大部分小说，都与《红楼梦》相似，多是传诗之作，总有传诗之意。只不过在中国读者看来，他小说中的那些诗多少显得幼稚和笨拙，不像水草在水中，而像水在水草中。

02

除了身世和经历，曹雪芹和纳博科夫还有一点很像，那就是多才多艺，情趣博雅，都喜欢字谜、棋艺、游戏。特别有意思的是，曹雪芹沉醉风筝，纳博科夫迷恋蝴蝶。

考曹雪芹平生著作，概有三种，除家喻户晓的《红楼梦》外，另还有《废艺斋集稿》和《南鹞北鸢考工志》存世，前者详述风筝、金石、编织、印染、烹调、园林等八项工艺技法，后者则专述风筝，既有工艺记载，更有风筝图谱，足见其精于此道，一往情深。少年曹雪芹，想必一定是放风筝的高手，《红楼梦》第七十回，写宝玉和众姐妹放风筝，真堪称一幅风情画，细致入微，可圈可点。不仅如此，有红学家考证，说《红楼梦》一书在整体上也恰好体现了风筝美学的原则，那就是对称性。举凡书中主要人物、事件、情节、行文，均可见对称之法，有个僧人，就有个道人；有个甄士隐，就有个贾雨村；有个宝钗，就有个袭人；有个黛玉，就有个晴雯。而宝钗和黛玉的对称犹如两极，是更高层面的："都道是金玉良缘，俺只念木石前盟。空对着，山中高士晶莹雪；终不忘，世外仙姝寂寞林。"诸如此类。可以说《红楼梦》既是小说，也是风筝，是一个语言的风筝大师，甩一把辛酸泪，在封建末世放飞的文学纸鸢。

而纳博科夫之迷恋蝴蝶，也是众所周知的。从很小时开始，这个贵族少年就以寻找和收集蝴蝶为乐。后来他到美国的大学，主要工作也是研究蝴蝶。他说过："文学与蝴蝶，是男人的两大激情。"其实这样的男人并不多，而只有他，在这两件事上都成就斐然，既是享誉世界的小说家，也是国际知名的蝶类学家。甚至作为发现者，许多蝶类就是以他或他小说中的人物命名的，如纳博科夫蝶、洛丽塔蝶、亨伯特蝶等。

而且，和曹雪芹的风筝美学相似，纳博科夫对蝴蝶的迷恋也同样隐现在他的作品中。比如《洛丽塔》，就堪称是一部"拟蝶成文、以文画蝶"的佳作。细节之绝美，描述之精微不必说，只看洛丽塔，这个天真未凿的女孩，这个巧夺天工的少女，她有着忽闪忽闪的睫毛，美丽的男孩子式的双膝，确实很像一只飞来飞去的蝴蝶，一路诱惑，一路奔逃。其实也不仅洛丽塔，在纳博科夫笔下，几乎他所有的小说中的所有女孩，都具有这种轻盈化、唯美化、蝴蝶化的倾向。

03

《红楼梦》我有几个版本，最早的是人民文学出版社1979年的重印本，绛色封面，已看过很多遍，显旧了。此外还有脂砚斋重评石头记、俞平伯八十回校本、冯其庸瓜饭楼重校本等。还有一本也算旧书，香港中文大学的校订本，一九八三年出的精装本，是二〇〇三年我在北京进修时，从潘家园买到的。

《洛丽塔》我有两个中译本，分别是漓江出版社的一九八九版和时代文艺出版社的一九九七版。此外还有个网购来的英文本，是美国企鹅书系（Penguin Books）二〇〇〇年重印的。我很喜欢这个英文本，特别是封面，淡绿色的格调，清新的草地，清新的少女，而书名 *Lolita* 却用极小的字体印在最下边，仿佛是可有可无的符号。

但在小说中，这个人物却是活生生的。

洛丽塔是个很特别的美国女孩，故事刚开始的时候，她只有十二三岁，和大观园中的女孩们都是差不多大的年纪，用纳博科夫的措辞，这样的女孩都是源自古希腊神话的那种"小仙女"（nymphers），我觉得这是个比较的基点。天生尤物，既在华土，也在大洋彼岸。不过洛丽塔毕竟是现代女孩，她不仅天生丽质，还极具诱惑力。所以她的故事，是青涩中透着早熟，充满了诱惑与被诱惑的梦幻般历险，特别是这故事的叙述者，在故事中的角色还是洛丽塔的继父，即人到中年的亨伯特先生，就难免惊世骇俗了。亨伯特，一个很英俊也很丑陋的家伙，他开着一辆破车，带着豆蔻年华、春光烂漫的洛丽塔，几乎走遍了整个美国。

那是二十世纪五十年代。这本惊世骇俗的小说，连美国人都觉得无法容忍，但后来他们想了想，还是接受了。一九五八年，小说在美国正式出版；一九六二年，小说又被拍成了电影。电影的中文名，不知出自何人译笔，很俗气也很中国，叫《一树梨花压海棠》。

实际上，洛丽塔的形象是多面的，并不仅仅是性感的符号，也不仅仅是欲念的化身，她身上还有一种 nympher 一词所表征的很希腊、很神话的气息，用小说中的话说，即还有一种荒野般的美丽，以及"天真未凿、不事歌颂"的倔强品质。这样一个特殊的美国女孩，如果走进中国《红楼梦》里的大观园，是不是会产生史无前例的文化碰撞与戏剧性呢？

04

其实《洛丽塔》的开头，就会让人想到《红楼梦》。这两本书的开头是非常相似的,即都是以手稿为故事的起点。

《洛丽塔》又名《一个白人鳏夫的自白》,是洛丽塔的继父亨伯特在狱中等待宣判的日子里写下的自白书,全书由引子、正文和后记三部分组成。引子部分的叙述者是雷博士,他声称自己是一名编辑,并且毫无缘由地收到亨伯特在狱中完成的手稿。当他收到手稿时,亨伯特已经在狱中病逝,亨伯特的律师应亨伯特的要求请雷博士为亨伯特编辑这份在狱中完成的手稿。所以雷博士只是这份手稿的编辑修改润色者,故此正文部分,叙述者又由雷博士转换为亨伯特本人,以自述的方式向读者讲述洛丽塔的故事。

这样的开头,中国人只要读过《红楼梦》的,都会有似曾相识的感觉。《红楼梦》又名《石头记》,开篇第一回就声称,整个故事是"字迹分明,编述历历"地刻在一片石头上的——这种刻有手稿的石头,有人称之为"手稿石",可能只有我们中国人才能想象得出,它来历不凡,后来遗落人间,由曹雪芹先生将手稿抄录下来,"披阅十载,增删五次",才得以成就此书。

"真正的手稿是不能毁灭的。"俄罗斯作家别尔加科夫曾如是说,他的小说《大师与玛格丽特》,可以说就是这句话的注脚。而在拉美马尔克斯的《百年孤独》中,吉卜赛人麦尔吉阿德用梵语写成的有关马孔多家族的神秘手稿,则是手稿叙事的又一例证。当手稿进入小说,作为某种意象,不仅能为整个叙事增添可信性、实证性、权威性,也能带来神秘感和形而上的超验意味。但所有这些手稿叙事,包括《洛丽塔》,我认为都不能和《红楼梦》中的"手稿石"相媲美。石是补天石,字是中国字,那种旷远洪荒的感觉几乎接近和类似于"太初有言"。用著名学者杨义先生的话说,曹雪芹的《红楼梦》,可谓创造了一种"天书与人书相融合的品格"。天人合一,这无疑正是中国人的文化传统和精神传统。

至于小说的具体写法,我觉得《洛丽塔》和《红楼梦》也不乏相似之处。主要一点就是象征。众所周知，《红楼梦》的作者善于注此写彼、伏脉千里，尤其善于以诗谶花语来比附人物命运和故事结局。如第六十三回，怡红夜宴中，大观园女孩们依次抽中的花签及签上的诗句，无一不隐喻着她们的性情与结局，让人读来况味别传，深自感慨。这样的例子不胜枚举，可以说，小说从整体到细节，都体现了这样的象征性和暗示性，构成了全书的一种形式和格调。

而这样的写法，似乎在纳博科夫笔下也能找到春痕和流韵。比如狗的意象，当人到中年的亨伯特首次在花园看到洛丽塔的时候，这个百合花丛中的少女身边有只活蹦乱跳的小白狗，而多年之后，当亨伯特再次找到失踪的洛丽塔，看到她旁边有只脏兮兮的老白狗，昔日的佳人挺着大肚子，显见得韶华已去，风光不再。这样的暗示写法，与《红楼梦》中的诗谶花语相比固然有些浅白，但格调和旨趣还是相似的，至少在其他英语小说中很难找到这种写法。

让我感兴趣的还有数字。数字作为隐喻，是《红楼梦》重要的美学特征之一，比如全书一共写了三次过元宵节，三次过中秋节，所谓"始以三春，终以三秋"，寓意很深。还有十二这个数字，"金陵十二钗"不必说，一部红楼，与十二有关的意象俯拾即是，如大观园有十二处楼台亭榭，贾府有十二个大丫鬟，十二个小优伶，甚至薛宝钗所用冷香丸的配方剂量，也无一不是以十二为数。同样，纳博科夫也特别喜欢数字的游戏，比如洛丽塔的家住在草坪街324号，这是亨伯特第一次看到她的地方，后来他们在旅行中住在"着魔的猎人"旅馆，房间也是324号，整个旅行总共住过324家旅馆。还有，百科全书中蝴蝶的序号是22号，洛丽塔在班级的学号也是22号，等等。

05

总之，我这篇序言写得很认真，原打算五千字左右，但最后接近两万字了。女博士建议，除了作为她那本专著的序言外，还可以改成论文，找个期刊发一下。改成论文也不难，无非在前面加上个摘要，中文和英文的，再找出几个关键词，就显得很学术了。

关键词之一：传诗之意；之二：蝴蝶美学；之三：隐喻象征；之四：春天记忆。

编辑发信说，"春天记忆"怎么能是关键词呢？

我说对呀，这正是最关键的关键词。因为无论《红楼梦》还是《洛丽塔》，就作者的意图和作品的基调而言，都是为了寻找和留住生命春天的记忆。虽然《红楼梦》写了众多的女孩子，《洛丽塔》只写了一个女孩子。

春天的记忆和追忆，可以说是《洛丽塔》与《红楼梦》最不约而同，也最意味深长的精神主题。

生活在大观园里的女孩子其实一个个都是花神，花的故事和女孩的故事构成了《红楼梦》绚丽芬芳的春意长卷。"花谢花飞飞满天，红消香断有谁怜？游丝软系飘香榭，落絮轻沾扑绣帘"，多么动人的画面，多么虔诚的追挽，可以说，那些美丽如花、青春萌动的女孩，她们的命运不仅隐喻了一个百年世家的人气聚散、风水浮沉，也托起了全书的情感基调，那就是对生命之春天的挽歌般的记忆与眷恋。

"只恐夜深花睡去，故烧高烛照红妆"——《红楼梦》花事繁多，四季缤纷，但据说海棠花的位置是最重要的，而苏东坡的这句咏海棠诗，可谓是托起了全书的情感基调。所以叶朗先生说"追求春天，就是整部《红楼梦》的主旋律"；刘再复先生说"曹雪芹的梦是'春且住'的梦"；就连德国汉学家顾彬先生，也看出这是一部"为中国年轻人写的生活祈祷书"。

《洛丽塔》也是这样。纳博科夫的梦，同样是"春且住"的梦——洛丽塔，这个自称"我本是雏菊一样鲜嫩的少女"的美国女孩，她的诗意和美，不仅是独特的，而且也更直接地构成了春天记忆的象征。

在作者看来，一个豆蔻年华的少女是连时间都会在她身上驻足的尤物，她像一滴水，也像一朵花。因此对亨伯特而言，洛丽塔这个晶莹剔透的名字不仅照亮了他对少年初恋的记忆，也照亮了他生命的往昔，而留住这样的往昔，在春意萌发的公园里，"让迷人的小仙女们永远在身边嬉耍，永远不要长大"，则是生命的永恒渴望。正是这样的渴望，在小说中被始终和反复地表达着，它穿越广袤的荒野，在美国的汽车旅馆、路边景色、诱惑与奔逃、悲悯与怜爱、犯罪与复仇的气息中获得了不可遏制的叙事激情。对这样的故事，不管人们从何种角度评价，道德的、社会的、文化的，但总会有一两个角度，能让人看到一种《红楼梦》式的诗意逻辑，那就是对时间流逝的抗拒和超越，对失去的童年与春天的寻找和求索。

06

我的论文在某大学学报发表后，还真的引起了一点反响和反馈，其中不乏赞赏，也有许多质疑，比如南方某大学的一位教授反馈说，你的这篇论文，称得上是以中华之"高烛"，照异域之"红妆"，虽有牵强之处，尚能自圆其说。但问题在于，纳博科夫知道我们的曹雪芹和《红楼梦》吗？

这位教授是研究文艺民俗学的，写过关于红学与民俗文化方面的论著。我回信解释，说这只是一种"平行比较"，而不是"影响比较"，只能说《洛丽塔》体现了某种东方的叙事元素，并不等于说纳博科夫直接读过《红楼梦》或接受了中国古典小说的影响。他认同了这个解释，后来通过编辑，还加我为微信好友，并陆续发来几首仿红诗词。其中有一首七绝，我觉得如果有人以"穿越"的手法把洛丽塔写进《红楼梦》的故事，引入这首诗应该是很恰当的，可作为洛丽塔这个人物的判词——

豆蔻年华何鲜妍，
北美玉蝶最蹁跹。
家园万里无着落，
飞来飞去书页间。

但这样的故事，让谁来写呢？教授说，你自己不妨试试。他还很风趣地引用童话《小王子》中的话，说你培育了什么，就需要对什么负责。你既然提出了这两部中外经典之间进行比较的可能性，那就应该试一试，至少要提纲挈领地写一下，看洛丽塔作为异国他乡的红楼中人，要从二十世纪大洋彼岸的美国，穿越到十八世纪乾隆年间的中国，走进那些花样女孩的大观园，会带来怎样的景观或陌生化效果。

这的确很有挑战性，但实际上也许并不困难。

西方女孩，据说一般分为玛丽型、珍妮型，前者顾盼神飞，后者贤良懂事，而自从有了洛丽塔的形象，有人说增加了一种，即洛丽型。这种类型的女孩往往是年方豆蔻，天生时尚，自带风情，情窦初开，叛逆成性，不似天使，更像精灵，总之是别具风度，不同于传统女孩，更不同于中国女孩。不过从比较文学的视野看，"春色既已同，人心亦相似"，如果让洛丽塔穿越时空，见识一下中华风物和她隔代的同龄人，同时也让这些中国女孩超越她们的时代，提前体验一下西风东渐、惊鸿一瞥的况味，或也并非不可思议。

最方便的时机，我认为是在《红楼梦》的第五十二回。

乾隆时代已有很多西方人到中国来，传教的，做生意的，因此小说中先后提到了许多洋物，如"自鸣钟""俄罗斯呢""西洋葡萄酒"等，虽不构成独立的故事，毕竟反映了当时中外通商的境况和风情。而在第五十二回，故事出来了，在冬日的潇湘馆，黛玉和宝钗、宝琴及邢岫烟四人围坐叙家常，宝玉也赶了过来。说起办诗社，宝琴就讲了自己亲身经历的一件往事："我八岁时节，跟我父亲到西海沿子上买洋货，谁知有个真真国的女孩子，才十五岁，那脸面就和西洋画上的美人一样，也披着黄头发，打着联垂……实在画儿上的也没她好看。"而且说这个女孩子，大概在中国住久了，对我们的诗书也很通，居然还会作诗填词的。说着，派人又去喊了史湘云过来，宝琴凭记忆背诵了这个女孩子所作的一首五言律诗，众人听了都齐声说好。

我觉得洛丽塔要出场，可正好借此时机，不一定立即现身，也可稍候几日，或有信来，或有人报，说真真国的女孩子真的来了，以薛宝琴朋友的身份，要在府上住些日子，这样有根有蔓，有上下文，看上去很合情理。

关于真真国，红学家也有考证，对具体所指，看法不一，有说是指中亚诸国，有说是指荷兰，因为均与大清有贸易关系。但真真国之名，在曹雪芹笔下，或许也有真真假假的意思，所以不必泥实，说这女孩来自大洋彼岸的美利坚，应该也没太大问题吧。

这是一场遥隔二百年的穿越，洛丽塔穿越而来，至于她以何种方式穿越，为了何种理由穿越，皆可省略，总之她就这样真真假假地来了。她的出场，无疑会给这个百年世家带来前所未有的惊艳。

07

这注定是中外交流史上最意味深长的一幕。当洛丽塔穿着美国二十世纪五十年代流行的淡紫色棋盘格棉布外套，浅蓝色的女式挽脚牛仔裤，白球鞋，拖着一只棕色的大皮箱，正站在离蘅汀花淑不远的沁芳桥上四顾茫然之时，前来迎她的大观园众姐妹都收住了平日的嬉笑，顿有不知所措之感。眼前这女孩虽和她们年龄相似，却是黄发碧睛，鼻梁高耸，有一种从未见过的蛮夷气度。宝琴赶忙上前，口称真真姑娘，还说了半天英语，叽里咕噜的，更让站在桥边的姐妹们面面相觑。

是呀，我们必须设想薛宝琴是懂英语的人，这样才能为洛丽塔在大观园的交流铺平道路。贾宝玉过来了，宝琴用英语介绍身份，只见洛丽塔伸出手来，燕语莺声地说：So nice to meet you（见到你真高兴）。而这句话让宝琴翻译过来，却变成了"宝二爷吉祥"。总之很别扭，很尴尬，尤其是宝玉，他甚至不知道该不该去握住洛丽塔伸出的手，仿佛那手是一把刀，如宋词所说的"并刀如水，吴盐胜雪，纤指破新橙"。

这种尴尬的情绪迅速蔓延给每个人，大家都礼貌性地点点头，然后就散了，洛丽塔自随宝琴去住不提。

宝玉一反常态，回到怡红院也没有任何表现，袭人和晴雯等都纳闷儿，回想前些日子宝琴等"一把子四根水葱儿"初到府上的时候，宝玉一连声说"老天，老天，你有多少精华灵秀"的兴奋样子，愈感不解，就过去瞧了一遍回来，然后嘻嘻笑道，难怪二爷不待见，鼻子眼睛不说，单说个条就太那个了，都说园子里的姑娘数三姑娘（探春）出挑，看样子能比三姑娘高半个头，和二爷也不差毫厘的，女孩子家，这算哪门子事啊。

毋庸讳言，我们只能设想，当洛丽塔穿越到清朝中叶的金陵，进入贾府这个"烟柳繁华地，温柔富贵乡"的时候，她首先会遭遇一种"文化的尴尬"。一连数日，她都只有宝琴陪伴，因贾母不召，王夫人和薛姨妈也回避着，王熙凤更是不闻不问，连薛宝钗也只有见面颔首而已。

作为一个现代派的美国女孩，洛丽塔对这种冷落倒也没怎么在意，不过她真的很喜欢大观园，这个奇妙而寂寥的园林，在她看来简直恍若仙境。从藕香榭，到蓼风轩，再到结冰的沁芳泉汇，萧疏的荻芦夜雪，虽是冬日风景，也都让她惊羡不已。亨伯特曾开车带她几乎走遍了美国，却从未见过这样的地方。这就是传说中的东方古国，传说中的东方宫殿吗？她在心中惊叹，却又从不敢细问宝琴，她还记着亨伯特讲过的那个古老的东方神话，说在群山之巅有座宫殿，而一旦有人向它的看门人打听为什么那一抹夕阳远在黑色岩石和地平线之间却能如此清晰，宫殿便会立刻遁迹无踪。

08

直到有一天，她想起了契诃夫的《樱桃园》。

洛丽塔不是个爱读书的女孩子。根据纳博科夫的小说，她在夏令营时给家里写信，也是丢三落四的，比如说"我在这里的日子很"，后边就明显缺了个字等等。按批评家的描述，洛丽塔是20世纪美国流行文化的产物，沉湎于梦想，满足于消费，任性、慵懒、怪异，而又不乏庸俗感。但不管怎么说，作为中学生，她还是多少读过几本书的，按小说中的提示，为了学习表演，她可能读过《樱桃园》。

这是俄罗斯大作家契诃夫的著名戏剧，写一个贵族之家由于破落，只好将祖传的那座樱花似雪的美丽庄园出卖给他人的故事，全剧共分四场，始终贯穿着一种幻想、虚荣，以及新旧生活交替之际的感伤、怀恋情绪，并伴随着樱桃树被一棵棵砍伐的声音。

洛丽塔走在《红楼梦》中的大观园里，她仿佛突然也听到了那种声音，而这是她在美国时从未有过的体验，她似有若无地觉得，这个偌大的中国花园，或许也将被出卖给什么人吧。她还记得《樱桃园》的开头，一家人坐在长椅上等待搬家，如同依偎在同一根树枝上的几只燕子。

这些感觉，她当然并没有全部告诉薛宝琴。洛丽塔是聪慧的，她只向宝琴描述了樱桃园的美丽，说在那个剧中，听到一棵棵樱桃树被砍掉，真是太可惜了。

宝琴也是极聪慧的，她应该是中国最早的翻译家，比严复、林琴南还要早,而且比他们更厉害,因为她能直接听懂英语,然后再用典雅的中文转述出来。比如她这样转述樱桃园的故事,说真真国的女孩讲了,俄罗斯有个大户人家,也有个大花园,那花园很奇妙,冬天不冷,夏天反倒会下雪。所以王摩诘画的雪中芭蕉,在那儿只算是平常景致。一年四季,不是红了樱桃,就是绿了芭蕉的,但樱桃总归是太多了,所以往往叫下人们去砍掉几棵,那砍树的声音也好听,或者他们蛮夷人,也是读过《诗经》的,懂得"伐木丁丁,鸟鸣嘤嘤。出自幽谷,迁于乔木"的意思吧。

很快,这故事就引起了大家的兴趣,或者说,优秀的翻译家薛宝琴让大观园里的姐妹们重新发现了真真国女孩洛丽塔的价值,她们干脆就叫她真真了。宝钗道,咱们是有点冷落人家真真了,也难怪,这阵子都忙,又是过年又是唱戏的。探春说,可说是呢,这一向事多,要不漂洋过海来的,咋把她给忘了呢?黛玉道,那俄罗斯听说极冷,要不能出那种雀金裘吗?不过夏天落雪,倒是头回听说,也算奇中之奇。最激动的要数宝玉,连说《樱桃园》这个戏码好,赶明儿让家里的小戏班子排了,让老祖宗也开开眼。一面当即就要派小丫头去喊真真过来,多讲些海外奇闻。但宝琴摇头表示不妥,说那真真正教小丫头们跳绳呢,这边的小丫头去了,又不会说英语,别教她误会了咱们的意思。既说要请,也得择个日子,等咱们再办诗社,请她来最好。湘云拍掌道,再好不过了,看来真真真的会写诗,不过也要凭宝姑娘译得好,含英咀华的,徐青藤不是有那句吗?——"阑干笑语腮堪译"。

宝琴无语,心里感激着湘云,觉得这是对她最好的肯定。

09

可以想见,洛丽塔在大观园的那段时光是相对孤寂的,她只有宝琴可以对话。好在她生性活跃,宝琴出去的时候,她就和小丫头们一块玩耍。她会跳绳，那是二十世纪五十年代美国女孩子们最流行的游戏，她能教小丫头们各种特殊的跳绳法。有时，她也教她们唱歌，英美民歌。小丫头们自然听不懂英文歌词，但那遥远的调子让她们心驰神往。

小丫头们甚至开始羡慕起洛丽塔的花格呢外衣，包括那精美的纽扣，还有她私下向她们展示的裙子，短得让人害羞，但穿起来又特别精神，能让一个女孩子立即变得好看起来，风情万种的。

连宝琴也慢慢喜欢上了洛丽塔的打扮。但宝琴穿不了洛丽塔的衣服，洛丽塔也穿不了宝琴的衣服。两人之间能交流的只有语言，宝琴教洛丽塔中国古诗，洛丽塔教宝琴唱《斯卡布罗集市》。偶尔的，也会背出几段英文诗，比如雪莱的名句："冬天到了，春天还会远吗？"宝琴顿觉美极，赶紧掭出一笺雪浪纸，写上所译——"冬雪既已至，春风岂在远"，派人送去给宝玉看，说是真真所作。宝玉叹美不迭，颠颠拿着去潇湘馆，赶巧宝钗、湘云也在，大家又赞赏了一回，黛玉道，端是好句，直逼宋诗，难为她了，却毕竟浅近了些，未得唐人之奥。

实际上，洛丽塔会的英文诗虽不多，却和我一样，很喜欢纳博科夫的诗。她对这个老头儿一直心存感激，因为没有他的小说，自己就不会这么出名，也不会获得这次穿越到中国的机会，所以她几乎能背出纳博科夫所有的诗，比如那首"某种嫩绿，某种浅灰／某种条纹，无边的雨"，还有那首"噢，那雪地的声音／嘎吱，嘎吱，嘎吱／是谁穿着长靴在走"，她都能背出来，但如果她背出来，就会被问及作者，从而会牵连出自己的身世，而穿越者是有规则的，所以她宁可沉默。

转眼到了春天，其间洛丽塔一如既往，保持了应有的低调。该唱时唱，该玩时玩，却始终记着穿越者的规则，那就是不言明自己是穿越者，也不炫耀过于超前的时空观念，因为那样是很危险的。每当宝琴问及天地六合或家国大事，洛丽塔唯有附和。只有一次，谈及林黛玉的病状，她说这病是最好治的了，用青霉素足矣。等宝琴问她这是什么灵丹妙药时，方知噤口，后悔讲得太多了，只回宝琴说等下次再来时会带一些。

到了《红楼梦》第六十三回，洛丽塔已经决计离开这里了。

10

六十三回是讲贾宝玉过生日——"寿怡红群芳开夜宴"。

其实这生日白天已经庆过了，而且热闹非凡，但晚上意犹未尽，怡红院的丫头们也要替主人庆生，从袭人、晴雯、麝月、秋纹等大丫头到芳官、碧痕、小燕、四儿等小丫头，分等级实行AA制，凑份子备了酒果，摆上花梨圆炕桌，觉得人少了没趣，于是又差人打着灯笼，分别去把宝钗、黛玉、探春、李纨、湘云和宝琴也都请来——宝玉忽想起前日所议，又特地叮嘱袭人、晴雯请宝琴时别忘了让真真姑娘也一并过来，从而使这场极具诗情画意的"怡红夜宴"又增添了国际性。

这是美国女孩洛丽塔自穿越以来第一次也是最后一次参加大观园的聚会。

"怡红夜宴"是《红楼梦》的重要关目，既是人生礼仪的艺术展现，也是少女们集体的青春祈祷与嘉年华。或者说，这场夜宴就像一个谜，仅关于参加人数和座次排列，红学家们就有不同的推算，绘出了不同的图示。不过说这些推算和小说的描写都有差异，或差在人数上，或差在酒令点数上，只有计算机模拟的图示才完全相合，但所依据的版本却又和以前不同，是比较新的一种。我不太信任计算机，我宁可信任俞平伯先生，如果说他提供的《怡红夜宴图》也有疏漏的话，那可能是少算了两个人，一是探春的丫鬟翠墨，二是和宝琴同来的真真，也就是洛丽塔。

我这样说有点虚幻，却并非玩笑，因为任何聚会都会有不确定性，

即 x，而洛丽塔就是"怡红夜宴"上的 x。至于她的座次，虽是和宝琴同来，却不一定非要和宝琴坐在一起。因为是炕桌，本来就有些挤，再说外国人也不习惯坐炕上，所以洛丽塔最好的位置，就是和小燕与四儿一样，端把椅子，近炕坐下就是了，既低调也方便，皆大欢喜。

群芳夜宴，就像西方的派对，女孩的衣着自然很重要，如时装展示会，但不管这些中国女孩多么会穿，洛丽塔脱去花格呢外衣之后，里面的黑边小翻领白衬衫还是格外引人注目，有种说不出的味道。但毕竟人家是外国来的，大家也不介意，于是一如书中所叙，开始喝酒，行酒令，抽花签，渐入高潮。每个花签上都有花名，并配一句诗，如宝钗的是牡丹"任是无情也动人"，黛玉的是芙蓉"莫怨东风当自嗟"，湘云的是海棠"只恐夜深花睡去"，麝月的是荼蘼"开到荼蘼花事了"，等等，种种取笑玩闹，欢呼雀跃，这里不必详述。而轮到洛丽塔时却卡住了，她抽到了一支空白签，既没有花名，也没有诗，大家不禁愣住，说这可巧了，莫非外国人不服中国花语？宝琴赶紧接过话来说，真真也有她喜欢的花，叫雏菊，英格兰及美利坚诸国甚多，中国也有，只是不太上讲，其实很好看很好看的。

黛玉问，那这雏菊，在你们英格兰和美利坚，可有咏它的诗词佳句吗？宝琴用英语说了一遍，洛丽塔明白，但她想了半天，只记起了莎士比亚名剧《哈姆雷特》的一句台词——

这里只有一枝雏菊。我本想给你九朵紫罗兰，但在我父王故去时，它们已刹那枯萎。

11

这台词让她想起自己的身世，不觉眼里闪了几点泪花。但这终归不是诗，而且太悲怆了，如果让宝琴译出来，那还得解释《哈姆雷特》的整个故事以及莎士比亚戏剧的价值，太复杂了，说不定还会暴露自己的身世，所以她摇了摇头，表示没什么好诗。

宝琴说，真真会唱歌，有一支叫斯卡布罗的曲子唱得极好，不如就让真真以曲代诗，给我们唱上一阕，也看我能不能译出那词来。

宝玉带头说好，大家也都停杯放箸，等待倾听。

洛丽塔从椅子上站起来，后退几步，还学小丫头们的样子，先给大家道个万福，然后就唱了起来。那异乡的旋律，轻曼的歌喉，不似西厢，堪比胡笳，恍然惊梦，又若思贤，再加上宝琴每隔一段译出的歌词，竟是诗经体式，让宝玉和众姐妹都不觉呆住了——

> 斯卡布罗，远方集市，蕙兰芫荽，郁郁香芷，
> 若至彼乡，代我致辞，有位佳人，乃我相知。
>
> 问彼佳人，可知裁衣？蕙兰芫荽，郁郁香芷，
> 亚麻一匹，针线不必，裂帛成衫，乃我相知。
> ……………

一共五段，洛丽塔堪堪唱完，众人面面相觑，各种惊羡。过了一会儿，宝钗方出声叹道，这可是太好的曲儿了，想那英伦岛国，大海连天，四顾茫然，却也有这等音律，真难为他们了。湘云道，也是琴妹妹译得高妙，只是这曲里的词儿，又似颇含玄机，很费猜测呢。宝琴笑道，人家本来就是"谜歌"，正需猜测，猜对了心思，才算相知呀。于是又细加解说一番。

宝玉忽道，这我可明白了，原来这曲儿里的话，是对着几样花草说的，嘱咐它们给女孩子传信儿，果然有趣。想这世间花草，原也是有灵气的，就像林妹妹的"孤标傲世偕谁隐，一样花开为底迟"，还有当日饯花神的那首，都是问花解语之作，可敬可叹！

那黛玉正想着谜歌之谜，缠绵悱恻，含颦不已，听宝玉这话，又

喜又嗔，喜的是宝玉不避妒意，借外邦之曲，传知音之赞，但他却不该提起那首《葬花词》来，当日只有他听见，偏这会儿又说出来，若是问起原委，怕是难以说清，由是心里又有一点说不出的嗔怪。这时外面恰好有人叫门，七言八语的，黛玉也不回应，站起身来道："我可撑不住了，回去还要吃药呢。"于是众人都说该散了，带灯逶迤而去不提。

12

还是在六十三回吧，这一回是《红楼梦》的高潮，但我这篇不成样子的文章，却应该急流勇退了。

因为酒喝得尽兴，怡红院主仆都睡得不知所以，及至天明起床，袭人、晴雯等和宝玉说起昨夜之聚仍兴奋不已，说在席的都唱了曲子，并未特意提及真真。然后是平儿过来说她要还东，邀请各位。等平儿走了，宝玉梳洗了坐下吃茶，才发现砚台下面压着一张粉笺，细看却不认得，原来是英文所写——

There is none holy as the Lord.

正犹疑间，只见一个小丫鬟匆匆赶来，正是宝琴派来的，说真真姑娘不见了，昨晚回去还好好的，今天一大早却不知去向，皮箱也一并没有踪影。说着，宝琴和宝钗也赶了过来。宝琴问，可见到什么字纸？宝玉连忙送上英文字条，说这天书般的连环字，也只有妹妹能辨识。宝琴见了，不觉双泪垂落，半晌说不出话来。她心里埋怨洛丽塔，是真也好是假也罢，你我毕竟相处数日，你要走不知会我也罢，偏还留个字条在这里，你可知怡红院是什么地方？多少只眼睛盯着呢，你不怕是非，我怕是非呀。又转念一想，这也许正是真真的聪明处，她留字条不仅是要告别此地，也是要表明心志，如单留给我，或恐我秘而不宣，而留给宝玉，知我必来译之，实则等于公诸阖府上下，也不枉来此一游吧。

宝玉在旁边等不及，催问到底写了什么。这时黛玉、湘云、探春等不怕热闹的，也都相继闻讯赶到。宝钗说，琴儿快说吧，那真真走前有何话说？也免去姐妹们惦念。

字条上的英文写得清晰而秀气，宝琴知道这是西方《圣经》里的一句话，可是要译出来让大伙儿听懂，却要大费周折，三言两语怕是说不清楚的，但众人催促，箭在弦上，也就顾不了许多，于是宝琴一字一顿，将那句话译了出来——

无人圣洁如主。

故事写到这里，我的心境一如宝琴，觉得无法再编下去了。历史上的西风东渐，首先过来的就是基督教，但在《红楼梦》时代，圣经还未被正式译成汉语，所以关于"主"的思想，若有传播，未免石破天惊，其本身就很像一种穿越，所谓西风扑鬓，莫过于此。要想把这些说清楚，实在是太难了。

其实对这个穿越的故事，我之所以浅尝辄止，还在于缺乏自信，毕竟《红楼梦》和《洛丽塔》的时空距离太远了。某省图书馆有位资深馆员，他来信鼓励我，说纳博科夫既然出生在圣彼得堡，那他完全有可能读过《红楼梦》。理由是早在清代道光年间，就有当时刻印的一本《石头记》传入了俄罗斯，后被列宁格勒（圣彼得堡）的某研究所收藏，红学界称为"列藏本"或"圣藏本"。

这个说法曾让我一度欣喜，但想了想还是不太靠谱。纳博科夫虽然出生在圣彼得堡，但只在那里度过童年和少年时代，而且，就算他接触过这个伟大的藏本，他能读懂中国的汉语吗？

比较靠谱的说法也有，比如有个翻译家说，纳博科夫或许读过《红楼梦》的俄文、法文或英文版。这倒是有可能，俄文不用说，那是他的母语，英文和法文，他也都精通到了不仅能读，而且能写的程度。但后来查阅有关资料，《红楼梦》的俄文版1958年才有，当时《洛丽塔》已经问世；法文版更晚，20世纪80年代才出现；只有英文版，早在1891年就有了完整的译本。也就是说，出生于1899年的纳博科夫，如果他真的接受过《红楼梦》的影响，那唯一的可能，就是通过英译本。当然，这也仅仅是一种推测。

不管怎么说，我总算完成了一件事。而这对于喜欢中国古典文学，尤其喜欢《红楼梦》，也心仪俄罗斯文学和美国文学，因此比较看重《洛丽塔》的我来说，可以说还是值得欣慰的事。我整理书桌，把这两本书的不同版本及与之相关的资料并置在家里的书架上，刚好占据了书架的一格。我坐在书桌前，抬头就能看见，一边是《红楼梦》，一边是《洛丽塔》，它们一中一西，一古一今，一红一绿，就像两个风格迥异的小院，构成了书的芳邻。于是觉得把洛丽塔视为红楼中人，也并非没有理由，至少，书和书挨得这么近，那女孩从她自己的故事中走出来，到大观园那边去串个门，应该是一种很方便的"穿越"吧。